Heibonsha Library

少年愛文学選

平凡社ライブラリー

Heibonsha Library

少年愛文学選

折口信夫、稲垣足穂ほか著
高原英理編

平凡社

本書は、平凡社ライブラリー・オリジナル編集です。

目次

本文表記は原則、新字・新仮名を用いた。
また、今日では不当・不適切と思われる語句や表現については、
作品の時代的な背景を考慮してそのままとした。

市彌信夫 夕化粧

山崎俊夫

糸のような雨がしとしとと紺蛇《こんじゃ》の目《め》の傘に降りかかる。――

「あたしこのごろは髪の毛が抜けてしょうがないのよ。」

「春の末になるときっとそうなのよあたしも、やになっちゃうわねえ。」

――築地のとある橋の上へさしかかったふたりの娘。

白粉を嚥脂皿《べにざら》の中に溶かしたような暮春の重たい空気が、萎《な》え饐《す》えた溝渠《みぞ》の水面にゆたゆたとしばし揺蕩《たゆた》ううち、はや何時ともなく日は暮れて、ゆうがたから降りだした雨はただ靄のようにやわらかく街の灯をつつんで、道行く人影の幽《かす》かな線をすら宵闇のなかに融かしてしまう。暗い橋桁《はしげた》の辺は早くも夜の憂鬱にたちこめられて、たぶたぶとした水へ灯影《ほかげ》を映しながらついついと溝岸を滑ってゆくかんてらの灯も動かなくなってしまった。鼠色の空が燻《いぶ》した銀のように底光りするのをみれば、今夜あたりはあの雲の辺に月の出ているころである。

「そら、むこうから来るのは市《いっ》ちゃんじゃなくって。」

「あら、そうだわ、きっとそうだわ。」

ふたりの娘は囁きあって莞爾《にっこり》した。やがて相合傘を眼深《まぶか》にさして急ぎ足にゆき過ぎようとするふたりの少年と、橋の袂ですれちがいざま、

「市ちゃん、市ちゃんじゃなくって。」

と言ったが聞こえないらしく黙って行きかけるのを、

「市ちゃん、素通りはひどいのね。」

と呼びとめられて少年のひとりが後をふりむく途端、その着物から何とも知られぬ一種の香がちらと流れて、ふたりの娘の頬のあたりをかすめてなま暖い夜の靄に縺《もつ》れた。

「何処へ、市ちゃん。」

「え、ちょっと其処まで。」

「今夜はもう誰か来て。」

「ああ、もちっとさっき、源さんやなんかが来たけど、お稽古がすむとじきに帰っちゃったよ。」

「あら、そう。」

「お光ちゃん達はこれからうちへ行くんだろう。さよなら。」

こう言って、つと傘の中に身をいれた。からだもすれずれに寄り添って、一本の傘の柄をふたりの手で握りながら、橋の上を急ぎ足に行く少年の後には、またあの夢のような甘い濃い薫がつき纏って、着物の裾と足袋との間から時々もれる足首ばかりが、くっきりと夜目にも白く浮きでて見えた。

ふたりの娘は橋の袂から細い巷路《こうじ》へと折れてはいった。

其処はこの辺の粗笨《ぞんざい》な町家の造りとしては、こざっぱりとした意気な細格子、何々新道《しんみち》のとある裏通りとでもいったようなちんまりしたあがり框《がまち》の下駄ぬぎ、いずれこれも浮世巷路の片隅ながら、さればといって婀娜《あだ》めくものの住むにしては、とみればこれはその格子戸の内につるされたおおきい丸提燈の、菱に三柏《みつがしわ》の定紋でもそれと知られる清元の師匠のすまい、華やかな蠟燭の灯も幽赤《ほのあか》く立ち寄る人の顔をぱっと思わせぶりに照す優しさ、とりわけて雨にかすんだ巷路の風情、しんみりと濡れた道路の泥濘にくだけて映る提燈の灯、つんしゃんの三味線の音につれて、たっぷりとゆかしい情味を含んだ艶《あで》やかな水調子《みずぢょうし》で、――ついてくりゃるな八まん鐘よかわいお人の目をさます――と唄う声にしみじみと身も魂も抱かれるような気もちがして、ついその格子の前に立って傘の端から垂れる雫をつくづく眺め、思わずも雨の夜の風呂屋帰りを潰してしまい、遣瀬《やるせ》ないよな足つきでふらふらと帰る人もすくなくはない。

「今晩は。」

松の葉を手綺麗に貼りこんだ障子の引手を、するっと明けると同時にこう言って、ふたりの娘は師匠の前にべたりとすわった。師匠は長火鉢の前へ靠《もた》れるようにすわって、黒繻子《くろじゅす》の半襟へ白い頤《おとがい》を埋めながら、うっとりと稽古本の上に眼を落していたが、にっこり顔をあげて、

「まあ菊ちゃんにお光ちゃん、珍らしくお揃いだこと。」

「ねえお師匠さん、憎らしい雨じゃありませんか。おかげであたしとうと新富《しんとみ》がおじゃんになっちゃったわ。くやしいったらありゃしない。」

お光はすわるといきなりこう言って、拗戻《すね》た風に両袖を左右から膝の上へ重ねる。

「どうしたのさ。」

と師匠が笑いながらたずねても黙っているので、お菊が傍から、

「肝心のそら、兄さんが来ないんですって。」

と説明してやりながら、帯の間から袱紗《ふくさ》に包んだ三味線の撥《ばち》を出しかける。それを見た師匠は、

「今晩はお稽古はよしにしよう、わたしもなんだか気が重くていけないいんだよ。」

「やに辛気くさい晩だわねえ。」

とお菊はやや焦燥《じれ》ぎみ。

「今夜はひとつ芝居の話でもしようよ。ねおきかせなお光ちゃん。」

師匠は撥胼《ばちだこ》のあるうつくしい手で急須をとりあげながら、ふたりの若い弟子の顔を覗くようにして見くらべた。お光は撫子《なでしこ》か何かの派手な模様を粧点《あしら》った更紗《さらさ》の座蒲団へ膝をよじりながら、壁際に懸っている三味線の鬱金《うこん》の包みを眺めるともなく眺めている。その鬱金の包みと並んでいっ方の壁には、熨斗《のし》を引いて××さんへと女文字やさしく染めぬいた幕の畳んだのが、春のお温習《さらい》の華やかな名残を語っている。鴨居の上の黒く煤けた神棚に黄色い燈明《とうみょう》の光は、こうした芸人の家の哀れな暗い陰影を照している。雨はすこしほんぶりになってきたとみえて、往来を通る人の傘が鳴りだした。

「ほんとにあの子にも困るのさ。今しがたもね、ちょいとってってたきり何処へ行くとも言わずに出て行くんだよ。」

「誰かお友達といっしょのようだったわ。」

「そうかい、どっちの方へ行ったたい。」

「何処へってきいたんだけど、ちょいと其処までってってたきり行ってってしまったわ。」

「で、その連れの子ってのはどんな子だったたい。」

「そうねえ、お屋敷の坊ちゃんてったようなまあ風なのよ。」

「そしていくつぐらいだったたいその子は。」

「市ちゃんとおないどしぐらいだったと思うわ。」

「ほんとにしょうがないねあの子も。今日はもうなんていってもやらなきゃならないんだから、ほんのすこしでいいんだから書いといておくれよって、明るいうちからそう言いつけてあるのにさ、手紙をね……そら日本橋の小母さんがまたあれなもんだからね、もうこの前の一件もあるしさ、懲りてるんだからねえ、早くなにしようと思って……それがお夜食の箸をおくかおかないにもう泡食《あわく》って出てくんだもの。なんでもわたしがくろもじに手をかけた時、表の方で口笛のようなものがきこえたようだったよ。」

何処かの家でとりこむのを忘れたのか、それともわざと雨晒しにしておくのか、鯉幟《こいのぼり》の音が悒鬱《おもくる》しくきこえてくる。からからと風に廻る矢車の音のゆるいのは、暮春の雨の夜の常として風のなまぬるいためであろう。腐った鉄漿《おはぐろ》のようなしっとりとした、五月の闇の底に沈んだ街は、通る人も稀に、蒼白い瓦斯《ガス》燈の哀愁が、町の角に黒く突き出た質屋の板塀の遮欄《しのびがえし》に斜にさえぎられて、柳の泪《なみだ》がぽたりと地にはねかえる橋袂の水色した情調は、白い素足の爪さき浮かせて、しなりしゃなりの歩きぶりを偲《しの》ばせずにはおかない。

「今晩は。」

格子戸がらりと明けてはいってきたのは、角刈りのいなせな若い衆。

「あああ、ひでえめにあっちゃった。」

「誰だい、おや助さんかい。どうしたのさ、まあそんなところへ突立って、早くこっちへおあがりな、別嬪さんがさっきからお待ちかねだよ。」

「お待ちかねはかたじけねえが、なんしろこのざまを見てやっておくんなさいよ、お師匠さん。」

「どうしたんだい。あら、おまえさんびっしょぬれじゃないか。」

「なあにね、新富に祟られたんですよ。今夜はもうお稽古はぬきだ。」

「あら帰るのかい。」

「ええ、だってそうでもしなくっちゃ。」

「嫉けるねえ、助さん。」

「何が。」

「何がだって、憎らしいよ、しらばっくれて。」

「戯談《じょうだん》いっちゃいけませんよお師匠さん。こんな孝行もんの男をおなぶりなさると、罰があたりやすぜ。そんなことはまあどうでもいいとして、傘を一本貸していただくわけにゃまいりませんかえ。」

「其処に市のが出てたと思うよ。じゃそれを持っといでな。」

「そうそう、市ちゃんも傘を持ってませんでしたぜ。」

「あら、おまえさん市に遇ったのかい。」

「逢いましたとも。いっしょに帰ろうってったら、もうひと幕見るんだってそう言ってましたよ。」

「あらまあそうかい。あの子は立見《たちみ》に行ったんだよまあ、わたしもそんなこったろうたあ思ったけど、……なあにかまやしないよ助さん。市はほかに誰か連れがあるんだそうだから。」

師匠は出て行く男の後を見送って、ぴしゃりと障子を閉めた。まもなく雨もこぶりになったので、娘達もこのまにと帰って行ってしまった。

師匠は急須などを片づけながら柔い吐息をついていた。鯉幟の悒鬱《おもくる》しい音はまたやるせない五月の夜の悲哀を歌いはじめた。ひしひしと身にせまる古い思い出も、日に日に燻《くす》んだ色に変って行き、毎年の土用干に簞笥へ凭れて襦袢の袖の質素《じみ》になってゆくを託《かこ》つ心の綻《ほころ》びも、ただ亡びゆく芸人の儚《はかな》い運命《さだめ》とあきらめて、三味線の胴の素肌のいたく廃《すた》れたことをすら嘆く人も絶えてないのに、ひとり空閨を守る年増盛りの師匠の身も世もあられぬ雨の夜のさびしさわりなさ。昼のうちは柔順《おとな》しくじっとしていながら、夜になって町に灯が点《つ》きそめる頃になると、急に悪夢にでも魅せられたようにふらふらと家を出て往く、わが子のいじらしい無頼の心持を思いやるにつけても、師匠は若いうちに死んで行ったうつくしかった良人《おっと》を、まざまざと思い出さずにはいられなかった。

師匠とその良人《おっと》は揃いも揃って、世にもうつくしい女と男とであった。若い師匠を沈香《じんこう》の妖艶な薫に擬《なぞら》える人はまた、きっとその若い良人《おっと》をば丁子《ちょうじ》の豊麗な馨に比べることを忘れなかったであろう。そうして丁子のような男と沈香のような女とが、たがいの哽《むせ》びかえるような芳香をぐっと抱き合わした、夢の几帳《きちょう》の嵐から生れ出た市彌という人形の肌のにおいを、あの沈丁《ちんちょう》花《げ》の華奢な匂いに競《くら》べてもなお、あまりあるものだと語り合ったであろう。事実人は誰でも市彌を呼ぶに、人形というよりほかの言葉を用いなかった。

市彌の父はわずか十歳にもなるやならずのいとしいひとり子を残して死んで行った。人はみな市彌のうつくしいのをば、なくなった父の肺病を遺伝したがためであると、恐ろしそうに語り合った。うつくしいものの恐怖――それが市彌を淋しがらせる原因のひとつとならなければならなかった。

母ひとり子ひとりの淋しい家は春を迎える毎に、暗い淵へ沈んでゆく弱い者の廃《すた》れ果てた後姿を、見せつけられるような気がして堪えられなかった。気丈な母もさすがに芸人の悲哀を抱く身の、泪ぐむ眼をわが子に見られまいと隠す人知れぬ苦労もあった。こうしてとにかく市彌も十七の春を重ねた。それにしても甘い水を尋ねて夜露に濡れながら、闇の中を迷って歩く蛍のように、何処というあてもなく夜の灯に操られて、母の家を出て行く人形の身の気遣わしさ。雨はまたはらはらと降って来た。立膝《たてひざ》をついて長い煙管《きせる》を杖に首うなだれた師匠の横顔に、神棚の黄色い燈明がゆらゆらと動いた。提燈《ちょうちん》の蠟燭も何時のまにか燃え尽きて、白い蠟涙がぢぢと音たてながら逝く春の悩ましい唄をうたっていた。けれども格子戸を明ける音はまだきこえなかった。

芍薬《しゃくやく》の根は凋《しお》れ罌粟《けし》の花も腐って、夏の近づくにしたがい、春はただ老いてゆくままに衰えた。

信夫《しのぶ》と市彌が黒い冠木門《かぶきもん》を出たのは、五月の末の或る暮れがたであった。九段のせまい二合《にごう》半《はん》坂には、疲れて弛みきったゆう日が紫色を帯びて漂うていた。細い夕月の影はほの白く。

「僕は家にいるとまるで墓場にでもいるような気がするよ。そこいらに墓標のような人達がうろうろ突立ってるんだぜ。」

信夫はこう言って黒い門の方をふりむいて見た。

「でも信ちゃんとこはいいやね、大勢なんだもの。あたいんとこなんかたったふたりっきりだよ。」

市彌のものの言いようは、艶《あで》やかな調子の中に何とも言い知れぬ甘い淋しみがこもっていた。

「だって市ちゃんとこの小母さんは明るい顔してるじゃないか。」

「信ちゃんにはそう見えるかい。おかしいねえ、あたいにはまたどうしてああ淋しい顔してるんだろうと思われてしかたがないよ。ばかに蒼白いんだもの。」

「蒼白いところがいいんじゃないか。それにだいいち芸人なんだもの。」

「芸人なんてそんなに羨ましいもんだと思うのかい信ちゃん。」

「だってさ、家の母さんなんか、つまらない紅茶の入れかたなんぞを知っていながら、三味線ひとつ弾《ひ》けないんだもの。何千円てする洋琴《ピアノ》を座敷のまんなかに飾っといたって、あれが何になるんだろうと僕は思うよ。」

「おかしいよ、信ちゃんの言うことはこのごろすっかり谷井《やつい》さんの口調になってしまったね。」

ふたりは九段坂の下で電車に乗った。

「何日《いつ》か近いうちにまたふたりで谷井さんのところへ行こうね。」

「ああ行こうよ。」

やがて銀座でふたりが電車から降りた時は日もとっぷりと暮れて、白熱の電燈と華瓦斯《はながス》とが舗石《しきいし》の上を照してこもごも光の領分を争うていた。

「やっぱりあたい達には明るいところより、暗いところの方がいいんだね。」

ささやきあいつつ、ふたりの姿は銀座裏へとはいって行った。

「そうさ、君も僕も少年時代というものを、まるで暗い道ばかり歩いて来たんだもの。」

「だけど信ちゃんもあたいも何故女の子に生まれなかったんだろうね。」

「どうして。」

「どうしてってこともないけど、あたい達は女の子のようにして暮してきたから。」

こう言って市彌は何か懐かしい思い出の影を追うような瞳で、信夫のふっくらとした白い頬を見やった。信夫はその言葉をきき咎めるように可愛い眼で市彌を睨めながら、

「女の子に生れちゃ何もならないじゃないか、僕等の生きていた甲斐がないじゃないか。」

「何故……。」

「そりゃ市ちゃんにだってわかってるじゃないか、女の子が女の子らしく暮したんじゃなんにもならない、あたりまえのことじゃないか。」

「あたい達は片輪《かたわ》なんだねえ、してみると。」

「君は片輪が厭なのかい。」

しっとりした銀座裏の背景は、ふたりの話を緯経《たてぬき》に織りこみながら瞬間毎に変って行く。やがてふたりの前に日吉町のほの暗い巷路《こうじ》が現われた。

「市ちゃんご覧、彼処《あそこ》へ土耳古《トルコ》帽を被った人が行くよ。」

「詩人かなんかでなくちゃああいう帽子を被らないいんだってねえ。」

「ほら、ぷらんたんへはいったよ。僕あああいう人達を見ると何だか羨ましいような気がしてな

らないよ。」

「あたい詩人にゃなりたいとは思わないね、詩人の身になるよりいっそ詩人に歌われる身になりたいと思うよ。」

こういって市彌はまた癖のように、何を見るともなくうっとりと眼の前を凝視《みつ》めていたが、やがて夢から醒めたように、

「信ちゃん、あたいの顔も蒼白いかい。」

と言って急に信夫の顔をまじまじと見守った。

「ああ、憎らしいほど蒼白いよ。」

「そうだろうねえ、信ちゃんの顔もそりゃあ蒼白いよ。すこしぐらいは紅味《あかみ》も残っててほしいねえ。」

「この顔色は僕等の過ぎてきた少年の日を語ってるのさ。」

「だけどいくつだと思うえ、あたいはまだ十七なんだよこれでも、信ちゃんだってあたいよりひとつ多いっきりじゃないか。」

「そりゃそうさ。だけど僕等はわずか十二か十三ぐらいの時にもう、自分の肉体《からだ》が自分の肉体《からだ》じゃなかったんだからね。それから今までうかうかと夢のように……。」

「だけどあたい、ああいう人達をちっとも恨めしいと思ったことがないよ。あたいは自分のし

てきたことをちっとも悔《くや》んだり隠しだてしたりするわけがありゃしないと思うよ。だってあたい達の指はほかの人達みたように、竹刀《しない》を握ったり鉄の棒にぶらさがったりするには、あんまり細すぎたもの。」

市彌は今更のように自分のしんなりした指を握ってみた。信夫は蒼白い頸に細いかいなを巻きながら、

「ああ、だけどもう来年の春は卒業だね。何だか中学を出るともうおとなになってしまうような気がしてならないよ。」

「おとななんかになっちゃほんとにつまらないやねえ。いつまでもあたい達のこういう心持を持ってることが出来ないのかしら。あたい達がおとなになるってのは、つまりもう死ぬようなもんだと思うよ。」

「死ぬようなものさ。だから僕はこういううつくしい夢を抱いたまま、だあれも見ないところで死んでしまいたいよ。」

「その時はあたいも連れてっておくれな、いっしょに。」

「ああ。」

「きっとだよ。」

ふたりの哀れな夢想者は、何時のまにか銀座を横ぎって築地の方へ歩いていた。

「じゃ、あさってまた口笛を吹いておくれよ。」

市彌は別れぎわにこういって、信夫の手をかたく握りしめた。天鵞絨《ビロード》のような空の底には、緑色の星が瞳のように光っていた。

日いちにちと老いさらぼいて醜く衰えた春が追われるとともに、初夏の新緑がさやさやと人の懐にひそみこむころとなった。さすがに暗い淋しい芸人の家も、はつ夏の水色した空気に洗われてすこしは明るくなったものの、もとより因襲重き栖《す》み家《か》とて、築地の家は古びた提燈を張り更《か》えもせず、やはりそのまま つるしていた。そうして黒く光る格子戸を綺麗にみがくぐらいが、せめてもの夏の音づれを見せている。かえって弟子達から時折に貰う果物《くだもの》の新しい籠などが、外の世界の夏をこの家の内へ齎《もたら》した。

虫喰い汚附《しみつ》いた薄い稽古本の紙の匂い、仏壇の黒く煤《すす》けた扉の蔭に炷《た》く線香の淡紫に黄ばんだ細い烟《けむり》、樺色に燻《くす》んだ小袖簞笥の、歩く毎に気魄《いき》あるもののようにたたたた……と鳴る金具の取手《とって》、市彌の生れた家はかくも暗かった。市彌の母はかくも淋しい家の底にすわって、十幾年というものを暮してきた、何も考えぬ傀儡《くぐつ》のように。けれどもこうした家に生れたちいさい人形の生命《いのち》は、夢のように不思議であった。幻影《まぼろし》のようにうつくしかった。人形の親達はこの可愛い裸人形を、きいきい泣かして舐《しゃぶ》って痛いほど頬摩《ほほず》りしても尚飽足《あきた》らなかった。毎年の夏祭に青黛《あおずみ》を額にうつくしく画いた稚児《ちご》姿は、町内の花のように歌われたのである。

人の世の運命《さだめ》は流れて、母の手ひとつに育てられるようになったころから、人形のふっくらした皮膚のしたには、生きものの匂いした血が流れ始めた。そうして気味の悪いほど豊麗な肌には、女郎蜘蛛の糸のようなものがくるくると絡《から》み附いて、その末端《はし》が人びとの心に執念《しゅうね》くこん絮《がら》かった。その糸に促拿《から》まれた人びとの心は、いたく悩まされてわくわく震えた。こうしてほんのりと薄化粧したような艶《あで》やかな人形の蕾は、早くもむざむざとむしり採られて、無理耶《や》理《り》に人の温《ぬく》みで開かせられてしまったのである。市彌は稚《おさな》くして既に少年の悲哀のやるせなさを味わなければならなかった。市彌の夜の外出が次第に多くなって、一週間にいち度、十日にいっ遍《ぺん》、と外に宿《とま》ってくることもあるようになった。その子の秘密を知らぬ母は、ただそわそわしたものに襲われるような市彌の素振《そぶり》を、痛く気にかけるばかりで、女親のはかなさに、どうしてこれをその子に糺明《きき》そ《ただ》うかという考えさえつかなかった。絶えず市彌に宛ててくる手紙の差出人の名も、長いのはいち年、短いのも半年ぐらいで変って行った。その差出人の名の更《かわ》って行く毎に、市彌のうつくしい命《いのち》も縮められて行くのだということは、市彌自身ですらも気が付かなかった。勿論母はそれを知ろう筈がなく、ただ日に日にくる手紙の数の多いことを不審《いぶか》るに過ぎなかった。

「君の肌はばかにまっちろいね、まるで女みたように。」

と言われると何時でも、

「ああ、あたいのお父さんは肺病で死んだんだもの、もしかするとあたいも肺病だよ。」

こう言った市彌は、肺病というものを世にもうつくしいものの象徴のように思っていたからで、それがこの手紙の差出人の名の更って行く原因になるのだとは、夢にも想わなかった。そこにもうつくしいものの矛盾がひそんでいる。

少年の肌は春に逢う毎に精緻なはたらきを増して、ついに微妙な特殊の触感を覚えるようになった。声彩《こえ》に拠《よ》ってその人の肉体の肌ざわりを予知し、またその皮膚の触味に拠《よ》って、その人の微細な情趣をよみわけることが出来た。そうしてその触感が不思議にもたいていの場合に間違いのないことを慥《たしか》めて、心ひそかに快楽とした。けれどもこのいたいたしい異常な経験が、こういう微妙な触感を能《あた》える代りに、恐るべき致命の償《あがな》いを要求することがないであろうかなどという、理性の恐怖を抱くには市彌はあまりに殉情《さんちまんたある》底な少年であった。

自然に背いた道をゆく、人の知らぬ世界に住む、人の歩かぬ陰の道を踏むということがこの弱者にとってはたまらなく嬉しかった。出来るだけの力を尽して、出来るだけの深い濃厚な経験を漁《あさ》ろうとするゆえ、市彌の肌はますます爛熟してゆくに従って、その微妙な異常な触感もまた痛いほど鋭《するど》敏くなって行った。散り悩む芍薬の花の蔭に、飽《あ》くまで春を貪《むさぼ》って精魂の尽き果てた鉄漿蝶が、疲労れきって重たい翅を靠れるように投げ出して、酒のような濃い空気のなかに恍惚《うっとり》と見据える緑の瞳、そこに市彌という妖童の姿が映っている。また金泥のなかにまみれて沈む江戸紫のゆかしい祥雲寺《しょううんじ》、もしくは柿地に玉虫のこぼれ唐草浮紋も巧み極めた雁金屋《かりがねや》、その襴絹《らんけん》のなかに市彌の蕩《と》けるような魂がつつまれている。すべてのはなやかなものを破壊する、時間の酷《むご》いことを嘆く必要も無かろう。傷ましい痕跡を残してあらゆるうつくしいものを掠奪し去る、推移の早いことを呪う必要も無かろう。過ぎゆく夢のつらなりが世の運命《さだめ》ならば、人はまず過去の追憶の儚《はか》ない余滴《したたり》に舌舐摩《したなめず》りをするにさきだって、溢《あふ》るる現在の酒盞《さかずき》を飲みほすに如くはない。遠き未来はただ銀髪の翁をして、因縁因果の伝説を編む夜伽《よとぎ》の有明行燈《あんどん》たらしめよ。うつくしきものはかりそめの泪をすら愛惜《おし》むことを知らない。

ふとしたことから市彌がはからずも、自分とおなじような蔭の道を歩く信夫と親むようになったのは、ついこの年のきさらぎのころであった。

それは——ただある夜とばかり、わざと印象を壊すような説明は附足《つけた》すまい——どんよりと曇ったうす寒い夜であった。浅草観音堂の裏で市彌はしょんぼりと人を待っていたが約束の六時の鐘が鳴ってもその人は来なかった。不思議なことに市彌とおなじような年ごろの少年が、しきりに人待顔でやはり市彌の方を見てはけげんな顔をしていた。それが信夫であった。その夜ふたりの少年は待人に逢うことの出来なかった代りに、思いがけぬ伴侶《つれ》を得て、かえって互いに歓んでおなじような身の上を語り合った。ふたりはそれを機会《しお》にその後、幾度かこの観音堂の裏で忍びやかに逢った。逢う毎にふたりは肉身の親しみさえ覚えるようになった。

「ねえ市彌、おまえまた今夜も出るのかい。」

こう言った母の言葉は、市彌のうたたねの走馬燈をぽきりと切断した。

「ああ、出るかも知れないよ。」

「そんなに毎晩何処へお行きなんだい。」

「何処だっていいじゃないか。」

「もう試験が近いんじゃないのかい。」

「試験なんてどうだっていいじゃないか。」

「そりゃおまえはどうだっていいかも知れないがね、お母さんはそれじゃ困るよ。」

「どうして、なにが困るんだい。」

「なにがっておまえ、考えてもごらんな。困るじゃないか何時もかも放縦《ふしだら》に出てばかりいられちゃ。いったいおまえのすることがわたしにはまるでこのごろわからないんだよ。」

「そうさ、あたい達の心持はおとなや女にわかっちゃ堪らないのさ。」

「若いものにだけわかるってお言いなんだろう。そりゃあわかってるよ。」

「ちっともわかってやしないじゃないか。若いものにだって通常《なみ》の人間にゃわかりっこはないんだからね。」

「このごろはまたひとりお友達が殖えたんだってね。」

「殖えちゃ悪いのかい。」

「何だねまあ、その口のききようは。」

「だってあんまりわからないことばっかりいうからさ。」

と言って市彌は急に声を低くして独言《ひとりごと》のように、

「お母さんはあたいの首がこんなにしんなりしてることを忘れちゃったんだね、きっと。」

「いやなことをいう子だよ、まあこの子は。」

こう言いながら師匠はうすれて行く日の影をじっと見やって、

「すまないけどね市彌さん、出がけにちょいとあの提燈に灯をいれておくれな。忘れちゃいやだよ。」


降り続く鬱陶《うっとう》しい雨は紫陽花《あじさい》の古い花をひたひたと濡して、褪《あ》せやすい色をすげなく洗い落してしまう傍に、殊勝な撫子《なでしこ》が新しい顔をして勢のいいのも憎らしい。かくて六月もおわりになった。梅雨《つゆ》晴れの日を待って信夫は市彌を白木屋へ誘った。そうしてわざと思いきって派手な大柄を選んで、ふたりお揃いの浴衣《ゆかた》を誂えた。そのほかに帯もお揃いのを買い調えた。ふたりはそれを身につけて往きかう人の羨望を擅《ほしいまま》にしながら、睦しそうに手をとりあって歩く日の楽しさを思いやって心が躍った。

「あたいお化粧して歩くわ。」

市彌はこう言いながら信夫と顔見合わせて、こぼれるように莞爾《にっこり》と笑った。市彌は平生《ふだん》でも時どき女のような言葉を使うのが癖であった。

やがて雨も晴れて蟬が鳴き出した。ふたりは毎日のように揃いの浴衣に揃いの帯を締めて、ゆうがたから何処というあてもなく街を歩きまわった。往来の人は目を欹《そばだ》てて、市彌のほんのりと薄化粧した顔を、信夫のうつくしい素顔と見くらべてすれちがった。殊に年頃の娘達はみなこっそり後を振向いて過ぎて行く。おなじ年輩の不良少年達がずかずかとすり寄ってきて、顔を覗きこんで行く時は、ふたりとも蔑《さげす》むような眼附でそういう無頼児の顔を睨み返してやった。

ふたりは抑えきれぬ快楽を追うためには、試験を放擲《ほうてき》するぐらい何とも思っていなかった。そうした日が一週間も続いて後、学校は夏休みの季節にはいった。

「今夜はあたい思いきって綺麗に粧《つく》ろうや。」

市彌は心の中でこう言って家の格子戸を開けた。格子戸の内はもう薄暗かった。市彌は石鹼《しゃぼん》箱《ばこ》と洗粉《あらいこ》を濡手拭に包んだのをそっと畳の上においたまま、長火鉢の抽匣《ひきだし》から燐寸《まっち》を出してきて、またとんと下駄の上へおりた。さっと燐寸を擦って提燈の蠟燭へ灯を移した時、湯あがりの白い腕が浴衣の袖口からしんなり現れて、首条《くびすじ》が女のように優しくかしいだ。夕食がすむと市彌は自分の四畳半の部屋へはいって、ぴしゃりと唐紙を閉めきった。そうして細い柱鏡を机の上に鏡台のようにたてかけて置いて、その前へ女のように立膝してすわった。肌ぬぎになるとぞっとするほど白い肌が乳のあたりまで鏡に写った。

市彌はいつもより丁寧に化粧して家をたちいでた。茶の間にはもう源さんがお稽古に来ていた。雪駄《せった》をつっかけて格子戸の閾《しきい》を跨ぐ時、白い素足の裏が鼈甲《べっこう》のように綺麗に見えた。市彌が九段の二合半坂を上って黒い冠木《かぶき》門を潜ったのは、もう夜の八時近いころであった。信夫の居間へはいってとんと扉《どあ》を閉めた時、

「ずいぶん待ったよ。」

と信夫に恨みを言われた。

「そう、すまなかったね。」

市彌は懐から手帕《はんけち》を出して赤く汗ばんだ額をおさえた。それからふたりは柔い安楽椅子《そふあ》の上に身を投げるようにすわって、いろいろな少年の日の歓びや哀しみを語り合った。小間使が熱い楮古聿《ちよこれえと》といっしょに、伊太利亜製の綺麗な陶物《やきもの》の菓子皿を丁卓《てえぶる》の上に置いて行ったきり、後

は誰もはいってこない。時どき遠雷の音がきこえて、淡《うす》い稲妻の光が窓玻璃《がらす》へ映《うつ》った。

「僕も君とおないどしならよかったね。」

信夫はこんなことを言い出した。

「どうしてさ、年齢《とし》が違ったって何でもないじゃないか。かえって信ちゃんがもっとずっと年上だったらなおよかったと思うよ。」

なまぬるい風が窓掛を動かして、ゆるやかに部屋の内へ流れこんでくる。

「君が何時《いつ》だったか言ったね、僕達は片輪だって。」

「ほんとにあたい達は片輪なんだもの。」

「境遇が片輪なばかりじゃない、そういう境遇のために僕達は心まで片輪になってしまったんだねえ。」

「どうしてさ。」

「だって僕等は愛されるってことは知ってても、愛すってことは知らないんだもの。」

「そうだろうかねえ、あたいにゃわからないよ。だけれどそれでいいじゃないか。」

「僕はそれじゃ何だかものたりないような気がしてならないんだよ。」

「じゃどうにかものたりるようにすればいいじゃないか。」

と言って市彌はにっこり笑ってみせた。信夫は立って窓際に行った。

「梔子《くちなし》の匂いがするよ、市ちゃんきて御覧。」

市彌もこう言われて、信夫の側へ摩《す》り寄って窓から首を出した。

「いい匂いだこと、うっとりするようだよ。」

「ほら、ずっとむこうに何だか白く見える花があるだろう。あすこからここまで匂《にお》ってくるんだぜ。」

ふたりはしっかと手を組み合わして、闇の中から匂ってくる酔うような甘い匂いを、胸いっぱいに吸いこんだ。稲妻が急に鋭く光って、冷い風がひいやりとふたりの襟首を撫でた。

「とうと降ってきた。」

と言って信夫はさらさらと窓掛を引いた。まもなく雷鳴がすぐ頭の上でうす気味悪くなり出したと思うと、大粒の雨がばらばらと落ちてきた。

信夫は本棚へ行って羊皮の表装したのや、印度更紗のような装釘うつくしい本を四五冊小脇へかかえきた。

「君にまだ見せなかったね、叔父さんが先月独逸《ドイツ》から持ってきた本なんだよ。」

この贅沢な絵本のなかには、日本では見たこともないような綺麗な絵が、惜げもなくどっさり綴じこんであった。ふたりは膝を並べてからだを安楽椅子のなかに埋めながら、膝の上へ絵本を開いた。絵を見ながらも市彌はしじゅうそわそわとして、時どき信夫の方へぐっとからだを摩り寄せるので、そのやわらかい息遣《いきづかい》が信夫の頬へ触《さわ》った。

「どうかしたの、市ちゃん。」

「あたいね、ほんというと雷鳴《かみなり》が大嫌いなんだよ。」

こう言って市彌はきまり悪そうに悄《しょ》げた。その憐《しお》らしい顔色を可笑《おか》しそうに覗きこみながら、信夫はその肩へ手をかけた。

「市ちゃんは意気地がないんだねえ。」

市彌のからだは動悸といっしょに可愛らしく顫えていた。雷鳴はまたひとしきり窓玻璃《がらす》を震わして、鼓膜を破るように轟いた。

時計は静に十一時を打った。

梔子《くちなし》の花も逝《ゆ》いて、合歓《ねむ》の葉が眠るころとなった。水浅黄《みずあさぎ》の闇を紺によごした薄くらがりの夏の暮靄《ぼあい》のなかに、浅草観音堂の裏の扉は夢のようにしっとりと閉じられている。夕ぐれ雲の漂うあたり、疲れた空の銀の微明《びめい》。遠く何処《いずこ》ともなき茅蜩《ひぐらし》の顫え声。

観音堂の欄干《てすり》に靠《もた》れたふたりの少年の揃い浴衣は、憎らしいほど派手であった。

「あの晩は白いみぞれがさらさら降ってたねえ。」

「君は其処の段々を幾度も昇ったりおりたりしてたじゃないか。」

「信ちゃんも廊下のところを行ったり来たりしてたっけねえ。あたいはなのうちは気味が悪くってしょうがなかったよ。」

「だけど最初に話しかけたのは君の方だぜ。」

「あたい信ちゃんがその時に着てた着物の柄《がら》までちゃんと知ってるよ。どうしてもあたいにゃ信ちゃんがお化粧してるんだとしか思えなかったんだけど、でもそうじゃなかったんだってねえ。」

「そのくせ市ちゃんこそしてたんだろう。」

「ああ、ほんの薄化粧さ。だってあたいの顔はあんまり蒼白くって、明るいところへなんか出ると恥かしいくらいなんだもの。」

「寒かったねえあの晩は。」

「今夜も宮戸《みやと》へ行こうよ、あの晩みたよに。」

ふたりは欄干《てすり》を離れて階段をおりた。

「あたい達があの晩遭わなかったら、きっとお互いにあかの他人だったのかもわかんないねえ。」

「そうさ、そうして僕等はお互いにおなじような身の秘密を持っていながら、それを打明けることもできないで、そのまま青い毒を抱いて死んで行ったんだろうよ。」

「信ちゃん、青い毒ってなあに。」

「僕等は青い毒を抱いてるんだってさ、谷井《やつい》さんがそう言ったよ。市ちゃんはあの話をまだきかなかったのかい。」

「だってあれっきり逢わないいんだもの。ああわかったそのことかい、信ちゃんがこないだから大事な話がある、あるってそういってたな。」

「ああ、そうなんだよ。」

「じゃ早くお言いよ。」

「いまなかへはいってから言うよ。」

「芝居なんか見るなよそう、暑苦しいんだもの。それよりゃ早くなんだかそれを言っておしまいな。」

「驚いちゃいけないよ。」

「なんだい、そんなに人を焦慮《じら》してさ。」

ふたりは宮戸座のたちならんだ幟《のぼり》の側《わき》を通りぬけて、聖天《しょうでん》横町の方へ足を向けた。

「うつくしいものの早く廃れ、愛せらるるものの早く亡ぶるということは、何たる残酷な矛盾であろう。しかしこの残酷があるために、かえって愛惜という慕わしき文字も生れた。すべてうつくしきものはそのうつくしさを全うせんがために、余韻嫋々《じょうじょう》の哀曲を残して去った。あなたは一生をうつくしい人として終りたいとは思いませんか——てこういうのがまず谷井《やつい》さんの前置《まえおき》なんだよ。何を言い出すのかと思って僕弱っちゃったけど、黙って聴いてたのさ。——あなたは自分の生命《いのち》をうつくしいと思ったことがありますか。そうしてあなたはそのうつくしい生命《いのち》の後に、愛惜という落胤を残したいとは思いませんか。なんてそんなことをいくつもいくつも重ねてきくんだよ。だからね僕こう言ったのさ。わたしはただ人に可愛がられてさえ居ればそれでいいんですって。」

「あたいだってきっとそういうよ。でそれからどう言ったの。」

「したらね、——ああ可哀そうにあなたは今まで、どういうわけで可愛がられていたかということすら自分で考えたことがなかったんだ。あなたは自分の肉体《からだ》に持ってるひとつの不思議な因縁を自分で知らなかったのです。それを知りたいとは思いませんか、ってまたきくんだよ。だから、そりゃ知りたいと思いますって言ったのさ。誰だってそう言われてみればききたくなるのはあたりまえなんだもの。するとね、——それを今わたしがここで言ってしまうのは造作もないことです。ただそれをきかせられて、あなたが黙っていられなくなりはしまいかとそれを恐れます。きっとわたしを偶像破壊者《あいこのくらすと》だとかなんとか言って罵るに違いありません。しかしわたしは決してあなたの偶像を破壊するんではないのです。むしろその偶像を造ってあげるようなものです。」

「もっと手短に言ってしまえないのかい。なんだか気がせいてゆっくりきいてる気がしなくなっちゃうよ。青い毒の話はどうしたのさ。」

「だって話は順にしてかなくっちゃわからないんじゃないか。今じきにそこへ行くんだからまあきいといでよ。でね——あなたがたの生命《いのち》は……。」

「あなたがたって言ったかい。」

「僕や市ちゃんのことを言ってるらしいんだよ。——あなたがたの生命《いのち》は丁度あの蛍のようなものです。銀色の光を黒い闇の中に投げながら、水を慕って飛んで行く夢のような生命《いのち》。いやむしろあれよりももっと儚《はか》ないと言いましょうか。あのちいさい虫にとっては、ひと夏というものは決して短い生命ではありません。光るということをおのれの生命の第一義だと観じている彼等は、その死の瞬間に於てすらもなお、消耗し竭《つく》した精魂を絞ってその銀色の光を亡すまいとする哀れさ。あなたがたもこれとおなじ運命をまぬがれますまい。いやその運命はもう何時のまにか、あなたがたの背後へ追い迫って来ているのです。」

「だってあたい達は何時死ぬか、そんなことがわかるもんかね。」

「だから僕もそういってみたのさ。するとね、——いいえ、あなたがたは肉体《からだ》のなかに青い毒を抱いてるんですって。」

「つまりね、こういうわけなんだよ。僕や市ちゃんみたようなね、人に言われない素性《すじよう》を持ったものは……。」

「青い毒。」

「人に言われない素性ってなにさ。やだよそんなまわりっくどいことばかり言って。」

「だって僕等の歩いてきた道は明るいただしい道じゃない、いわば陰の道なんだろう。だからやっぱり人に言えない素性じゃないか。」

「それがどうしたの。」

「そういう素性のものは、みんな若いうちに死んでしまうのがおきまりなんだとさ。こればかりは昔からずっとはずれたためしをきかないって。」

「何故若いうちに死ぬんだろうねえ。」

「そりゃ脳膜炎っていう病気になって。」

「脳膜炎。」

「うそだと思うんなら医者にきいてごらん、て谷井《やつい》さんが言うんだけど、まさかきけやしないからね、こればっかりは。」

「じゃ、あれかね、脳膜炎ていう病気はきっと死ぬ病気なのかね。」

「死ぬとは限らない。だけど死なないにしても癒《なお》ったところで不具《かたわ》になる。風癲か、白痴か、馬鹿か、狂人《きちがい》か。」

「そんな恐ろしい……。で、むこうの人もやっぱりそんな恐ろしい脳膜炎とかになるの。」

「ううん、むこうはなんにも関係がないんだよ。こっちだけさ。」

「じゃずいぶんつまらないやねえ。だけど何時その病気になるかわかりゃしないもの。」

「だから、何時なるかわかんないから、明日なるかも知れない。今日なるかも知れない。たいがい早くって十八九か二十前後、おそくとも二十三四までにはきっとならなきゃならない。二十五にもなるまでまんぞくでいられる人は、ほとんどないと言ってもいいくらいだって谷井さんが言うんだぜ。」

　ふたりの間に肉の疼《うず》くようなわくわくした、堪えられない沈黙がつづいた。暗い町がつきて今戸の渡し場が、ふたりの少年の襟首に冷い川風を沁みこませた。

　水の上へ出ると眠ったような川靄のなかを、赤い灯がちらりちらりと縫ってゆく。水の音はなくて静な船腹は滑るようについついと過ぎてゆく。眠たげな船唄。水を切る櫓の音。すべてはただ蒼茫《そうぼう》の夢の裡《うち》に溶けこんでしまう。

　ふたりは対岸《むこうぎし》に着くまでひと言もいわなかった。黙って水縁《みずべり》を凝視《みつ》めていた。やがて船からあがってもふたりは黙ったまま、並んで土堤《どて》の上を歩きだした。一町ばかりくると信夫は急に足を留めて樹の下へ蹲《しゃが》んでしまった。市彌はその側へ寄り添って、

「ねえ信ちゃん、あたい達の肉体《からだ》は腐ってるんだね。」

その声はさびしく沈んでいた。

「そうさ、腐らされてしまったのさ。この肉体のなかにはいろんな人のいろんな悪い血が凝結《かたま》ってるんだもの。」

信夫は懐手したままじっと吸い入れられるように、川端の水面に見入っている。

「あたいはよく今までこの肌が爛《ただ》れて潰《くず》れて臭い膿《うみ》が出てこなかったと思うよ。」

「僕の血はどんなに濁ってるだろうね。」

こう言って信夫は不意に懐から白鞘の短刀をとりだした。市彌はそれを凄いような眼で睨みながら、

「信ちゃん、それをどうするの。」

と奪うように信夫の手からとりあげて、抱くように胸にかかえた。

「僕は谷井《やつい》さんにあの話をきかされた日、すぐ家へ帰って刀簞笥のなかからその短刀を偸《ぬす》んどいたんだよ。それから今までしょっちゅう懐へ入れて歩いてたんだぜ。」

市彌は鞘をすこしばかり明けて、その白い刃にしげしげ見惚《みと》れていたが、かちりと閉めて信夫の手へ渡しながら、

「いいもの偸《ぬす》んだねえ。あたいをおいてきぼりにしちゃいやだよ。」

信夫は黙って首肯《うなず》きながら、市彌と顔を見合せて莞爾《にっこり》と笑った。

八月になると信夫は母や姉といっしょに、東北のある淋しい町に叔父を訪ねなければならなかった。その町は盛岡と言って旧南部藩の古い城下町であった。今でも住古《むかし》の名残を伝える不来方《こずかた》城が、巍然《ぎぜん》として町の中央に聳えている。この町の南を貫いて溶々として流れているのが北上川《きたかみがわ》の上流である。叔父の家はこの川に臨んだ宏壮な屋敷であった。

信夫はその単調な川の水を眺めながら、心淋しい日を送らなければならなかった。市彌にはほとんど毎日のように手紙を書いた。なかにはこういったようなものもあった。

今宵月明、市ちゃんのことなどを思いながら川縁《かわべり》を歩いた。僕はもう毎日毎日こうしたおなじようなことを繰り返して日を送るに堪えない。死んでいるような町。僕にはそうとしかほかには思えない。こんな町にも住んでる人があるのかと思うと、僕には奇蹟のように考えられてならない。きっとこの町の人達は生れながらにして頭が半分麻痺しているに違いない。そういう人々の住んでいる町に寂しい生活をつづけてゆくには、僕たちの感傷高い少年の心はあまりに花車《きゃしゃ》すぎた。ああ、なつかしい浅草観音堂よ。銀座の裏よ。そうして今戸の渡し場よ。殊に僕はあの橋のおおい簗地を忘れることができない。君よ、思い出おおき浴衣の襟に残った、白粉の匂いをゆめ洗い落したまうな。初めて秋立つ日。

けれども市彌からはさっぱり手紙が来なかった。しまいにはふっつりと音信が絶えてしまった。それをせめてもの楽しみにして暮してきた信夫は、市彌から来る手紙をどんなに儚《はか》ない心で待ったであろう。

秋の立つのも早い山国のこととて、家の周囲《まわり》には松虫、鈴虫、の音《ね》が日いちにちと繁くなり、もう庭には女郎花《おみなめし》も咲いている。宵の口に川端などを歩く人は羽織を欲しい程になった。信夫は市彌へやるある日の手紙へ、こっそり五円紙幣をいちまい封じこんだ。手紙の文句はごく簡単にこう書いてあった。

うかうかと暮しているうちに秋も来ました。僕がどんなに淋しい日を送ってるかということは、とても市ちゃんには想像もつかないでしょう。しかし僕はこのまま市ちゃんにも逢わずにもっともっと淋しい露西亜《ロシア》の国へ行かなければならないようになるかも知れません。僕にそんなことができると思いますか。いずれ委しいことは御面会の上にて。市ちゃんは僕の心を汲みとるに一刻の躊躇もしないだろうということを固く信じて居ります。

信夫は翌日もその翌日もまたその翌日も、毎日毎日くだり列車の着く毎に、使いの者を停車場へ遣った。そうして自分は玄関から門の方をばかり見て暮した。けれども市彌は来なかった。夜がきて蚊帳のなかにはいってからも、暫くの間は枕から頭をもたげて耳を澄していた。けれどもきこえるものは夜陰《やいん》に哭《な》く川の水と、鉄橋を渡る夜汽車の跫音《あしおと》ばかりで、たまに門の鈴の音がするかと思えば、それはただ秋のおとずれを知らせる風の戯れにすぎなかった。

空しい日が七日もつづいて、八月ももう残りすくなになってしまった。信夫は今日も土堤《どて》の上にしょんぼりと立って川の水に映る夕日を眺めていた。秋だ、という感《かんじ》がひしひしと身に迫ってくる。其処へ小間使の女が慌《あわただ》しく走って来て市彌の来たことを告げた。

市彌の姿をひとめ見るなり、信夫はもう胸いっぱいにならないではいられなかった。

「僕どんなに待ったか知れやしないよ、市ちゃん。」

こう言って市彌の肩をはげしくゆすぶった。市彌は眼にいっぱい泪をためて暫くは言葉も出なかった。

「だって……….。」

「市ちゃんはばかに窶《やつ》れたようね。」

「あたい病気だったんだもの。」

「そんならそう言ってよこせばいいのに。黙ってるんだもの。どんなに気をもんだか知れやしないぜ。」

「あたいだってどんなに……。早く癒そうと思うもんだからなおいけなかったんだよ。」

「じゃまだいけないのかい。」

「ああ、まだほんとじゃないの。だけど信ちゃんが露西亜へ行っちゃうともう逢えないと思ったもんだから、無理にきちゃったのさ。」

「家へは何とも言ってこないのかい。お母さんが今ごろはおおさわぎしてるだろうね。実はありゃなんでもないんだよ。叔父さんがこんだ秋になると露西亜の公使館へ行くことになったんでね、ついでに僕も連れてくっていう話なんだけど、なあに大丈夫さ。僕さえがんばれやそれで済むことなんだもの。ただ逢いたかったからあんなことをいってやったのさ、でないとなかなかきてくれやしないだろうともったもんだから。」

「ずいぶんな信ちゃんだね、あんないいかげんなことをいってあたいを騙《だま》したりなんかして。」

「騙しないさ。だけどあんまりさびしくってやりきれなかったんだもの。」

その晩のふたりの話は蚊帳のなかへはいってからも尽きなかった。しまいに信夫はこんなことをいいだした。

「実は市ちゃんを恨んでたんだよ。」

すると市彌は肉体《からだ》を投げだすような真似をしてこういった。

「じゃいくらでも恨みをはらせばいいじゃないか。」

絶えて嗅《か》がなかったききおぼえのある白粉の移り香《が》が、市彌の襟もとに残っていた。信夫はそれを思うさまむさぼり吸った。

屋敷の裏の川下《かわしも》は杉土手《すぎどて》と呼ばれて、底無しと言われるほど深い淵のようになっていた。水勢もここの辺《あたり》いったいはゆるやかな流れで、油を流したような蒼い水が、のたりのたりと這ってゆくもの凄さ。泥のなかにいっぱい生えた蘆は、長く土手岸《どてぎし》につづいて、川の底の秘密を隠そうとしているようにも思われる。

翌日の夕景《ゆうがた》になると信夫は市彌をこの川縁《かわべり》に連れだした。古い皀角子《さいかち》の樹が妖怪変化のように水際《みぎわ》ににょっきりと立っている。その下には朽《くさ》れかけた小舟がひとつ繋いである。

「もう秋だね。」

「かなかなももうじき鳴かなくなるよ。」

「あのかきおきが谷井《やつい》さんの手へはいるのは何時ごろかしら。」

「僕の好きなあの死人花《しびとばな》が咲くころまでは、なんにも知らないでまさかふたりでこんなことをしようとはゆめにも思やしないだろうね。何時だったか、あなたは不思議な花が好きなんですねって、僕の顔を穴のあくほど凝視《みつ》めていたことがあったよ。谷井さんはきっとあの時のことを思い出してくれるに違いない。ああ、ここが今戸だったらねえ、市ちゃん。」

「そんなことをいうのはおよしよ。あたいはなんだか家のことを思い出していけないから。」

やがてふたりは肯《うなず》きあって小舟へ飛び乗った。暗い水は微《かす》かにゆれたばかりで、またもとの静けさにかえった。

「信ちゃん、あれを忘れやしないかい。」

「ああ、ちゃんとここに持ってるよ。」

信夫は懐中の短刀を指してみせた。纜《もやい》を解くと小舟はゆらゆらと流れ出した。


築地の淋しい家につるされた提燈の灯は、ますます暗くなってゆくばかりであった。三味線を膝からおろすと毎晩のように師匠は、市彌の本箱から出た白粉の空瓶《あきびん》をいくつも膝の上へ抱きあげて、それをつくづく見やりながら長火鉢の灰のなかに泪をこぼした。そうして燈明の消えるのも忘れて、稚《わか》いわが子の「あやまち」を繰返し繰返し嘆いた。けれどもその白粉の瓶に秘められた、うつくしい少年の因縁に就いては男ならぬ身の知るよしもなかった。

口ぶえ

折口信夫

学校の後園に、あかしやの花が咲いて、生徒らの、めりやすのしゃつを脱ぐ、爽やかな五月は来た。

このごろ、時おり、非常に疲労を感じることがあるのを、安良《やすら》は不思議に思うている。かいだるいからだを地べたにこすりつけて居る犬になって見たい心もちがする。

この気持ちを、なんといい表してよいか知らぬ彼は、叔母にさえ、聴いて貰《もら》うわけにはいかなかった。

身なりをかまわないというよりは、寧《むし》ろ無貪著《むとんじやく》なのを誇る風《ふう》の傾きのある彼である。

学校で、教師などが見かねて、あまり穢《むさ》い風はせぬように、と注意をあたえる様なことがあると、どういうものか、ぞくぞく言いしらぬ快感を覚えるのであった。母も、叔母も、店の忙しさにかまけて、安良の身のまわりのことにまで、気を配っていることは出来なかった。こういう家の事情に、根がおおまかでもあるが、凡でもあった彼のおいたちが、積りつもって、こういうつくろい心地を楽しむようにもなったらしいのである。

安良は、じりじりじりするほど、石段つづきの坂道をのぼって行く。坂の両側は、竹垣を結い廻《めぐ》らした墓原《はかわら》である。竹の古葉の堆《うずたか》い土の処々に、筍《たけのこ》が勢よくのし出ていた。その藪《やぶ》を洩《も》るまぶしい朝の光に、目をつけて、安良はたち止った。

きょうは、起きるから、いつもの変な心もちが、襲いかかっていた。彼は、目をおおきく大く睜《みひら》いて、気持ちをはっきりさせようと努めた。けれども、其もその時ぎりで、後《あと》はやっぱり、うっとりと沈んで来る。けれども行かねばならぬ学校があると思うと、そのまま歩き出した。

坂の上は、寺町の通りである。其を五六町行くと、学校だ。その建物の見え出すあたりに来ると、始業の鐘が鳴り出した。どんどん馳《か》けつけた勢で、教室へまっすぐに梯子《はしご》段《だん》を上《のぼ》って行った。教師はまだ見えて居なかった。けれども、生徒らはもうそれぞれ席に著《つ》いたり、人の机に立ちはだかったりして、がやがやさわいでいる。安良が息をはずまして這入《はい》って来たのを見て、みな一度にどっと笑い出す。

安良は、顔から火の出るのを感じた。身をすぼめるように、自分の床几《しょうぎ》に腰をおろした。

「漆間《うるま》のあたまに、火事がいてるで」

大ごえで、組じゅうの若者の注意を促した男がある。彼はとっさにあたまに手をやって、じめじめと濡れた髪の毛に触れた時、蒸発する汗を知った。と、頭をおさえた瞬間の姿が、心もちが、にわかしにでもなったように、反省せられて、再《ふたたび》激しく、消え入りたい気がした。しばらくして、安らかな涼しい心地が、彼に帰って来た。

その時間は、とうとう先生は、出なかった。生徒らは、のびのびした気分で、広い運動場に、ふっとぼうるを追いまわった。

安良は朝の光を、せなか一ぱいに受けて、苜蓿草《うまごやし》の上に仆《たお》れていた。青空にしみ出て来る雲を、いつまでも見入っている。


あくる日は雨であった。

生ぬるい風が野近いことを思わせる様に、どうかすると、あたらしい野茨《のいばら》の香を教室に漂した。窓ぎわにいる安良は、吹きこむ細かな霧に湿うた上衣の、しっとりと膚《はだ》を圧する感覚を、よろこんでいた。彼は汗かきである。四月の末から、五月のはじめへかけては、殊《こと》に甚しいのである。

静平な顔つきをしている時分でも、清水の様に湧いて、皮膚を伝うていることが多かった。寝間を出るから、ねっとりと膚がたるんでいる様に感ぜられたので、いつもの半しゃつを着ないで、今日はやって来たのである。

教師は今、おもしろ相《そう》に「ここにおいて、ふりっつは、その狼を戸にむかって、力まかせにうちつけるよりほかには、しかたがなかった」と大きな声でいった。安良は、はじめから、この教科書の内容に、興味はなかった。岩見重太郎や、ぺるそいすの物語に、胸おどらしたのも、二三年あとに過ぎ去っていた。

それでも、ふわふわした雪のうえに、ふりっつの白い胸から、新しい血の迸《ほとばし》るありさまをおもい浮べていた。その夢のような予期が、人間の力を思わせる、やすらかな結局になりそうなのを、つまらなく感じた。講義がすむと、生徒は、われ一にと質問をした。けれども、彼には、疑問が残っていなかった。

三時間目は、体操であった。安良はとむねをつかれるものを覚えた。

雨天体操場の正面の壇上には、蝦蟇《がま》といわれている大きな教師が、立った。そして徐《おも》ろに、上衣のぼたんを外しはじめた。

生徒らはみな上衣をとりかける。安良は、からだじゅうの血が、あたまにのぼった。やがて、

「気をつけ」の叫びを聞いた。

「柔軟体操第一運動第一節」太い声をはりあげた。同時に、

「漆間、上著《うわぎ》」

安良は、言うべき語が浮ばなかった。毛《け》孔《あな》の一度にひらくのをおぼえる。教師は、壇から飛びおりて、おどりかかった。

「なぜ、とらん」

まっかになって項垂《うなだ》れたままの安良の胸を鷲づかみにした。そして、第一のぼたん、第二のぼたんと、ひきはずして行く。ぼたんの一つは、ちぎれて、飛んだ。

遽《にわ》かに、無慚《むざん》な表情が、教師の顔に漲《みなぎ》った。

「よし壇の上へあがれ。貴様号令をかけるんだ」

安良は、我を忘れて、つかつかと進んだ。教師の手には、上衣が残っていた。

彼は壇上に顕《あらわ》れた。彼の上体は、一すじの糸をもかけて居ないのである。彼の顔は、青白く見えた。心もち昂《あが》った肩から、領《えり》へかけて、ほのぼのと流れる曲線、頤から胸へ、胸にたゆとうて臍《へそ》のあたりへはしるたわみ、白々として如月《きさらぎ》の雪は、生徒等の前に――。その雪のきえたい思いに、よわよわと彼は壇上に立った。

同年級の生徒のある者は、さすがにいたましい目をして、彼を見た。

「柔軟体操第一運動　第一節。腕をあげ――」

澄み透った声は、生徒らの耳に徹した。

俘虜《とりこ》のように見えた彼は、きびしいえみを含んで、壇をおりて来る。

かえりは雲がきれて、燕《つばめ》はひらひらと白い腹を飜《ひるがえ》していた。彼はさばさばした心で、夕立に洗われた土を蹈《ふ》んで行く。五六町来て、道は茶圃《ちゃばたけ》の間にはいる。小高い塚の上に、五輪の塔が、午後の日をあびて居た。茶の木のしげみから、大きな羽音をたてて、鳥が起《た》った。安良は、塚の上に立って、鳥の行くえを見送った。するど、鼻の心《しん》がからくなって、目がぼうっとして来る。

ちぎりあれば　なにはのうらにうつりきて、なみのゆふひををがみぬるかな

その消え入るようなしらべが、彼のあたまの深い底から呼び起された。安良のおさない心にも、新古今集の歌人であったこの塚のあるじの、晩年が、何となく蕭条《しょうじょう》たるものに思われて来た。その時、頰に伝わるものを覚えた。あたまの上の梢から、一枚の葉が、安良の目の前に落ちた。見あげる彼の目に、柔かくふくらんだ、灰色の鳩の、枝を踏みかえたのが、見えた。そのいたましく赤い脚。不安な光に、彼を見つめた小鳥の瞳《め》。

一週間ばかり、降ったり照ったりして、むしむしと暑い日が次《つ》いだ。桐の花の紫が、白っぽく

散る。

運動場の片隅に、十坪ばかりの地を畝《うな》うて、畑を作って居る彼であった。この頃では、朝夕二度水をやらなければならなくなった。去年、春蒔《ま》いて秋収めた種を、また畑におろしていたのである。

それがすこしずつ間をおいて、幾畝にもうつし植えられた時、この何百本の草の命として頒《わか》たれた自身の力を見つめているような心地が、あどけない心にも湧いていた。

草のおおくは已《すで》に莟《つぼみ》をもっている。灌《そそ》いだ後からあとから、水はすうすうと吸いこまれて行った。

一時間ずつの授業のすんだ度ごとに馳けつけると、いつも、何処《どこ》にも濡れた部分は残っていなかった。安良は朝の授業の前と放課の後とには、きっと庭園に蹲《うずくま》って、細心の注意を草の一茎の上に放った。彼は朝晩に水をやるだけでは、満足が出来なくなって来た。思いたった時は、いつでも水をかけることにした。博物の先生が「そうやっては根がもたない」といったけれど、幼い心にほのかな反抗心をかためていた。

心なげに見える草や木の心も、あるじの胸にはあらわれる。わたしが水をやろうという考《かんがえ》を起すのは、とりもなおさず草や木の思いが伝わるのだ。草は彼のおもいどおりに、すくすくと延びて行く。莟は処《ところ》どころ、黄ばんだのや、赤らみのさしたのが見えたりして来た。

やや斜《ななめ》になった日かげに、汗滲《にじ》む顔を伏せて、せっせと畝の手いれをしている。安良は小一時間もそうしていたが、ほっと息を吐《つ》いて立ち上った。急によろよろと仆れそうになったので、近くの垣によりかかると、ひどい耳鳴りがして鼻がつまって、息ぐるしくなって来た。同時に冷汗がさっと湧いて、いうべからざる悪寒を感じた。安良は芝生のうえに横になった。そうして、やや暫く、安らかな呼吸にひき戻そうと、大きな息に調節を試みた。氷のようなものの、けはいが、背すじをとおったかと思うと、汗が急に収《おさま》って、血が全身になり渡る。ほてった頰をして彼は畠《はたけ》の畝の間に戻って来た。


「おい漆間君」

二階の教室を、一番おくれて出て来た安良を、階段の下から実験室へかよう薄ぐらい廊下から、呼びかけたものがある。

「なんや」

「ちょっと此処《ここ》までおりて来てくれ」

彼は声をきいた刹那《せつな》、ふとその男の顔が胸に浮んだ。何ごとか起ろうとしているという予覚におののいた。

「庭園の手いれがあるよってにな、またあとで来《こ》う」

と一気にいって、階段をはせ下って庭園へ走った。

「こら、まて」

とうとう、松や柳のうえこんである、庭園の隅まで追いつめられた。安良は身の痩せるまで脅迫せられた。けれどもその男のいうことは聴かなかった。鐘が鳴る。生徒は教室へ潮の様に這入って行く。安良はふりきって逃げた。

「おぼえてえ」

と叫ぶ猛獣のような声が、彼の耳に残った。

彼は、しかし逃げもかくれもせなかった。昼の休みには庭園に出て草むしりをしている。牧岡というさっきの男のほかに二人、おそろしい顔に面疱《にきび》の赤黒くふき出したのが垣のまわりをじろじろ睨《ね》めてあるいた。


白々とした夏服がしなやかな肩の輪廓を日なたに漂わして、六月に入る。

五六日降りつづいた雨のあがった日曜日である。安良は五時ごろに家を出て、東へ東へとあるいていた。一時間たって、広々とした野原に出た。土ぼこりのあがる野中の一本みちを、わき目もふらずにあるいて行く。町の方へ来る牛車に、いくつとなく出逢った。飛白《かすり》の筒袖のあたらしい紺の匂が、鼻にせまるほど日は照っている。

ある田舎町に来た。そこで桃や巴旦杏《はたんきょう》を買うて、雑嚢《ざつのう》におしこんだ。これから南へ行くと、墓場の間をとおって、緞通《だんつう》織る工女の歌のせわしい村に這入る。川があったり、大きな藪《やぶ》があったりして、一里あまりあるくと、目の前に白じろと連《つらな》る寺の壁が見え出した。

「まいるよりたのみをかくる藤井でら」という御詠歌が、内陣の隅から聞えて来る気がする。みくじを抽《ひ》いて見た。二十八番とある。判断の紙とかえてくれる人は何処にも見えない。白檀《びゃくだん》や沈香《じんこう》の沁みこんだ柱や帷帳《とばり》の奥のうす闇にいらっしゃる仏の目の光と、自分の目とが、ふと行きおうた様に感じて、心からお縋《すが》りもうしたい心地に浸っていた。

鶏が階段を上って来て、高い敷居をこえて本堂の蔀《しとみ》のもとで鳴く。

西国順礼の親子と見える二人づれがみたらしのわきにいた。てて親が水を飲んでいる。子は十歳《とお》そこそこのいたいけな手をして釣瓶《つるべ》を支えて、親の瓢子《ひしゃく》に、すこしずつ水を与えている。

彼は目傷い思いを抱いて門を出る。正午に近い日ざしに、軒ごとの懸菜《かけな》が萎《しお》れている。風がかろく砂をふいてとおった。

さきのほどから、安良は肋《あばら》を圧するように、胃の疼《うず》くのを感じていた。それがひどくなって来た。草いきれの強い道ばたに踞《かが》んで、胸を押えて見た。突然、苦い液が咽喉《のど》をはせ昇って来た。吐き出すと、黄色な水である。

安良はそうしたまま暫くじっとしていた。野らしごとから昼寝にかえる男であろう、真白な菅《すげ》笠《がさ》をかずいて、すたすたやって来たが、ふと立ち停って彼を一瞥《いちべつ》したまま、また静かに行きすぎた。異様な痙攣《けいれん》が、この時、安良の顎《あご》のつけ根をとおりすぎた。それはせつないけれども、しかし快い気もちを惹き起すようなものであった。

安良はのび上った。もうその時は、はるばるとつづく穂麦の末に、それかと見る菅笠がかすんでいた。浅黒い顔の、けれども鮮やかな目鼻だちをもった、中肉の男である。まくりあげていた二の腕は不思議に白く、ふくよかであった。勦《いた》わる様に見つめていた、柔らかなまなざしが胸に印せられた。

脇にそれて、狭い道がある。彼は項垂《うなだ》れながら、西へ西へと辿《たど》る。道傍《みちばた》には、積藁《つみわら》のいくつもいくつも立っているのが、夢の様に目をすぎた。その一つの陰にくずおれるようにすわりこむまでは、放散していた意識が、そうしているうちに、だんだん集中して来るのを感じて瞬《みひら》いた目のまえに、蓮花草《れんげそう》が一茎あるかないかの風にゆらいでいる。

呼吸の音は耳に荒く聞えて、ほてった頰にあつく触れる。彼は今一度《も》のび上って、充血した目をじっとすえた。しかし見わたすかぎりの麦生《むぎふ》に漲《みなぎ》る日光と、微風に漂う雲雀《ひばり》の声を聞くばかりである。

ぐったりとして、彼が重い脚をひきながら家に戻った時は、もう日はとっぷりと暮れていた。

はればれとした顔をして、学校へかよう日が三日とは続かなかった。朝は夙《はや》くから起きた。それに、毎日の様に遅刻する。けれどもどんなおりも決して休んだことがない。寝床を出るから、ぐんなりしていることが多かった。

安良の丹誠《たんせい》が見えて、庭園には珍らしい西洋花が、日ましに咲いて行った。たゆい瞳《め》をして、草花の間に茫然と立ちつくしていることが、度々であった。

安良の学校への途に、愛染堂《あいぜんどう》がある。この辺には見かけない樺《かば》の木立を背にして、修覆《しゅふく》のまわった多《た》宝塔《ほうとう》や、丹塗《にぬり》の黒ずんだ金堂《こんどう》がたっていた。堂の内には、堂守《どうもり》の一人ものの翁《じい》さんが住んで、朝の光、暮の日ざしを逐《お》うて、あちら此方《こちら》の半蔀《はじとみ》をあげたり、おろしたりしているのを見かける。林の間には、いつも落葉が積っていた。彼の道は落葉の上をふみ渡って、横手の小門に出るのである。

六月も、残りの日数の僅《わず》かになったある朝、安良は梢をすいて落ちる日かげをふり仰いで立ち停って、もしや、病ある身ではあるまいかと疑うた。

学校は今日もはじまっていた。数学の教師は、皮肉なえみを浮べて彼を責めた。耳朶《みみたぶ》まで真赤にして、顔もえあげない彼を見おろし見おろし、はては聞きにくい嘲弄《ちょうろう》までもした。生徒が教壇に上って、幾何《きか》の問題を説き出すと、間もなく鐘がなり出した。教師は大きな声で、

「漆間のお蔭で、とうとう時間がつぶれてしまった。ああああ」

というてにやにやとした。

四年五年の生徒が、頬の白い子や骨ぐみのしなやかな少年を追いまわることが盛《さかん》になって行く。小さな生徒らは、とまりがけの修学旅行の来るのを、ひたすら恐れている。

彼は、そんなことには貪著《とんじやく》してはいなかったけれど、彼の道は、安良一人のほかかよう者がなかったので、かきみだされることなしに、静かな心をもって学校へ行ったり来たりした。

暑中休暇を目のまえに控えて学期試験が五六日つづいた、その、おわりの日である。

彼は汗に浸って、ぐんなりとして戻って来る。校門を出ると、それでも涼しい風が頬に触れた。閑静な片がわ町は、一方茶畑になっていて、白い砂にぎらぎらと正午の光が照っている。みちおしえが一匹、さっきから二三足《あし》ばかりまえを、彼に離れないで、飛んでは休み、休んでは飛びしている。

うなじのあたりに、不意に人の息ざしを感じた。突嗟《とっさ》、安良は、ほてった燃え立ちそうなからだに擁《だ》きすくめられていた。

はっとすると、汗が滝のように脊《せ》すじを流れる。

十八九の浅黒い、にがみばしった、髪の毛の太い男で、五年級の優等生といわれている庭球の選手であった。

「おい漆間。僕のところへよっていきたまえ。ついそこや。君に注意しとかんならんことがあるよって、どうや、家まで来るのがいやなら、愛染さんまで来てくれたまえ」

あらっぽい声だが、しんみりと、どこやら人をひきつける響が、うちわなないて聞えた。安良はあらがうこころもちになれなかった。

そうして樺や槲《かしわ》の葉にさくさくと音をたてて、ふらふらと後について多宝塔の縁に上った。消えいるような、つぎ穂のないここちに、安良は漂うている。じっと、額のあたりを見つめている、岡沢の赤ばんだ目を感じながら、目を伏せて、

「漆間。君の家はとおいなあ。僕のうちは此処《こっ》から二町とない。ここまで来ると其《そん》だけ後戻《あともど》りせんならんくらいや」

岡沢といったこの男は、わざわざ彼の後を尾《つ》けて来たのであった。安良はただうなだれている。

「君に注意せんならん、いうたのはな、僕らの組の黒川な、あいつが君をつけねろうてるのや。もう随分まえからやがな、ところがこの頃、梅野がまた、君をないにしだしたのや。そうそうもう二週間もあとのことやった、てにす競技《マッチ》があったやろ。あの後で運動場で選手ばっかり残ったその時、れいの牧岡と梅野め、君のことで喧嘩《けんか》しかけたんや。それを僕、中い這入《はい》って、ともかくも、口さきの議論ではほじまらん。敵は本能寺に在《あ》りや。どっちか先に成功したものが大いに誇ってええ訣《わけ》やから、ひとつ実力あらそいをやって見いと、そういうたったたんやがな。

考えると、君には気の毒なことやった。じつ僕もな、あいつらがどんなことをしかけるかも知れんとおもたが、間もなく試験になるしな、注意しょう注意しょうと思い思い、今日までのばしてたが、試験が済んだら、あいつらあばれ出すさかいな、それで、きょう急にいうとかんならんおもて、追いついて来たんや。君、そやけど、僕も、ずいぶん妙なこといわれてるのやで。そのことがあってから、『岡沢め漆間におかしい』いう評判たてられてな」

と迷惑そうに呟《つぶや》いた。

しかしその刹那、ふとぬすみ見た岡沢の表情が、彼のことばを裏ぎっていた。激しい息ざし、血ばしった瞳《ひとみ》、ひしびしと安良に圧しかかる触覚。安良はそっとあたりを見まわした。

日ざかりの森の外を、かよう人もない。


「岡沢君。ぼくは失敬します。ありがとう。出来るだけ気をつけます。さよなら」

夢ごこちに、一歩縁をおりた。

「漆間。ちょっと、これ見てんか。見て、返事やろおもたら、くれたまえ」

安良は、あいてのの顔をまともに見ることが出来なかった。

表門まで、ばたばたと馳《か》けて来て、ふりかえった時、矗立《すぐだち》の木の幹にもたれて、此方《こちら》を凝視《みつ》めて、あがった肩も淋しげに、自分を見おくっている男を、悲しむ心が湧いて来た。

＊　＊　＊

安良は幾度か、上級生から手渡された、さっきの手紙を開封しかけては、ためろうた。豊かな楽しい予期にまじる、心もとない哀愁に、胸はおそろしく浪立った。贓物《ぞうぶつ》を懐にした心もちで、あぶあぶとして家の敷居を跨《また》げた。家では、あらゆる隈々《くまぐま》から覗きこまれているようで、気が咎《とが》めた。

彼はとうどう蔵の二階へ上って行った。網戸の薄明《うすあかり》の下で、西洋罫紙《けいし》にはしりがきしたぺん――の

あとを辿った。

いいしらぬ心もちで、しばらくぼうとなって立っている。

網戸の前には、大きな青桐の葉が、日を受けて、陰鬱な光を漂わしていた。安良は重い窓の土《つち》扉《ど》をひきよせて、暗い梯子をおりて来る。

＊　＊　＊

四五月ごろからつづいて来ただるい心地にしなえて、朝からなんにも手につかない。光を厭《いと》うて、うす暗い部屋を求めて机をうつした。日の暮になると、蝙蝠《こうもり》のように店さきへ出て、あか

るい電燈の下で、大きな声でおもしろ相に、買い物に来る子どもをつかまえては、はなしかけたりした。

夏に這入って、一番あついという晩、彼は店の端《はな》の、あげ床《どこ》のうえに足をぶらさげながら、人どおりをながめていた。

家のうちは、一時間も前に夜のけしきになっているのに、空はまだ昏《く》れきっていなかった。西の方は、二月ごろの冴えきった空を思わせるように、うす白く光っている。

「安さん、安さん」

うちらから呼んだのは、叔母である。

「今夜、宮さんの会所で、浄瑠璃があるねといな。いきなはらん」

「しろうと」

「しろうと」

「村太夫だっしゃろ。こない暑いのに邪魔くさい」

「そないにいうもんやあれへん。安さんに聴いて貰いたいいうてはんのやで。村太夫やあれへん。貴鳳《きほう》や貴若《きじやく》だっせな。いやだっか。そんなら、しっかり店番してとくんなはれや」

叔母は小女郎《こめろ》をつれて、糊気で夜目にも角《かど》ばった湯帷子《ゆかた》を着て出て行く。

「まっとくなはれ。いきまっさ」

「はよ行かんならん、そんなりおいで」

安良は、下駄つっかけて飛び出した。半袖という、帷子《かたびら》の膝ぶしまでしかないものを、一枚着たばかりである。

人々は、むっとする汗のにおいと、人いきれの中に、どんよりとしたらんぷの乏しい光のもとに、一様に団扇《うちわ》づかいをしていた。

その末の方に小女郎に持って来させた座蒲団《ざぶとん》をしいた。

一段は一段と、目に立って上衆《じょうず》が立ちかわった。里喜司《りきし》という若い男が、男性的なやわらかみを持った声で、ゆるやかにかたり出した頃から、耳が俄《にわ》かに澄んで来た。

茜染野中之《あかねぞめのなかの》隠井《かくれい》とかいう、梅の由兵衛《よしべえ》が物語の、聚洛町《じゅらくまち》の段である。安良は、この浄瑠璃は始めてであった。けれども、長吉が姉にいい聴かされるあたりで、これは主人のかねを盗み出して来たのだ、と直感して、あどけない長吉の画策の、しだいに崩されて行くのを悲しんだ。湯を沸かしに立って行くへんになって、胸ぐるしいまでに、目のまえをしょんぼりと台所へ行きすぎる、長吉の後姿を見つめていた。

長吉はとうとう姉の夫に殺された。その刹那、彼自身せねばならなかったことを果したような気もちで、はっと息をついた。

長吉の一太刀あびせられた瞬間の心は、直《すぐ》に安良の胸にとけこんで来た。

来しなに死場所をさがして、野中の井戸を覗《のぞ》いて来たという処に来た時、水をあびせられたような感じが、あたまのなかをすうっと行きすぎた。

「あらな南のええ家《とこ》の若旦那だんね。うまいもんやな。貴鳳はんの後つぎだんな。文楽や堀江のわかてに、あんだけかたれるのはあれへん」

などと、わあわあさわいでいるなかに、安良は、淋しく野中の井戸の底にうつる、わが影を見つめていた。

二人ばかり、白髪《しらが》あたまの巧者な人が、短く端折《はしょ》ってかたって、貴若というのが床《ゆか》にあがった。さばさばしたうちに、みずみずしい感じを与える声で、堀川をかたる。

「越路《こしじ》もかなえしめへんで」

などと喚《わめ》く男もあった。やがて、

「周防《すおう》町のどっさり」

「にっぽん一」

「文楽だおし」

こういう歓喜の声に迎えられて、今日のとりである貴鳳が、堂々と、寺子屋をかたり出す。

与次郎もお俊も、源蔵や松王までも、脆《もろ》く、はかない、泣きたいような情をそそった。いまにも摧《くだ》けそうな心を擁《だ》いて、会所を出る。朧々《ろうろう》たる月のまえに、みずまさ雲がぬっと伸《の》しあがっていた。

いつも寝間に這入ると、ぐっすり寝入ってしまう安良は、その夜、夢をおおく見た。

＊　＊　＊

寝汗をべっとりかいて、床を離れた目に、朝顔の花の濡れ色が、すがすがしく映った。今日は終業式のある日なので、大いそぎで家を出た。愛染堂の前の坂みちにかかった時、ああきょうだと思った。

いよいよ今日になったのだ。彼は岡沢の心を忘れていた訣《わけ》ではなかったけれど、返事を書こうとは思いもよらなかったのである。それに今、あざやかに、返事を待つといった時の、あの男らしい顔に漲《みなぎ》っていた、憐《あわれ》みを請うような、悲しい表情が思いかえされたのである。雪消《ゆきげ》の沢に春草を蹈《ふ》む、したには安からぬ思いを包みながら、うちなごんだ心地を楽しんでいた、夢ごこちがふっときれて、彼ははたと当惑した。どうしたらよいものか、実際あてがつかないのである。

木立の間をと息つきながら、だるい足をひいて考《かんがえ》に沈んだ。

ふと思いあたったのは「おもふことだまつてゐるかひきがへる」というどこやらで見た句であ

る。

安良は手帳の紙を裂いて紫鉛筆でそれを走りがきした。

＊　＊　＊

水泳がはじまった。安良は毎日、日ざかりの道を、一里半もある大川へかようた。見る見る顔は焦げて行く。ぬるんだ水は、いつもすこし濁っている。雨の揚句《あげく》は、それが黄色になって流れた。彼は一年の時、二年の時、毎日欠かさず夏中通いとおした。けれども今におき、からだは浮こうかともせなかった。川中に樹《た》てた青竹をつかまえて、脚を張って水を掻《か》く稽古《けいこ》に、三夏もかかっているのだ。

水は、時としては、気味わるく銀色にうねって、安良の腋の下を潜っては、流れ流れした。彼は、おりには手をはなして、水底に沈んで見る。しかし立って見ると、乳のあたりまでしか水はなかった。炎天の下に、とろりと澱《よど》んでいる水の、ひたひたと皮膚を撫でて行く快さに、目を細めてじっとしていることなどもある。

彼は縄ばりを潜って、一町泳ぎのなかまのいる処へ、徒歩で行こうとした。三足四足蹈み出すと俄《にわ》かに深くなったので、驚いてひきかえすと、あぶない足もとを、水がすくい相《そう》に、深いうねりをつくって流れた。彼はやっと境目の縄に縋《すが》りついて、ほっと息をついた。

ふと、五六間《けん》さきに、水面の唯《ただ》ならず動くのが目についた。しかもそれが、安良をめがけて、矢を射るように進んで来るのである。

彼は立ち竦《すく》んだ。水の動揺が、彼の眼の前にひたと止って、同時に彼の足を捉えたなま温い掌《たなぞこ》を感じた。とたんに泡だった水面に纔《わず》かに首が出た。岡沢である。

岡沢はあとさきを見た。そうして手をつよく牽《ひ》いた。水中で、なかば自由を欠いている彼の腰は、縄のたるむままに、ゆらゆらと一二尺あとへなびいた。そこは急に川床が落ちていた。ふためいてひっかえそうとする安良のからだは、逞《たくま》しい腕にひしと抱えられた。発達した胸肉《むなじし》が、彼の背に触れる。突如として彼の頬に高く唇が鳴った。

浅瀬に流れよって、彼は苦しい息をついた。心臓は激しい鼓動に破れそうである。

「え。わるいことする気やないよって。こらえてくれたまえ。ずつなかったか。ほんまにあぶなかったで」

と小さな声で囁《ささや》いた。

「おとついもろた返事な、さっぱり意味がわかれへんなんだんや。二日かかって考えたけど、僕は文学知らんもんな」

ちょうどこの時、おかに上る時を知らす鐘が、さわがしく水面に鳴りわたった。

安良は道の退屈を紛らすために、よく一町ごとに、辻をまわりまわりした。今日は考えねばならぬことのある心地で、わざといつも連れだつ友人のむれにはぐれて、さばさばとした肌から、新《あら》たににじみ出て来る油汗の、煮えたちそうな天日《てんぴ》の下《もと》を、項垂《うなだ》れてあるいた。彼の心はいま柔かいことばや、滑《なめ》らかな触覚でいっぱいになっている。

安良はたくさんの人の見ている前で、あんなに近よって来た、岡沢の大胆な挙動に戦慄《せんりつ》した。ほんの暫くでも、ああした男から逃げ出すことの出来なかった、自身の心を打擲《ちょうちゃく》したく思うた。あの男は、実際きょういはなしたとおり、文学を知らないのだ。なるほど、学問は出来るそうだ。しかし牧岡だの、梅野だのという連中とああしている以上は、心のどっかに潜んでいる、野獣のような性質のあることを、思わずにはいられない。安良は子どもの時分から、ずいぶんと人にわけへだてをもっていた。それがどうした訣ともわからずにいたのが、今はじめて、思いあたったのである。じょうひんで脆い心もちが慕わしかったのだ。岡沢には、これが欠けているように思われた。それに、なぜこんなにまで心をひかれるのだろう。美しいものと思いつめていた心の奥に、これまで知らずにいた、そういう汚いおりがこびりついているのだと思うと、あたまがかきみだいたように、くらくらとして来る。

いつか一度異様な感覚をそそったおぼえのある痙攣《けいれん》が、岡沢という名を思いおこすたびに、顎のつけねをとおりすぎる。

彼の胸はこぼれそうになっていた。すべての浄らかなものと、あらゆるけがらわしいものとが、小《ちい》さいあたまのなかで火の渦を巻いた。

目をあげると、大空は吸いこまれそうに青々と晴れて、陽炎《かげろう》がひらひらとゆらいでいる。目がくらくなって来た。

「あぶないっ」

驚く彼の肱《ひじ》に、ひどい打撃をあたえて、車がはしりすぎた。狭い繁華な町は、向同士《むかいどうし》軒に日蓋《おおい》を引きわたして、さすがに凌《しの》ぎよい蔭を幾町もの間につくっていた。

家と家とに囲まれた、やや広い八幡宮《はちまんぐう》のまえに出た。彼は祈りたくなって、広前《ひろまえ》に立って、心を集めてあたまをさげていた。けれども、なんと祈ってよいのかわからなかった。

油照りのせつない日よりがつづいた。

水撒《ま》き車の捏《こ》ねかえした道に陽炎が立って、昼網の獲物を市に搬《はこ》ぶりょうしの赤銅色の背に、幅広く日は照りつける。軒ならびのあそここでは、朝ごとに朝顔の大輪を誇って、かどに鉢を並べた。

昼すぎると人どおりのとだえた街の、古い家の格子の脇にすえた、麦茶を施す甕《かめ》から、茶碗についでは呑み、注《つ》いでは呑みしている白衣《びゃくえ》姿の、四国遍路の、舌うちする音なども聞えて来る。

町をすこし離れた屠牛場《ば》へ牛肉をうけとりに行く車が、遠雷をおもわせるように響いて来るかと思うと、やがて恐しい地響《じひびき》を立てて、轟《とどろ》きすぎる。白と浅黄のだんだら染の日よけ暖簾《のれん》が、時おりの風に思い出したふうに、ふたふたと動く。

安良は、小学校この方《かた》昼寝の害を説かれて来た。それがあたまに深く印していて、今では、道徳的の属性を以て考えられるようになっていた。

死んだ父は、いつも土用の前後は、中食をすますと倉に這入って、そこにすえつけた籐の寝椅子の上で、日中《にっちゅう》をねることにきめていた。そうして、四時をまわって日が片かげりになると、倉から出て来た。彼と彼の兄とは、毎日のように鬩《せ》りあいをした。泣きむしであった彼は意地のわるい末の兄のために、よく泣かされた。わっと声をあげると、土戸ががらがらとあいて、父が彼らの前に出て来て、兄弟を睨《にら》んだまま、奥の間へひっこむのが常であった。そういう日は、きまって機嫌がわるかった。父のことを考えると、今でもそうした場合の、充血した目をおもい起さずにはいられない。

母は、人なみとは非常に肥えている。かんかんと日の燃えるように輝く昼すぎになれば、安良に店の番をさせておいて、

「もう、どんならん」

といいいいうちらへはしりこんで寝た。ものの二十分も横になると、寝たんのうして出て来た。

父や母の昼寝は、安良の道徳的批判から超越していた。父は朱子や王陽明などいうむつかしい名の支那人の書いた書物をたくさん蓄えている学者で、母は女大学で育てあげられた女だということが、父母を美しいものに見せた。すといっく風な父のしつけで、安良はどんなおりも肩を脱いで汗をいれなかった。安良は店の帳台に凭《もた》れて、目の眩《くら》みそうに光るおもての通りを見つめていた。

「まあ、小ぼんちゃん。大きぅおなりやして」

うとうととしかけた彼の耳もとに、寛闊《かんかつ》な京ことばがなめらかに聞えた。ふっと顔をあげると、それは京へ嫁いで四五年になる、安良の乳母であった。彼はどぎまぎして、急に、いうてよいことばが唇に上らなかった。

「お家さんや御寮人《ごりようにん》さんは」

いいきらぬうちに、店から中戸の方へ這入って行く。彼はいそいそして、

「西京のばあやんが来まひたで」

と大きな声を出した。

うちらからは、暫く乳母のはしゃいだ話声や、高笑が手にとるように聞えて来た。

「まあ、お家さんのなに仰《お》っしゃるやら。もう、わたしのような運のわるい者はあかしまへんえ。さんざ心配さされた揚句が、おみかやん見たいに、血の道か肺でもうけて、死ぬんやろと

おもてますえな。小ぼんちゃんはもう中学校の三年生におなりやしたんどすか。早いもんどすえなあ」

彼は目をつぶって、じっと乳母の話に耳を凝《こら》していた。

安良はいま、乳母の家が、河内《かわち》の高安《たかやす》きっての旧家であったことや、よくはなして聴かせられた業平《なりひら》の恋の淵の話や、俊徳丸《しゅんとくまる》の因果物語を後から後から思い出して、その温い懐のうちで、やわらかな乳房をまさぐっているような心地にかえっている。

するとひょっこり、がらんとした淋しい家が目に浮んで来る。高い梁《はり》は煤《すす》で黒びかりがしている。うしという天井の横木に、黄ばんだ護符《ごふ》が一枚くっきりと見える。彼はそれは火ぶせのお札だとおもいこんで見ている。ひろびろとした土間を見おろすような腰高なあがり框《かまち》のすぐうえは、六畳ばかりの落ち間になっていて、座敷のまんなかには大きないろりがきってある。障子も襖《ふすま》もない次の間に、横窓からほの暗い光がこぼれている。その部屋の正面には、せの高い仏壇がすえてある。ここへ来た最初は、ただわくわくとしていたが、心がおちついて来ると、その仏壇の前に新蝶々というのに結うた女の、あちむきにねているのが見えて来る。安良はそれが乳母だと思うている。いろりを隔てて白髪のばあさんが糸を紡いでいる。これが、自身の乳母に乳を呑ました女なので、乳母の乳母ということに少からぬ興味を感じていた。小さい、日に焦げた顔に、目が大きくあいて、口は深くしまっている。安良に話一つしかけるでもなく、ゆるやかに糸車を動かす。浅葱《あさぎ》の着物を片袒《かたはだぬ》ぎにして、萎《しな》びてたるんだ膚《はだ》があさましく見える。口をきかないことが却《かえ》って安良にとっては、のんびりした心もちをもたせる。きちんと膝をそろえていた彼の足は、すこししびれごこちになって来る。

ばあさんは、余念なく車をぎいぎいぎいぎいとまわしている。時々鋏《はさみ》をとりあげてちょっきりと糸を截《き》る。いつまでたっても、乳母は起きて来ない。はなれ島においてけぼりになった、よすがない心もちが湧いて来る。二十分、三十分、そうして四十分という風に時間がたって行く。ばあさんは、時々目をあげて、彼の方をきっと見る。彼はその度毎《たびごと》にびくりとする。ふと鶏の声が遠くで聞える。この家のまわり半町ほどに、家のないことは来しなに見て知っている。近ごろ乳母に連れられて見た、千日前《せんにちまえ》の緞帳《どんちょう》芝居の舞台が、思い出されて来る。やはりこういう野中の一軒家に、老婆が住んでいる。そこへ雫のたりそうな若侍と、美しい女とが、一夜の宿を求める。若侍は急に失念した物をおもい出して、若い女を残して置いて、いっさんに花道を馳《か》けて這入る。若い女は身持でいる。奥へ案内した老婆は、暫くすると出て来て、大きな出刃庖丁を荒砥《あらと》にかけはじめる。やがて、とぎすました庖丁を片手に、奥の間を見入ってにったりすると、白髪あたまの中から、大きな猫の耳が出る。

部屋に飛びこむや否や、悲鳴が聞えて、さっきの女が、髪ふりみだして、片袒《かたはだぬ》いだ襦袢《じゆばん》に、血を太く引いて逃げ出て来る。老婆が追うて出て、帯をとる。帯がくるくるとほどける。とうどう手負の女は、そこに仆《たお》れてしまう。すると、老婆は女の脇に立膝して腹を裂きにかかる。女は、時々四肢をびくびくと動かす。血みどろになった赤児をひき出して、爛《ただ》れたような満足の笑《えみ》を洩らす。そういうありさまが、まざまざと見えて来た。炉にはかんかん火が燃えている。堆《うずたか》い灰の中から、太い火箸《ひばし》がにょきにょきとあたまを出している。乳母は、ころされたその女のように、まるくなって寝ている。ばあさんは相かわらず糸を紡ぐ手をとめない。櫛《くし》をいれぬ髪が猫の耳を思わせるように、四五本わびしくそそけて立っていた。黒塚の話、一つ家《や》の怪談、有馬や鍋島の身の毛のよだつような物語が、続々胸にうかんで来る。彼は目を閉じて見た。そして時々おずおずと細目をあけて、ばあさんの容子《ようす》を見た。今にも、このばあさんが飛びかかって来るのじゃなかろうかと考えると、胸がどきどきして来る。乳母は、なぜ起きて来てくれないのだろう。もう半時間もたってから目を覚ますと、骨ばかりにせられている自分ではあるまいかと、おろおろとして涙さえにじんで来る。彼のからだ中が耳になって、ばあさんの身じろきする音まで聴き洩すまいとした。ふと見あげた目が、ばあさんの瞳とぴったり出逢うて、ひやりとした。安良はおびえ上った。いたたまらなくなって、かどへ逃げて出るすきを考えるようになって来た。

まなか程あけたままになっている戸口の外には、真紅の花が揺《ゆら》いでいる。

けれども出ようとする瞬間、彼の背にうちこまれる、ばあさんの爪を予想せないではいられなかった。おさな心にも万一の同情を惹くつもりで、努めて大人しく、あわれっぽく、つくねんとすわっていたその容子が目につく。そうしていることが、唯ひとつの心頼みのような気がしていた。ひたと氷を抱きしめているようなはりつめた心もちが、一時間あまりもつづいた。

のびのびと、思いきり手足をひろげて、乳母の起きなおった時は、安良の恐怖は絶頂に達していた。ふと気がゆるむと、今までおさえにおさえた悲しみが、いち時《どき》に迸《ほとばし》って、わっと泣き出す。乳母はびっくりして走りよる。

乳母が西京へ嫁《ゆ》く前年であった。彼はそのさとへ一晩がけで行ったことがある。そのあわただしい間の記憶が、いんまあったことのように、思い出されて来たのである。

「今夜はまあゆっくりして、安さんと道頓堀やせんにちあたりあるいといでえな。おまえの好きやった、福円の芝居なと見たら、ええやろ」

母の声がする。

「まあ、えらいいわれ方やわ。あんた、そないいつまで、あほらしい、もうほんまに芝居て、京い行《い》てからいうもんは、こっからさきも見たことはおへんのどっせ。それに京いうとこは、愁嘆なとこどしてな、芝居いうたかて男はんばかしどっし、それにあんた、四条まで出んとおへんさかい、もうもう朝から晩まで、埃《ほこり》まぶれになって働いてあすけど、なんし亭主《うち》が肺どすやろ。そのうえ先《せん》の人の子が、もうな、織子と悶着ばかりしましてな、まだなんと十八どすのえ。それにまあ如何《どう》どす。織子をおいかけまわして、しよがおへんのどす。実の子はあるやなし、楽しみいうては、好きな芝居かて見られんし、あんまり末の見とおしがつかんので、時々には生きてるいうことにさい、ほっとすることがおすのどっせ」

大きな声ではあるが、さすがにうちしめって聞える。

「しかしまあ、世の中て、おもしろづくめのもんやあれへんさかいな」

叔母が慰めるようにいった。

「そうどすとも。苦しみに来た世界やもん、でけるだけ苦しんどいたら、末はどないなとなるやろおもいまひてな、この頃ではちょっとでも間があると、六条さまへおまいりいたしあす。そらなあ朝や等《みな》は、ひろうい、しいんとした御境内をあるいてますとな、ぞっと身にしゅんで、思わず知らずお念仏が出て来るのどすえ」

「けっこなこっちゃな」

離座敷にいるはずの、祖母の声までまじっている。

「なあ、お後室《かた》さん。お寺の院主《いんじゅ》さんも、そう仰っしゃるのどすえ。それからが道に這入《はい》るのや。その心がすぐ逃げるよっていかん。じっとはなさんようにせなならん、言やはります。そうそう、わたしもおととしな、お剃刀《かみそり》を頂きましてな、尼《あま》妙順たらいう、法名を頂戴しましたのどす。『妙順さん、ああい』宛然《まんで》どんどろの尼はん見たいな名どすな。あんまり喋って、口がしんどなりあした。ぶぶ一杯頂戴します」

今度は、方角ちがいの台所の方から、

「檀那《だあ》さんの一周忌にもようおまいりいたしえへんと、お戒名だけは、うちの過去帳い書き入れとおすのどすえ。檀那《だあ》さんは学者やったさかい、戒名までむつかしいて、わたしらには覚えてられあへん」

「ほんまにな、あの時分は、姉《おい》さんとわてと二人、どうしよおもて、途方にくれたわ。満中陰《まんちゅういん》の配り物をしてしもうて、店で二人すわったまま、顔見あわせたなり、とぼんとして、日がくれるのに店もしまわずに、じっとしてたことがありましたなあ。姉さん」

「ほにほに、そんなこともあったしな。あの時分は、御膳喰《た》べてても咽喉《のど》いつまるようやったわ。これからさき、五人の男の子を、どうさんばいつけて行こう思うと、考えるのも怖いような気がしたしな。おやな、そらな、このおいくやんが、どこいも嫁《ゆ》かずにいててくれたらこそやと、寝間の中で歯あ喰《く》いしばって、泣いたこともなん返《べん》やった知れえへん」

「あほらしい。そんなことおますもんかいな。けど商売は大きいやってるし、ほんまは、これまでも姉さんがおもにやっててやったにしたかて、兄さんがいてくれたはるので、どうなりこうなり凭《もた》れてたのに、ころっと死にやはったので、今度はわてぃに凭れかかって来てやったので、ほんまにどないしょうおもたわ。せめて、劉ちゃんでも卒業ひててくれたらなあと、なんぼおもた知れえへん。それからまる二年いうもん、ほんまに泳ぎつくようにしてるのやし。そいでもまだあと二年せな卒業せん思うと、そらなあのつほつするで。ばあやんが生きがいない思うのも無理はあれへん」

「まあ裏い来て、べべでも脱いでゆっくり京の話なと、聴かしとくれ」

「へえ大け」

祖母がおやなを連れて立ったらしい。

家のうちはひっそりして筋向の下駄屋から借りて来た駒鳥が、つづけさまに高音をあげている。

安良は、硝子戸《がらすど》ごしにややかたかげりになって、人どおりのしかけたおもてを眺めている。

幾年ぶりに、やっとの思いで出て来たのだから、物見遊山で、大事の時間はつぶしたくない。それよりは、五年この方たまってる話がしたいといって、おやなは、其夜《その》どこへも出ないで、家内じゅうの耳を、暫くも休ませずに話しつづけた。

いろんな昔語《むかしがたり》をしているうちに、ゆったりとおちついて来て、ここにいた五年前の心もちがかえって来て、大阪ことばや、河内なまりがまじり出した。

「うちのらと小ぼんちゃんとは、たった一歳《ひとつ》よか違えへんのに、なんでこないに違いまんねやろ、小ぼんちゃんは勉強一まきやのにな、一体なんでうちらの子どもは、はよ色気づきまんのどっしゃろ」

「そのかわり、もう安さんはたべてたべてな。ばあやんが見たらびっくりするで。間《ま》がな隙《すき》がな、膳棚や押入あけてなんぞさがしてるのんや。くい気一方いうたかて、こないなも難儀やし」

母は瞼《まぶた》をしがめていうた。

「いいええな、それがええのどすえ。七八つの時分、屡《よう》魚辰のおこちゃんや、浜側のおすみさんらと遊んでてやっても、あんまりねきい来ると、ばばいばばいいうておこってどっしたが、やっぱり三歳児《みっご》の魂たらどすな、小ぼんちゃん、いつまでも、おなごなんて欲しいおもいなはんなや」

「知らん」

安良は顔赤めて起ってしまった。そうして、そっと二階へあがって行った。夜露の、しっとりおりている物干台に出て、穴にでも消え入りたい、心地にひたっていた。

＊　＊　＊

安良は、休暇になったはじめに、ふた朝つづけて、水かけに学校へ行ったきりで、その後は、畠《はたけ》の手いれをしてやる気にもなれなかった。初《はじめ》のうち、二三日はよく思い出した。草が水分を失って、一秒一秒と枯死に近づいて行く容子が、まざまざと目に見えて、矢も楯もたまらぬように蒲団のなかでいらいらした。しかしどういうものだか、思い立って学校へ行く心が起って来ない。四日五日と経つうちに、それほどには感ぜなくなった。ところが、ある朝、運動場に草がのびて、白い砂地にきらきらと露の光るありさまが、すがすがしく心にうつった。ふと、静まりかえった学校の庭に立って見たくなって、まだおもての大戸もあげないうちに、家を出た。思ったとおり、森閑とした運動場を、宿なし犬が二匹はしりまわっていた。庭園用の道具をとり出す為に、建物のなかに這入る。

宿直部屋には人の影もなく、白湯《さゆ》がしゃんしゃん煮立っている。閉めきった建物のなかに、煉《れん》瓦《が》の土のにおいが、いいしらぬなつかしみを漂わしていた。あたりを見まわして、そっと廊下に手をついて、匍匐《はらばい》加減になって、これまで知らずにいたものの香を、心ゆくまで嗅《か》いで見た。人の近づいて来るらしい物音の連続が、遠くから聞えて来るように思った。安良は起ち上った。けれども、それはそら耳であった。しかし彼の顔は、赤くなったように感ぜられた。

半時間の後、彼は庭園のすがれはてた草花の中に立って、茫《ぼう》としていた。

さすがに、葉のところどころの幹に幾条《いくすじ》か青い処は残っていた。乾きに堪える帝王貝細工の花ばかりが、指を触れると、からから鳴りながら、色を失わないでおる。後悔の念・慙愧《ざんき》の心が、彼のあたまに湧きのぼって来る。ああ穢《きたな》い心を燃している間に、丹誠した草花は、みな枯れてしまった。美しい脆い心も、その草花と一処《いっしょ》に枯れてしまったのである。彼は、茶色になって萎《しな》え伏した草のうえに、まざまざと荒《すさ》んで行った少年の心のあとを見た。ぼうっとあたりが曇ってきて、安良の瞼はもちこたえられなくなった。涙がぼろぼろと、草の葉にかかる。

安良の部屋は、二階の一間をあてがわれていた。これは物置部屋のようにつかわれていた処を、すこしばかりかたづけて、安良の机を、すえることの出来る様にしたのである。しかしやはり、商売物の陳皮《ちんぴ》や重薬《じゅうやく》の袋が、山の如くつまれてあって、それが心を沈静さすように、におい立っている。

安良の机の脇には、叔母の大きな鏡台が一つ据えてある。家職にとりまぎれて、身じまいにかかっていることの出来なかった女の人たちは、鏡をさえも二階へ抛《ほう》りあげたままにしていた。それでも時おりは、買い出しに出かけるのだというて、母などが、鳥の巣のようになった髪を片手につかんで、上って来た。彼はそのふけの散るのを厭《いと》うて、そういう時は、きまって物干台へ出てしまう。そうして十分もすると、もう済んだ時分だと見て、こわごわ這入って来《き》い来いした。安良は本を読みながら、鏡のおもてにうつる自身の顔に、うっとり見入っているようなこともある。とんとんと梯子を上って来る音を聞くと、どぎまぎしながら本のうえに目を落して、あらぬ行を辿っていることも、度々であった。それは殆《ほと》んど半身をうつす鏡である。南受けの天井の低い二階座敷は、夜になっても、むっと温気《うんき》が籠っていた。

兄二人は、北国と九州とへ遊学に出ているので、男というては彼のほかには、まだ七つになったばかりの双生児《ふたご》の弟があるきりの家では、安良は、一人まえの男の待遇をうけている。彼の家では、夏は毎日、小女郎が湯をたてた。彼はいつも、まっさきに湯に入ることに極《き》められていた。彼の次には叔母が這入り母が這入った。

安良はもう、小一時間も風呂にひたって、軟らかな湯に膚《はだ》を弄《もてあそ》ばせながら、身うごきもせないでいる。あかり窓をあけると、冷ややかな空気が、よみがえるように流れこんだ。母屋《おもや》と蔵との間の空地から、青空が見えている。

安良の考《かんがえ》は、そうしているうちに、岡沢のうえにそれて行った。この頃では思うことなすこと、すべて岡沢に根ざしているように見えた。それがまた彼には憎むべきものに思われた。

「安さん、まあどうしてなはんねん。溶けてなはれへんか」

叔母が座敷から呼んだ時に、安良は罪ある考を咎《とが》められたように、ぎょっとした。妙にそそくさした返事をして、飛び出して、二階へはしり上った。

長い夏の日かげも傾いて、西のつきあげ窓の方から、低くさしこんで、畳の匂がいきれている。安良の膚は、玉のように汗が伝わった。窓も障子もあけ放つ。梧桐《あおぎり》の葉が揺いで、風がさっと吹き入った。ふりかえると斜に傾いた鏡のおもてに、ゆらゆらとなびいて、安良の姿がうつっている。大理石の滑らかな膚を、日が朗らかに透いて見せた。近頃になって、むっちりと肉づいた肩のあたり、胸のやわらかなふくらみに、思い無げな瞳をして、じっと目を注《そそ》いでいた。ふと腕をあげて、項《うなじ》のあたりにくみあわせる。ほそやかな二の腕のまわりに、むくむくと雪を束《たば》ねる。自身のからだのうちに潜んでいた、不思議なものを見つけたように、好奇の心が張りつめて来た。鏡を伏せ加減にして、片脚をまっすぐに立てて、今片方《もう》の脚を、内へ折り曲げるような姿勢をつくって見る。豊かな腹のたわみが、幾条の緊張した曲線を畳んで、ふくら脛《はぎ》のあたりへ流れる。後向きになって、肩ごしに後姿を見ようとして、さまざまにしないを凝《こら》して見る。その度毎に、色々な筋肉の、皮膚のなかを脈ばしるのが透いて見えて、いいしらぬ快い感覚に、ほれぼれとなっていた。

すと彼の心を過《よぎ》った悲しいとも、楽しいとも名状の出来ぬ心もちがある。じいっと（以下欠字）

彼の生れた頃にはもうなくなっていた、祖父《じじ》があった。その人は養子として、漆間の家に来たのであるが、石嫣《うまずめ》であったうえに、夫にはやく死なれて、ずいぶん手びろくやっていた商売を、女手一つに支えて来た曾祖母《おおばば》は、遠縁の娘をいれて、それにめあわせた。その祖父《じじ》は、大和の神職の出であった。祖父は死んで二十年にもなっているけれど、土地《ところ》では今でもなんかのはずみにはその名がひきあいに出て、春の海のような性情や、情深かった幾多の逸話が語られた。その頃大和の実家《さと》は祖父の兄が立てていたが、嫂《あによめ》にあたる人が邪見《じゃけん》なたちの人であったため、曾祖母の感情を害《そこな》うようなことが度々であった。それをまた祖父《じじ》が案じて、いろいろと融和をはかったけれど、両家の人々の心はだんだんはなれて行った。十八年の夏、これら病が流行した。医者であった祖父《じじ》は土地の人々のために、夜《よ》の目も寝ないで奔走していた。秋風が吹き出して病気の勢も衰えて来たので、ほっと安心をした気づかれに、今度は自身で死ななければならぬ病にとりつかれた。つつしみ深かった人が、被せても被せても蒲団を脱いでのたうって苦しんだ。祖父の死んだことが聞えると、近くの穢多村から、ぞろぞろと軒さきへ来てわあわあ泣いた。

「先生さんが死にやはったら、わしら見たいな者は、これから病気になっても誰も見てくれる人はない」

と大声あげて哭《な》いた者もあったそうである。

祖父が死んで、気むつかしい父が代をついだ。田舎のたかもちの大百姓から出て、人にあたまをさげることを知らなかった父は、しちめんどうな親類づきあいに、心を悩ますのを嫌って、祖父のさととは音信不通になってしまっていた。

ところが、あちらでは嫂、兄、それから甥と、祖父の血縁は、だんだんへって行き、こちらでも、父が三年まえに、心臓痲痺《まひ》で亡くなって、どちらも大勢の子を抱えて、女ばかりが残された。

安良は、ものごころのつく頃から、大和に、そうした親類のあることを聞いて、なぜほかの親類のように、盆だの正月だの、やれ誰それの年忌だのというて往来をしないのだろう、と怪しんでいた。祖父も、父も、歌や詩を作り、古典にも多少の造詣《ぞうけい》は持っていたので、何も知らなかった安良も、いつの間にか、飛鳥や奈良の昔語に、胸おどらすようになっていた。大和国高市《たけち》郡《ぐん》飛鳥《あすか》、古い国、古い里、そこに二千年の歴史を持った、古い家。それが、安良の祖父《じじ》のさとである。彼はこう考えて来ると、からだが鳴りどよんで、不思議な力が、爪《つま》さきや髪の末までも、行きわたるのを覚えた。

彼はこれまで、一度も、とまりがけの一人旅をしたことがなかった。去年も、おととしも、春休みや暑中休暇には、叔母や母にせがんだけれども、あぶないからというて許されなかった。しかし、今年の夏は、やっと行ってもよいということになった。どこへ行くと問われて、大和へと躊躇《ちゅうちょ》せずに答えた後に、だれと行くと尋ねられて、ふと行きづまった。しかしことばは淀みなく、斎藤とと答えた。彼は腋《わき》の下に汗の伝わるのを覚えた。斎藤というのは、小学校から一処に、中学へ来た友だちである。そうしてやっと、では一晩だけという許しが出た。安良は天に上るような気になって、自分の部屋にあがって行った。しかし暫くして、その楽しい心地が、はたと物に躓《つまず》いたように、不満を感じ出した。どうして嘘などをいう気になったのだろう、と悲しくなって来る。叔母の目を見つめながら「斎藤と」と答えた時の、自身の顔が目に浮ぶ。こんなしらじらしい嘘に、誠らしい顔をつくって叔母をだました、あさましい心は、罵《ののし》っても罵っても慊《あきた》らなかった。

そうだ。たった一つ、この嘘を償う道がある。それは斎藤の家に行って、いやおうなしに斎藤に道づれになって貰うことだ、と思って、肩の凝りが一時に下ったように感じた。そうして、あわただしく十町の道を馳《は》せた。

「一ちゃんいやはりまっか」

客と話しながら、味噌の竹の皮包をいくつもいくつもこしらえていた斎藤の姉は、うちらをむいて、

「一ちゃん、安さんが来てはるで」

「へえ」

斎藤は、彼とおないどしではあるけれど、なみの大人よりもずんとせが高い。しかし、青ばな

がいつも上唇のあたりまでさがっていた。それを時々ぐつぐつと音立てて啜《すす》る。そういう風な子であった。安良は、斎藤をおもてに連れ出して、うそうそと小さな声で耳うちした。

「いきたいけどな、おかはんがえらいいわるうてな、姉さんやみなは毎日夜どおしやねん」

「とてもいかれんやろか」

「いきたいけど、今そんなこというたら、おこられる」

「そうやな、そんなら、僕ひとり行かんならんかいな」

「いきたいな、絵葉書なと送ってや、ええか」

「よっしゃ」

安良は泣きたくなった。

「漆間、大和の方の地図ないやろ。これなと持っていき」

一町ほどあるいた時分、斎藤が追っかけて来て、手垢でうすよごれのした地図を手渡した。

＊＊＊

朝からむしむしと暑い日である。鍔《つば》の広い、まっ白な麦藁《むぎわら》帽子をかずいて、停車場へ急いだ。

しかし、どこやらおんもりと曇ったような心地でいる。叔母や母は、斎藤と同行するというので安心している。待ち心のときめきに、昨夜はまんじりともせなかった。この初旅の、快い予《あら》期《まし》を羽ぐくむように、大事に擁《だ》きしめて楽しんでいる心に、時々あらぬ雲がかかった。夜が明けると、一晩あれほどに、思いなやんだことが、なんだか夢のように考えられた。家を出る時は、それでも一人旅をするのだ、というよすがない不安な気分にとざされて、ひょっとすると、叔母や母をだましたばちに、恐ろしい宿運の待っている方へ近づいて行くのではなかろうか、と思うてどきりとした。汽車は、夏霞《なつがすみ》のたなびいた野を走る。もう叔母や母の手のとどかぬ処へ来ているのだ、とふと感じて、何やらたよりないうちに、のびのびした心もちを味おうた。斎藤と一処でないことが、家の人々に知れはすまいか、こういうことが心配せられかけた。斎藤の家の人と、叔母や母とが出逢うような機会を、いろいろと心にくみ立てて見た。そうして、ひとりわくわくとなった。今日一日と、それから、明日戻るまで、そういう機会のないようにと、心のうちに祈って見た。しかし、こんな罪ある考を、神さまがゆるして下さるだろう、とは思われなかった。けれども、家の者に知れませぬように、と頼んだ。

二時間の後、汽車はある停車場にとまった。人どおりのとだえた田舎町のはずれに、大きな石井筒があって、柳の葉が、流し場に散っている。その脇に、檀特《だんどく》の花が萎れていた。赤蜻蛉《あかとんぼ》が、低い空を、目を迷わすように乱れていた。

川床の高い、幅の狭い、水の涸《か》れた川の堤に出た。若竹の深く茂った中から、おりおりぶるぶると、鳥の羽ぐきの音が聞えた。

神代の恋あらそいを偲《しの》べといった風に、大和三山が安良を中にとりこめて、やや遠くむかいおうている。この春はじめて、万葉集を買って貰うたはじめに、仲大兄《なかちおいね》と大海人《おおきあま》のお二方の争《あらそい》に、不快を感ずるばかりであったが、今では皇子たちの心もちが、幾分納得出来るようになっていた。

目を放つと、耳なし山の青々とした、まどかな曲線も、畝火山《うねびやま》の肩そびやかした男性的な姿も、香具山の盛時《さだ》過ぎた女のような形も、安良の心に、いいしらぬもののあわれをそそった。

静まりかえった野は、遠く青田がつづいて、陽炎がゆらゆらもえている。白日の下を、時々、風が砂を捲《ま》いてとおった。大きな樋《とい》の処に来た。樋の上には古い榎《えのき》が、広い蔭をつくっている。安良は、近頃、恐ろしいほど、世界がはっきりと見えて来た様な、あかるい心もちがする。ちょうど、大水の、一本の樋で堰《せ》かれていたのが、樋をぬくとどっと一時に、渦まいておし出して行くように、いじけきった夏草が、大雨の後に、おどろくばかり急にのびて来るように、のび広がる力のすさまじさを、まのあたりつくづくと見つめていた。

日は、空の雲を焼きつくして、青々とした空虚が何処までも続いている。

彼は磧《かわら》におりて、心ゆくまで放尿した。光はまともに、白い下腹を照らす。その瞬間、彼は非常な力の湧きのぼって来るのを感じた。

彼は磧を気狂のように、ま一文字に走った。

さほ川の岸のつかさの　萱《かや》なかりそね
ありつゝも　君と二人が立ちかくるがね

身も裂けよとばかり、声はりあげて旋頭歌を歌った。すこし行くと穢多村がある。村のわりには大きな寺の屋根を見ながら、石橋の上に立つと、やや広くなった磧に、犬の皮が四五枚乾してあった。藪ぎわのあけはなした小さな家の縁ばなに、赤い褌《ふんどし》をした若い男が寝ている。その家の前に、唐碓《からうす》が淋しそうに首を低《た》れている。

豊浦の宮の趾と、たて石のある寺の近くに、岩が急に落ちて、自然にいでをつくっている処がある。此辺《この》へ来ると、水がちょろちょろと流れていた。石いでの下に、十六七と、十一二ぐらいの男の子が、二人、狭手《さで》をさしてざこをとっていた。

堤の上に立った人のけはいに、大きな方がふりあおいだ。

三分ばかりに延びた髪の生えぎわが、白いまる顔にうつって、くっきりと青く見える。涼しい目をあげて安良をじっと見た。

彼は、咎《とが》められたような気がして、顔がほてって来た。すたすたと歩く自身の後姿を見送っている、子どもの目を感じながら急いだ。

道は、横山を断ちきっている流れについて、山の裾を廻《めぐ》る。

どうも、あの顔には見おぼえがある。いつ見た人だろう、と記憶に遠のいていそうな顔を、あれこれと、胸にうかべて見た。しかしものごころがついてから、逢うた顔ではない、という心もちがする。もっともっと、古い昔に見たのだ。或は、目をあいて夢を見たねんねいの瞳におちた、その影ではなかったろうか、とも疑った。気がつくと、二町許《ばか》りさきの山方よりの畑中に、こんもりとした小山が見える。地図で見ると、もうあれが、祖父《じじ》の宮らしい。昼寝時の村は、真夜中のように、しいんとしていた。どこからか、糠《ぬか》をいる匂がして来る。杉の葉を、大きくたばねたさかばやしが、土ぼこりにまみれて、ある家の軒に吊ってあった。

したしたと、うしろからはしりよる跫音《あしおと》がした。ふりかえると、さっきの男の子が、大きな方の狭手を担《かた》げた後から、小さな方が、目笊《めざる》を抱えて走って来た。二人ながら、高くしりばしょりをして、跣足《はだし》のままで、あつい土の上を踏む。とおりすがりに、大きな方が安良の目にじっと見入った。

以前の山は、村の東はずれに、三十段ほどの、石のきだはしを見せていた。くずれた白壁をめぐらした大きな家が、その山の下に立っている。門の表札には、この村とおなじ苗字が、おぼろげに読まれた。安良はおずおずと、敷居を蹈《ふ》みこえた。玄関まで一間あまりの石畳を、はりつめた心地であるいた。

「ごめん」

咽喉につかえそうな気もちから、やっとこう叫んだ時に、一大事をしおうせたように感じて胸が落ちついて、家の容子も、目に入って来た。しかし、すべてがぼんやり予期していた心もちとちがっていなかった。誰も出て来そうにも見えない。

「ごめん下さい」

こんどはらくに声が出た。遠くの方から、板敷を蹈む音が聞えて、人が来る。

「どなた」

たてつけのわるい障子が開いて、五十前後の女の人が、顔を出した。

＊＊＊

古典にしばしばその稜威《りょうい》を見せている大社も、今では草のなかの野やしろとなって、古神道のはてを思わせるように傾いていた。後には、多武《とう》の峰の山つづきが聳《そび》えて、南へ長く尾をひいている。陽炎の立っている野には、まどかな青山がゆるい曲線を漂わして、横ほり臥した。祖神の広前に蹲《うずく》まって、目を閉じていた。そうしているうちに、ひろい神の心が、安良の胸に、あたたかく溶けこんで来る。おまえたちとおなじようなことをやって来たわしだ。そんなことは、すべてわしの前には、罪とは見えない。おまえのせなければならぬことは、目のまえにあるではないか、と囁かれるような心もちがする。

せなければならぬこと、どんなことだろう。石段をくだりながら、彼は考えた。目の下には、祖父の育った家の中庭に雞《にわとり》の餌を拾うているのが、手にとるように見える。そうだ、遠ざかっている両家のあいだをもともとどおりに戻すのだ、そう思いあたって、いそいそと走っておりた。門の前に来て、安良は立ちすくんだ。さっき出て来たのは、ここの伯母に相違ない。なぜあの時、これこれの者だといわなかったろう。どっからおいなはったと問われて、大阪からと答えたまま、お祓《はらい》を貰って逃げるように出て来たことが、後悔せられる。今更、どういいまいして這入って行くことが出来よう。最前見た伯母のほかに、どういう恐ろしい人がいるかも知れない。一度も逢ったことのない人、そういう人々とうけこたえをして行く、ということは、その容子を思い浮べて見るだけでも苦痛である。

ばたばたと走って出て来る音を聞いて、ふためいて身をひいた。半町あまりあるいてふり顧《かえ》ると、以前の大きな方の子が、じっとこちらを見送っていた。

村を南へ出はなれて、田圃《たんぼ》道を横にきれると、安居院《あんごいん》という寺がある。安良は狐格子の内を窺《うかが》った。暗闇のなかから蚊が飛び出して来て、睫《まつげ》に触れる。そうしているうちに、だんだんくらがりに馴れて、堂の中の容子が、すこしずつ見え出した。まっ黒な大仏の目ばかりが、金色にぴかぴか輝いている。蘇我《そが》の入鹿《いるか》の卵塔《らんとう》が、煙草畑の畔《あぜ》に立っていた。彼は後先を見まわした。

そうして足をあげてはたと蹶《け》る。薩摩下駄がころりと鳴った。日は赤々と照って、地は黄色に萎えているように見えた。あちこちの竹藪がよれよれに縺《もつ》れて見える。二三軒、野中に見える小家が、困憊《こんぱい》にめまいして仆《たお》れようとしている。川に出る。磧《かわら》には青草がしなえ伏して、昼顔がほのぼのと白く咲いていた。

橘寺・岡寺をまわって、多武峰へ上って行く安良の単衣《ひとえ》の背は、汗で絞るほどになった。油蟬《あぶらぜみ》の声が梢に静まって、蜩《ひぐらし》が鉦《かね》を叩くように鳴き出した。

「長谷《はせ》い出るのはどっちへまいります」

やや傾いた日ざしの透く、杉木立の下に立っている老僧に問いかけた。

「これから本道を一里さがって倉橋いうとこい出なはって、そっから横にきれて、忍阪《おっさか》いう村を問うていきなはれ。けんど、よっぽどせかんと途《みち》で日が暮れますで」

忍阪へ出た時は、人顔もほのかになって、たそがれていた。名も知れぬ峰に夕日がさして、村の子らは道ばたに出て、石を投げおうている。一軒の家からは、風呂を焚く柴の煙が立っていた。新しい木の葉の焼ける匂が、せつないほど旅愁をうごかして、一時間の後、長谷についた頃は、日はとっぷり沈んでいた。宿屋の軒をならべた町を、幾度も行きかえりした。とうとう、思いきって、そのうちの一軒へ這入って行った。山ふところの町は、夜に入っても油汗が流れた。臭い油煙の香のこもった部屋を出て、長谷寺の本堂の方へのぼって行く。長く廻廊は急勾配をうねりうねりした。舞台に出ると、月がかすんで朧《おぼ》ろに影を板敷におとした。山にかかって、ここまで来る間に、人というては一人も逢わなかった。欄干に凭《よ》りかかって、町を見おろす。まだ起きている家の多かった町からは、物音も聞えて来ない。目を閉じていると、いつかうっとりとなって来る。この寺へ参籠《さんろう》に来た、平安朝の女性の心もちが、彼の胸に蘇って来る。そっと、うす目をあけて見ると、月が雲を出て、前山のおだやかな襞《ひだ》をまざまざとあらわしている。板敷を踏む自身の下駄の音が、峰や谷に谺《こだま》して、夜は更けしずまる。太い円柱が処々に立って、ほの暗い隈をつくっている。安良は音も立てないでつつましやかに堂のまわりをあるいて見た。ひとまわりして、もとの舞台に戻って来て、ふとふりむくと、堂の立蔀《たてじとみ》に身をよせてすうっと白い姿がうごく。安良は瞳を凝して、身じろきもせなかった。白い姿もじっと立ち止って動かない。安良は恐る恐る近よって行った。白い姿はだんだん輪廓が溶けて行って、夢のように消えてしまった。

後の山でけたたましく鳥が鳴いた。

道はだんだん高みにのぼって行った。山も川も森も野も、目の下に眠っている。日はきらきらと輝いて、虫一つ鳴かぬ静かな朝である。

山の背づたいにはるかに南へ連っている道の末に、爪さきあがりの急阪が見える中平な場所が一町もつづいて、両側には、藪があったり木立があったりした。時おり思いがけないあたまの上から、ばさばささと鳥が飛び立った。露は白い脛《はぎ》を濡らす。木のすこしすいた処に塚がある。彼は一歩塚の方へ踏み入って、ぎょっとして立ちすくんだ。毛孔が一時に立って、冷汗がさっと滲《にじ》んだ。蛇だ。むらむらと恐怖がこみあげて来る。しかし、静かな心もちがすぐ彼に帰って来た。安良は、じっと目をさだめて見た。淡紅《とき》色の細紐が草のうえになびいていたのである。胸はまだどきどきしている。極端な憎悪に燃えた瞳に、今安らかに一すじ長く淡紅《とき》色の紐が、露深い叢《くさむら》に流れているのを、爪さきだてて見入っている。

きりぎりすが鳴き出して、昨日のようないらいらする天気になった。道が二股にわかれている。一つは、遠い尾の上の松原まで上って行く。見おろす山裾の小在所へ、も一つの道が、ひたくだりにさがっている。見まわすと、すこし手まえの蜜柑畠《みかんばたけ》の中に、野番小屋がある。安良はおずおずあゆみよった。つきあげ戸から覗きこんだ彼は、そこにあさましいものを見て、思わず二足三足後じさりした。小屋のなかからは、はたちあまりのがっちりした男が、愚鈍なおももちに、みだらなえみを湛えて、驚いたという風に戸にいざり出て、こちらを見つめていた。安良はおりおり後さきをふりかえった。そうして蹲って、耳をそばだてた。深い檜林には、人音も聞えなかった。目を閉じると、淡紅色の蛇が、山番の裸体の肩や太股《ふともも》に絡みついているのが、まざまざと目にうつった。

昼すこし下って、焼けつくような白砂のうえに大杉が影をおとす三輪の社頭に立っていた。山《やま》颪《おろし》が今越えた峰のあたりから吹きおろす。

緒《お》手《だ》巻《まき》塚《づか》杉酒屋の恋物語を、幾度かにれがみかえしながら、遥かな畷《なわて》を辿って行く。灯ともし頃になって疲れきったからだを、ある停車場のべんちによせかけていた。暮色は蒼然として漂うている。突然、彼の脇に歩みよった若者がある。

「君は大阪ですか」

「ええ」

「大阪は」

「南の方」

「学校は」

「百済《くだら》中学」

「あの学校に、渥美というのがありましょう、知ってますか」

渥美渥美、彼は深いねむりのどんぞこよりひき起されたような気がした。

「渥美、ええ、います」

「御存じ」

「おんなし三組です」

「そりゃ珍しい、実はぼくの親類なんです。従弟《いとこ》にあたるんですが、久しく逢いません。失礼ですが、今あなたは」

「三年で」

彼はしだいに息だわしくなって来た。

「まだ時間はありますよ、外へ出ちゃどうです。ここは暑くてたまらんですよ」

その若者は、畑の中を横ぎって、半町ばかりさきに見える堤の方へ進んで行った。月がゆらゆらと上って来た。夏涸れに痩せた水は、一尺ほどの幅で彼の足もとを流れた。月見草が、ほのぼのと咲いて、そぞろわしい匂が二人を包んだ。若者は磧《かわら》に腰をおろした。

「ああ、虫が、あれは知ってますか馬追《うまおい》というのです。それ、あちらに鳴いてるでしょう。あれが松虫。おや鈴虫もだ。ねえいい声でしょう。提灯《ちょうちん》をさげて来るとそりゃおもしろいんですよ。ちょいちょい飛びつくんです」

安良はなんかうけこたえをせなければならぬと思うている。しかし、そう考えれば考えるほど、胸がせまって一言もいい出せない。渥美の名を聞いた時に、彼の心は不思議なほど動揺を感じた。その渥美の従兄という人と、こういう処で出逢ったということが、いいしらずなつかしい心地に彼を導いた。

「ぼくは一高にいるんですがね、こうともう三年逢いません。渥美も大きくなったでしょうね。

どうです。成績の方は」

「ええようでけます。いつでも特待生の候補になってます」

やわらかな光にほのめく月見草は、夜目にたよたよと、渥美のおもかげをおもわせてゆれている。

若者は帯の間から時計をとり出した。夜霧の中に、きしりと目を射る。

「もう帰りましょう。奈良行はすぐ来ますよ。渥美にお逢いになったら、丹波市の柳田がそういったって、勉強も大事だが、運動をよくしろといって下さい」

汽車が来た。若者は窓によって、

「失敬」といって、すてっきをぷらっとほうむにひいて出て行った。

その若者は骨々しい菱形の顔をした男であった。


帰って来た家には何事もなかった。叔母や母は、みやげ話を聴きたがった。多武峰《とうのみね》はどうだったの、長谷はよかったかなどと、あなぐって問うのが、いちいち試みられてるように胸にあたる。斎藤のことが今に出るかと思うて、ひやひやとしたが、何も知らぬ容子に胸を撫でる。

「しかし、ほんまに案じてたでな、あんたはあわてもんやさかい、そいから宮さんいまいっといなはった」

彼は活路を見出したような思いで、社の荒れはてている有様から、祖父の家の模様まで、自身でもおかしいほどはしゃいで語った。

「そうそう、お札いただいて来まひたねん」

雑嚢からとり出して、叔母に手渡した。

その夜は大きな蚊帳《かや》のなかに、唯一人まじまじとしていた。露原にわだかまる淡紅色の蛇が、まのあたりにとけたりほぐれたりして、ゆらゆらと輝いて見える。団扇《うちわ》を思い出したようにあおったが、汗は寝間着をしとどに濡らした。蚊帳を這い出して、縁端の椅子に腰をおろして見た。夜なべに豆をひく隣の豆腐屋の臼《うす》の音が聞える。風が蓬々《ほうほう》と吹いて来た。ややすがすがしい心地に戻って、彼は寝床へころげこんだ。そして、あたまから蒲団をかずいて、その下で目を固く閉じた。蒸れかえるようなかで、自身の二の腕を強く吸うて、このまま凝《こご》って行く人のようにじっとしていた。しかし、そのうち汗や温気に漂うて、彼は昏々《こんこん》と深い眠におちた。

＊　＊　＊

七夕も、盂蘭盆《うらぼん》も、この町では旧暦でするのであった。天の川は白じろと北へ流れている。日が暮れると、毎日のように寝ござをかかえて物干台に出た。あおむけに寝て、ひとつひとつ青空に生れ出る星をかぞえていると、なんだかこう飛び立ちたいような心もちがする。

「ぼんち、もう物干もひやついて来ましたな、ええ加減にやめようやめようおもてまっけど、蝙蝠《こうもり》が出る時分になると、ついうっかりかんびんさげてここいあがりまんね」

大人にでもいう風で話しかけたのは、東隣の鰻《うなぎ》屋の仁三郎という、五十いくつになる元気者である。大袒《おおはだぬ》ぎで膳を控えて、ひややっこを酒菜《さかな》に呑んでいる。

「ぼんち、もうつい徴兵だんな、ことしはもういくつになんなはってん」

「十五」

「ええ、十五、十七やばっかりおもてた」

と仰山《ぎょうさん》な嘆声を放った。

「まあ屋根づたいにここまでおいなはれえな。おっさんがええこと、おせたげまっさ」

仁三郎は、乳母の背にいた時分からの馴染《なじみ》である。乳母と変な評判をたてられたくらい、乳母は彼を負うて、いつも仁三郎の家へ遊びに出かけた。その頃、男ざかりであった仁三郎の姿が、今でも安良の目に失せないで、やや衰えはじめた仁三郎を、いつも若々しく見るのが癖であった。

煤煙でうすよごれのした東の空から、大きな月がのぼって来た。

「なあ、ぼんぼん。わてらな、若い時分には盆いうと、なかなか家にじっとひてしまえなんだで。湯帷子《ゆかた》がけで外い出て、おなごおわいかけまんね。そうだひたな、あれはこうつと、十四五からだひたな。あんたらそれから見るとえらいもんだんな。結構やな、やっぱり学問のりきだっしゃろ。なんちうても学問やらんとあかん。気いつけなはれや、男も一返《いっぺん》しくじると、それからは総くずれだっせ、のっけが大事だっしょってな、そのつもりでしっかりしなはれ。けど、ほしかったら一人世話しまひょか」

ひょうきんな事をいいながら、けらけらと笑っている。

「あほ言いな、この人は。お家《え》はんに叱られるでな。ぼんぼんおこっとおくんなはんなや。いやらしいことばっかりいいまんね。これも学のない悲しさだんな。ほんまにいつまで何ひてなはんねん。裸で、風邪ひくやないか。難波の源やんが、昼買うた青鰻《あおびり》のことで話があるいうて来てはるねんし。とっととおりいでえ。ぼんぼんおしまい」

仁三郎を追い立てて、後仕舞をして女房はおりて行った。ひやひやと板にまつわる夜気に背《そびら》をあてて目をつぶると、身も心も澄み透るように思われる。わやわやとおもてを行きから人の声が聞える。月の光に星は疎らになったけれど、黄道光《おうどうこう》がほんのりと空をぼかしている。梧桐の葉が物干台とすれすれに枝を延ばして、その葉が一枚一枚、夜目にもほの青く見える。

あくる日は一日、二階座敷にこもって、机にもたれたまま、目を閉じて、いつまでもじっとしていた。毎日、一時すぎから三時がまわるまで、きまって風がぴったりとまった。焦げつくような大空の底に、昼の月がほんのりと見える。うっとりとなった目の前に、古寺の大理石の礎《いしずえ》や見あげるような石のからとなどが、ちらちらとする。どうかすると、逆山参《ぎやくさんまい》りの人々が、おりおり、吉野あたりの宿屋で貰った赤い団扇をつかいながら、五人十人、高声で国の畠《はたけ》の噂をして、とおりすぎたりした。からだはくたくたに疲れて、すべての感覚は殆《ほと》んど眠っているけれど、心だけは閉されたからだの内に起きていて、ありありとものを見つめていた。そのうち、油搾《あぶらし》め木《ぎ》をしぼるような響をたてて、旧式なぼんぼん時計が三時をうった。彼の机には、活版ずりの山家集があいたままになっている。なくなった彼の父は、すこし俳句を解していた。安良が幼稚園から小学校へ進んだ頃、毎朝ほの暗いうちから寝床の中で目をあいていると、きっと安良、安良、と呼ぶ。ちょこちょこと二間ほど隔っている父の寝床へはしって行った。彼を蒲団のなかに抱き入れて、古池やの、かれ枝にのと、口うつしに暗誦させた。その頃からして、彼のあどけない心のうえに、うすら明るい知らぬ国の影がうつっていた。そうして、今でも二三十句ぐらいは、ところどころてにはのまちがったままにおぼえている。安良の心には、だんだん家というものより、もっとしみじみと自身には親しまれる世界のある心地がする。

　山寺のさびしさ告げよ野老《ところ》ほり

ふと浮んで来る句も来る句も、みな涙を催すようなものばかりであった。書物のうえに目を落すと「よしの山やがていでじと思ふ身を」などという行が見える。近ごろになって、西行や芭蕉などいう人の住んでいた世界が、彼の前にまざまざと隠れなく見え出した。彼はよくそんなはずはない、と思うことがある。あまりに世の中が脆《もろ》くはかなく見えすぎるのだ。時には、友だちの群からふと隠れて驚かしてやりたい、という風な気分のする時もあった。西行や芭蕉のあゆんだ道、そういう道が白じろと彼の前につづいている。安良がその道へ行こうとすると、どこからともなく淡紅《とき》色の蛇がちょろちょろと這い出して来て、行くてを遮《さえぎ》った。彼はいらいらと身もだえをした。髪の毛を、一本一本ひき抜いてしまいたいほどにあせって来る。

「安さん、手紙」

ふと見ると、梯子をあがりきらないで、母が状袋をもった手ばかりさしあげていた。

「へえ」

うけ取ったのは、二通である。

一つは絵はがきで、大きな富士山の前に松並木のつづいている写真の刷った上に、

これより富士へのぼるべく候。詳細は帰阪の上申しあぐべく候。尚倍旧の御愛顧を請う。

八月二十日　　東門生

これは疑もなく、岡沢からよこしたものである。彼はおもわず噴き出した。そして倍旧の御愛顧を請う、と書いた彼《か》の男のさもしい心もちを、せせらわらわずにはいられなかったのである。

久しい間囚《とら》われていた岡沢から、やっと脱れることの出来た心地に、なんとなき満足が感じら

れる。しかし、その下から、自身の浅はかさをあざける心もちが湧いて来るのを、じっとおさえて、状袋の裏をかえすと、京・西山にて渥美泰造《あつみたいぞう》とあるのが、ちらと目にうつった。突嗟《とっさ》に、穴にでももぐりこみたいような気がして、顔が赤くなるのを感じた。彼の胸には大きな期待がこみ上げて来た。それでいて、どうしてもこの手紙を、おもいきって開くことが出来ない。彼は渥美の手紙をかかえて、座敷じゅうをうろうろとあるきまわった。

もっとおちついた静かな心、そういう心地で渥美の手紙を読みたい。いつも渥美とはなす時の、さわやかな気分で見なければならぬように思われた。彼は耳をわずらわす物音も聞えない場所を、あすここと胸に描いて見た。そうして、足音をぬすんで、そっとこのゆたかな心をはぐらかさぬように下りて行った。倉の蔭に不浄口へかよう空地がある。葉雞頭《はげいとう》の茎立《くくたち》の一廉《ひとかど》にのびたのが、残暑にめげて、日中は萎れていた。安良は、前栽《せんざい》から駒下駄をはいてまわって来た。穢《けが》れはてた心には、清らかな人の手紙を手に触れることさえ憚《はばか》られた。彼はおそるおそる封をきる。

……山の上の静かな書院の月光の中でひろひろと臥《ね》ていると淋しくもありますが、世の中から隔ったという心もちがしみじみと味われます。わたしは心からあなたに来ていただきたいと思うてますが、また、気にしてくださいますな、来ていただいて自身の思うてることの万分の一もいえないだろうという心がかりがあります。やはり手紙で書きましょう。どうしたというのでしょう。わたしはあなたとおはなしをしているとなんだかこうゝわくわくしておちついた気になれないのです。こう書いて見ると手紙がまた非常にもどかしく感ぜられて来ました。どうすれば、いいのでしょう。来てくださいとはえもうしませぬ。こういったしだいですから。けれども来て頂かれなければまた怨むかも知れませぬ。わたしには判断が出来なくなってしまいました。お心に任せるほかはありませぬ。あなたの御判断をわたし自身の判断として仰ぎます。訣《わけ》のわからぬへんなことを書くやつと御おもいになりましょうが……

安良は、とび立ちそうになるのをおさえることはむつかしかった。けれども、その時、ほのかに渥美を怨む心が、ふっと胸を掠《かす》めてとおった。

安良はいく度も幾度も読みかえした。しかし、どうも彼の胸にしっくりと納得の行かぬ処があるように思われる。また渥美とはなす時の心地が浮んで来た。あの朗らかな、木海月《きくらげ》を嚙む歯ざわりを思わせるしなやかなことばで、はればれとした瞳をしてもの言う人に、どうしてこんな手紙が書けるのだろう。「わたしはあなたとおはなしをしているとなんだかこうゝわくわくしておちついた気になれないのです」実際、安良自身がいつも感じていることとなのだ。なんだかくすぐったいような、あてこすられているのではあるまいかという心もちがするけれども、渥美はそんな人わるいことをしそうな人ではなかった。それにしても、なぜそんな気がするのだろう。どうしてああ平気に話が出来るのだろう。一年生の頃から、渥美の名を聞くと、軟らかなけばで撫でられた楽しい気もちになるのがくせだった。自身でも、なぜそうなるのだかわからなかった。きのうかえりの汽車のなかでとっくり考えて見たが、どうもそれが岡沢に対する心地と、さのみちがったものでないと思いあたって、不愉快な念に閉された。こういうむさい処に根ざした心で、浄らかな人を見るということが、なんだか渥美を汚すような気がした。その渥美が、自身らとおなじ心もちでいようとは信ぜられない。その西山の寺というのへ行ったら、万事の解決がつきそうに思われる。しかし昨日戻った今日、とてもいい出したところで駄目である。彼には渥美が近づきがたい人のように見えた。自身には、「倍旧の御愛顧を」と書いてよこした岡沢が似合わしく思われて、悲しくなる。ひそやかな昼ざかりに、こういう人目のない処に踞《かが》んで、油汗を流しながら、もの思いに耽っている自身の姿が、なんだか岩窟にせなをまるくしている獣のように目にうつる。裏通の粉屋で踏む碓《いしうす》の音が、とんとんと聞え出して、地響がびりびりと身うちに伝わる。倉の裾まわりには、どくだみの青じろい花が二つばかりかたまって咲いていた。安良は手をのべて花を摘んだ。黴《かび》の生えた腐肉のような異臭が鼻をつきぬいた。彼は花を地に叩きつけた。そうして心ゆくまで蹂躪《ふみにじ》った。五つの指には、その花のにおいが、いつまでもいつまでもまつわっていた。

＊　＊　＊

まがりくねった道が、谷をわたってまたひとめぐり、阪道にかかった時、崖を掩《おお》うて茂りあう木の間に、大門《だいもん》の屋根の片端を見た。やれやれと思うと、急勾配を辿っているという心もちが明らかに浮んで来て、一町の距離に非常な焦慮を感じた。

大門の下に来て、しき甃《がわら》の上に腰をおとすと、暫くは、集中していた意識の俄《にわ》かに放散して行くのをおぼえて、恍《こう》としている。やがて、此《この》門の廂《ひさし》につっかかるように聳《そび》えた夏枯のした山の頂の松に、夕日のさしているのが眼に入って来る。渥美君はいるか知らん、その坊の白壁も見えるはずの辺まで来ているのだと思うと、追い立てられるようになってあるき出した。

安良のあたまと殆んど摩《す》れるかと思うほど低い空を、鴉が大きな羽ばたきをして飛んだ時には、もう本堂の鴟尾《しび》を左手に見おろす塔頭《たっちゅう》へのだらだら坂を上っていた。本坊の低い門ごしに、白壁に黒く輪廓をとった、大きな櫛形《くしがた》の窓がまず目に入った。夏菊がたった一本、なんということなしにゆれながら立っている庭は、赤土のたたきになっていて、その隅の方につっ立っている土蔵に、夕靄《ゆうもや》のかかっているのも、静かな夕ぐれである。渥美は早朝から和尚さまに連れられて峰づたいに花の寺まで行ったそうで、青黛《せいたい》を塗ったように青いあたまをした番僧が書院へ案内をしてくれた。

渥美の手紙にあったのは、ここだなと、まずなつかしい心地がこみあげる。山は今暫くで全く暮れようとして静まりかえっている。突然、安らかな空気を破って、湊《みなと》の町の夕とどろきが聞えた。しかし、それはそら耳であった。

湯に入れとのことに、長い縁側をまわって湯殿へ這入った。ほの暗い湯槽《ゆぶね》の蔭から、蚊の細声がする。

青竹で筧《かけひ》の水をひき入れてある。窓から見える、あの淋しい夕靄の中に籠っている山のあたりから流れて来るのだろう、と考えながら、ざあざあと湯をあびる。時々手をとめて、肩ごしに湯槽に落ちる水のほのぐらい色に目をとめた。

どの道をどう来て山にかかったのか、どう考えて見ても思い出されない。叔母や母の許しをうけたという記憶もなかった。軽い不安がとおり過ぎた。いろんなことを考えているうちに、いつか渥美のうえに落ちて行った。渥美君はこんな処にいて、しまいには坊さんにせられるのではないだろうか。花の寺とやらから帰ったあの人のあたまが、最前の番僧のように剃りまろめられていたらどうしよう。こういう風に考えて来ると、もの静かなるいつもの渥美の態度が、そういう宿世をもって生れた人のように思われ出すのである。

とっぷり日は暮れてしまって、目の下に黒ずむ竹藪をわたる風の音が耳につき出した頃、安良は湯あがりの膚《はだ》に触れる冷気を喜びながら膳についた。

夜に入って、山の蛾《が》の来る大きならんぷを据えて、ひとり机によりかかっていると、遥かな台所の話声や、柴のはぜる音が、手にとるように聞えて来る。

そのうち、つい昼の疲れが出てうとうととすると、もののけはいを感じてふと目があいた。ふりむくと、音を立てぬように襖《ふすま》をしめている渥美の細やかな後姿が目につく。

あわてていずまいをなおす安良をやさしく制して、しとやかにすわった。

「よう出られまひたな」

「ええ」

「手紙はつきまひたか」

「ええ、ありがと」

渥美のことばは、いつものとおりにしか彼の耳には聞えなかった。やすらかにこだわりのない口ぶりが、彼の予期とは非常にちがっていた。それに自身はどうだろう、こんなにどぎまぎして、と思うと顔もあげられない。伏目になって青畳を見つめている。

「ここはわての叔父が住職してますね。それで、休みいうとじっきにここへ来ますのだすが、そら静かなことというたらな、いつでもこない凄いくらいだすし、蚊かて一匹もいえしまへんしな」

こうあいてがはなしているうちに、安良はそっと上目づかいに渥美の顔をぬすみ見た。青白く殺《そ》がれた頬を淋しみながら、夏痩する渥美のくせを知っている安良は、さまで驚きはしなかったが、目をおとすと、きちんと揃えた膝がほっそりといたましくうつって来て、それが心もちわなないて見える。

「漆間君、わては時々ここへ来て、坊主んでもなって見ようか知らん思うのだす」

これがああした手紙を書いた人だろうか、何やらだまされたような気もちになって来る。

あれを見て、天へものぼる心地で、叔母や母によい加減ないいまいをしてやって来たかるはずみが見すかされたように感じた。しかし、渥美のなめやかなことばの抑揚に従うて心を漂わしているうちに、何もかも忘れた風になって、浮き足軽く青草原をわたる気分になって来る。

「あんたは今年いくつだひたいな、そうそう十五。わての方が一つ兄だすな」

ふと口ごもってしまった。おずおず目をあげると、胸のあたりがげっそり薄く見えた。安良は渥美ばかりにものをいわせておいて、自身はただ頷《うなず》いて見せたり、「ええ」といって見たりするだけでは、嘸《さぞ》渥美にしてもものたらないだろうと思えば思うほど、話の題目をとりはぐらした。

彼は渥美のことばが、こちらの胸に、一々深く滲《し》み透っている、ということを知らせたい思いで一ぱいになっていた。どうしてこの人はこんなことまで考えているのだろう、と思うて来ると、なんだかこう身が窄《すぼ》んで来るように感ぜられる。

遠くの方から、まわり縁《えん》の板を蹈《ふ》む音が高く聞えて、誰かがごほんごほんとせきながらやって来る。

「あら叔父だす」

声をほそめていった。

「やあ、これはお客さんかな、おおこれはこれははじめて。いつも泰造がお世話になります。まあゆっくりいてな、これの帰る時に一処にしなされ。寺は淋しいよって、ひとりでもお客のたんとある方が、にんにやかでええよってな」

うろうろとあたまばかりをさげている安良にものもいわせないで、うちとけて趺坐《あぐら》をかいた。そうして、子どもにわかりそうな大阪の噂や、十五・六年まえに天王寺の塔頭《たっちゅう》におった時分のことや、二人の耳を倦《う》ませないで、白い眉を人さし指の腹で撫でながら、咳が出ると渥美にせなを叩かせたりしてはなしつづけた。一時間ばかりそうして、立ち上った。

「泰や、もう寝たらよかろ。床《とこ》をとって上げなさい。こちももう這入る。今日は泰のお伴で、花の寺までいて、くたぶれたくたぶれた」

安良よりもずっと小さな小僧が出て来て、雨戸をばたばたと繰《く》りはじめた。

「光香《こうきょう》さん、今夜はすこうし暑いさかい、ちいとあけといとおくんなはれ」

「はい」

小僧は戸をさすのをやめて、敷居ぎわに来て手をつく。

「お休み」

といって深く凹んだ頂の見えるまであたまをさげて、庫裡《くり》の方へ行った。

「もうねまひょか」

「ええ」

安良は渥美のとってくれた床のなかでまるくなって、まじまじとしていた。らんぷも吹き消してほの暗くなると、心の俄かに沈静して行くのを感じる。

「漆間君」

「ええ」

「みんな大人の人が死なれん死なれんいいますけれど、わては死ぬくらいなことはなんでもないこっちゃ思います。死ぬことはどうもないけど、一人でええ、だれぞ知っててくれて、いつまでも可愛相やおもててくれとる人が一人でもあったら、今でもその人の前で死ぬ思いますがな、そやないとなんぼなんでも淋しいてな」

こういって暫くことばをきった。それは安良の答を待っているのだ。渥美のことばは、彼の心に強い力となっておっかぶさって来た。彼は唇までのぼって来たことばをあやうく喰いとめた。

実際、この時彼のあたまを閃《ひらめ》きすぎた考があった。

「わたしも死ぬ」唯《ただ》それだけの答を聴こうとしているように、安良には直感せられた。けれども、もしもという疑念が恐しい力で舌のうえにのしかかって、彼に口を開かせなかった。唇は激しい痙攣《けいれん》にうちわななないた。

ふと目をあくと、しめ残した雨戸から、月が青くさしこんで、障子を照らしている。冷やかな山気が膚を圧して来る。ざあざあという音に、雨かしらと聴き耳を立てると、それは遥かな渓川の音であった。

渥美はかすかに糸を揺《ゆす》るような鼾《いびき》を立てて寝ている。寝がえりをうつと、そこに月あかりをうけた額が白々と見える。

河内の国も、ずっと北によって父方の親類が三軒まであった。父のさ、と、と、父の二人の妹のかたづいた家といった風の縁つづきで、どれにも伯父や叔母がおった。五人の男兄弟のかしらに、唯一人の女であった彼の姉は、父のさ、と、へ嫁入っている。彼や彼の兄たちは休暇になると、在所へ行くのだといって相乗車に三人がこぼれそうに乗って、よく出かけたものである。そうして、一月ほども、そこでざこすくいや川泳《かわおよぎ》に日をくらして、目ばかり光らして帰って来たものだ。兄二人が遊学に出てからというものは、人見しりの失《う》せない彼は、伯父や叔母の家で一夏を過す気にもなれなかった。それが大和から戻って一日おいて次の日「もうたった十日よかあれへんやないか」と叔母のとめるのをやっと納得させて、雲雀《ひばり》の揚る野を小二時間も車に揺られて行ったのである。地図でけんとうをつけていた渥美のいる山が、左にあるかと思うと、まともにつきたって見えたりした。彼は恐しいたくみを擁《いだ》いていた。叔母や母をだました大和めぐりよりももっと根強い罪に対《むこ》うて行くのだと知っている。それに心は不思議なほどおだやかであった。姉の家に三日いて急に大阪へ帰るといい出した安良は、人々のとめるのも耳にはいれなかった。

京街道を北へ北へ行って、大きな河を三つも越えて、わき道へそれてからは、唯むにむさんに山をめあてに進んで来た。

夜具のなかで目を大きくあいている。こんなにしてだんだん悪事に馴れて、とどのつまりは救われぬ淵へおちて行くのだと思いかけると、堕落の日をまざまざと目の前に見ているようで胸がせまって来る。こういう心でののめと、仏のような人の前にいる自身が鞭《むち》うっても慊《あきた》らなくつらにくく感じられて、悲しくなって来る。天地の間に縋《すが》りつく処のない人のようなひとりぼっちの心もちになって涙ぐまれる。

「渥美君」

そっと呼んで見て、自身の声にどきりとした。寝ているとばかり思った渥美は起きていた。

「寝られえしまへんか」

彼はすっかり渥美に心をよみつくされたように感じて消え入りたくなった。

＊　＊　＊

次の日は起きるとすぐ帰るといい出した。しかし、渥美のとり縋るような目つきにひかれては、たってともいいはれなくなった。どうなりとなれ、という気で、もう一日おることにした。不安はしっきりなく彼の心をよぎった。昼は和尚と三人ゆばを焼いて飯を喰べた。安良には、その淡白な味がこよなうなつかしく思われた。

「泰や、谿《たに》へおつれもうしたらどうや」

和尚が箸をおさめながらいうた。

「はい。漆間君、川いいきますか」

「ええ」

二人は麦藁帽子をかずいて出て行く。ひたくだりの坂道を二町ばかりも下りると、そこが谿であった。裸形をはじらうように、二人はわかれわかれに着物を脱いだ。そうして、四五間もはなれて水の上に首だけを出している渥美の姿を見まい見まいとした。泳ぐことを知らぬ彼は浅瀬に膝をついて、青く流るる水の光を悲しんだ。鳥膚《とりはだ》のように粟《あわ》だった腕を摩《こ》すると赤らみの潮《さ》して来るのをじっと見つめていると、わけもなくよすがない心地が湧いて来る。渥美はと見ると、すこし川上の岩に這《は》い上《あが》ろうとしている。岩は水から三四尺つき出ていて、そのまわりには深い潭《ふち》がとろりと澱《よど》んで見える。友はあちむきに岩の上にすっくと立って、うつつなく水の面《おも》に見入っている。安良の胸には、弱々と地に這う山藤の花がふとおもかげに浮んだ。

「もうお寺いいにまひょうか」

彼は夢心地からよび醒まされた。

着物をつけた渥美は、安良と並んで青淵《あおぶち》に臨んで腰をおろした。なぜか今朝からものかずもいわないでいた友は、項垂《うなだ》れたまま青ざめた頬を手にささえて、吸いつけられたような目つきをして、淵の色に見入っている。彼は悲しくわなないた。青い月夜の光を夢みるような目をあげて時々空を仰いだ。松の梢から、すこしばかり空が透いて見えた。俄かに彼は、心もちの異常に動揺するのを感じて友の方を見た。顔をそむけていた渥美の頬には涙が伝うていた。

「さあいにまひょう」

急な斜面を一息にのぼって行く人の後姿を見ていると、なんだか涙ぐまれて来る。来た時とは違うた方角へ出た。西山から丹波の穴太寺《あなおでら》へかよう山径《やまみち》が、木の葉の下やせせらぎに沿うて、細ぼそと上へ上へとのぼっている。

両側からつき出た山と山との間に、高い峰が午後の光の下《もと》に代赭色《たいしゃいろ》にとろけて見える。

「釈迦《しゃか》ヶ嶽《たけ》。あれが」

立ちどまって指をさす。

「こっから、よっぽどありまっしゃろか」

「香朝《こうちょう》という光香《こうきょう》さんの兄弟子で、江州阪本の大学林へいてる人とのぼったことがありましたが、そないにもおまへなんだ」

人ずくなな寺のうちにいても、唯二人でないということが、彼には不満であったのだ。

「そんならのぼりまひょう」

恐しいまでに自身の胸のうちを直感した渥美のことばに、彼はぎくりとした。

杉林の木の間には、いくつもいくつも、道らしい下草のすき間があった。渥美は注意深い足どりで、うねりうねりのぼって行く。方幾町とも知れぬ林の中に、熊笹を踏みわける自身らの足音が高く耳に響いた。彼は一間ばかり前に進む友の息ざしや、動悸《どうき》の音までも耳について来るように思うた。

林を出ると、青空があざやかに二人の目にうつった。道は見あげるばかり高い処へのぼって行く。山の隈《くま》をめぐる。ざわざわ薄原《すすきはら》を踏みわけて来る物音がする。恐しい野獣の姿を思うておびえあがった。けれども瞬間に、二人だ、喰い殺されたって心残りがない、と思うと、その恐しい時の来るのを一刻も早く待つ様な心が湧いた。しかし、目の前の草をわけて出たのは、白衣姿の巡礼で、顔の紫色にうだ脹《ば》れた中年の男であった。

「良峰《よしみね》さまへ行くのはこれかな」

と問いかけた。

「大《おお》きに大きに」

渥美のおしえた道をどんどん下《くだ》って行った。二人は、やや暫く立ちどまって、後姿を見送っている。鉞《まさかり》の刃をわたるような道がつづいた。安良は喘《あえ》ぎ喘ぎ急勾配をのぼって行く。渥美は立ち止って、無言のまま灌木《かんぼく》の隙間の草原を指《ゆび》さした。彼はぐったりとくずおれるように座りこんだ。激しい動悸が肋《あばら》をつき破って飛び出しそうに、彼の掌《たなぞこ》に触れる。ああ心臓がわるいと思うと、青い顔をした父の死顔がまざまざと浮んで来る。静かに胸のあたりに手をやって、心のうちに、せつない胸をなでてくれる友の手を思うた。突嗟、

「動悸がしますか、撫でたげまひょう」

彼はまた驚かされた。汗にずっくりぬれた胸を露《あら》わして、抗《あらが》うことなく渥美のするままにまかせている。やがて暮れる空は青々と冴えきって、日の光が薄くなった。心もち大きな手にきゃしゃな指が白じろと開いて、ひらひらと胸の上に動く。

「もう、おさまりまひた、てっぺんまでいきまっさ」

とあるき出した彼に、時々いたわるような目をおこしながら、渥美が先に立って、時々仆《たお》れそうになる安良の手をとってのぼって行く。二人がこうした処をあるいていることを、叔母や母は知っていそうに思われた。家人の放つ冷やかな眼の光が胸を貫いた。今にも世界を始《はじめ》に戻す威力の、天地を覆《くつが》えす一大事が降りかかって来そうに思われた。小松のしげみが果てしれぬ空の奥までつづいているように見える。渥美も安良も一言も交《か》わさない。よろよろとして、松の間を縫うて、泳ぎつくように頂上を憧れた。渥美が木の株に躓《つまず》いて仆れたそばに、彼はべたべたと座りこんだ。二人はそのまま身動きもせなかった。渾身《こんしん》の血が悉《ことごと》く汗になってからだの外に流れ出たように、ふらふらとするあたまをもちこたえていることが出来なかった。

しかし、二人には目に見えぬ力が迫って来て、抗うことを許さなかった。漂うような足どりで、二人はゆらゆらとあるいて行く。いただきに着いた二人は、衰えた顔を互にまじまじと見つめていた。ほの青い黄昏《たそがれ》の風が蓬々《ほうほう》と吹く。

彼は渥美の胸にあたまを埋めてひしと相擁《あいいだ》いた。渥美はつとたち上った。そうして細い踵《かかと》を吹き飛ばしそうな風の中を翔《かけ》るように、草原をわたって行く。安良はおい縋って崖の縁《へり》に立った。黒ずんだ杉林が、遥かに遥かに谷の底までなだれ下っている。白い岩があちこちにその膚をあらわして、二人の目を射る。谷風が吹き上げて、二人の着物は身を離れて舞い立ちそうである。

「漆間君」

「渥美君」

二人ながら声はしわがれていた。

「死ぬのだ」という観念が、二人の胸に高いどよみをつくって流れこんだ。夕やけの色も沈んでしまった。目の下の谷はむくむくと浮き上って、踏みおりることも出来そうに見えるかと思うと、また俄かにどっと落ちこんで行く。二人の掌《たなぞこ》は、ふり放すことの出来ぬ力が加わったように、きびしく結びあわされている。

ぶるぶると総身《そうみ》のおのの〳〵きが二人のからだにこもごも伝わった。氷の如き渦巻火《うずまきひ》のような流《ながれ》が、二人の身うちを唸《うなり》をあげてどよめきはしった。今、二人は、一歩岩角をのり出した。（前篇終）

乱歩打明け話

江戸川乱歩

一体僕が物を書くなんてことが、そもそも間違いじゃないかと思っている。文章の心得があるではなし、これといって本を読んではいないのだし、つまり一言にして尽せば、素人の横好きなんだ。元来、僕の専門は経済学なんです。といって、じゃその方は明るいのかと開き直られると、大いに閉口だが、ともかく、学校で教《おそ》わったのが、それなんです。それが、どうしてかくの如き邪道に踏み込んだかというと、これで一種の病気ですね。気が多いというか、飽き性というか、おそらく精神病に近いものだと思うのだが、僕だって、学校を出た当座は、大いに金儲けをやるつもりで、本場の大阪で貿易商の番頭に住み込んだものです。つまり、学校で習った経済学を実地に応用してみようというわけだったのです。

商売は、これでなかなかうまかった。大戦後の南洋貿易で、ちょっとこう勇壮な感じの商売だった。帆船を仕立てて、それにいろいろな日用品を一杯つめ込んで、野蛮人に売りに行く手伝いなんかやった。あれを続けていれば、今頃こんなにピーピーしていないんだが、惜しいことをしたと思っても、今さら致し方がない。

なぜ貿易商を止したかというと、いろいろ原因があった。一つは、貧乏書生が少し纏まった金を持ったために、まあ大袈裟に云えば、魔がさしたのでしょう。いささか遊んだのです。お恥ずかしい話だけれど、その当時まで僕は女というものを知らなかった。二十三でしたか。知ったような顔をしていて、実はそうでなかった。そのくせ、十七、八の中学生時代に、友達を語らって、曖昧屋なんかへ足ぶみして、大目玉を頂戴したこともあるんだけれど、妙に童貞を守っていた。しかし、これは一向自慢にならない。理窟があって行儀よくしていたのではなく、恥ずかしがっていたんだから、つまり卑怯者だったのですね。

ところで、だんだん話が枝道へはいるけれど、その僕が十五歳の時に初恋をやった話があるのです。もっとも、それまでにも、七、八歳の時分からそれに似たものがないではなかったが、意識的な、まあ初恋といっていいのは、十五歳（かぞえ年）の時でした。中学二年です。お惚《のろ》気《け》じゃありません。相手は女じゃないのだから。でも、まあ同じようなものかもしれない。つまりよくある同性愛のまねごとなんです。それが実にプラトニックで、熱烈で、僕の一生の恋が、その同性に対してみんな使いつくされてしまったかの観があるのです。少しばかり甘い話なんです。

僕は今でこそ、三十になるやならずで（その実三十三歳なのだが）五十歳の如くはげあがって、人前に出るのも恥ずかしいていたらくだけれど、当時、十五歳の若衆時代には、これでなかなか色っぽかったものである。僕の中学校は名古屋在にあったのですが、今のように開けなくて、学校はできたばかりの豚小屋みたいなバラックだし、校庭には名物の大根が植わっていて、われわれはそれを引き抜いて、地ならしをするのが課業外の課業だった始末で、市中からそこへ通学するには、一里くらいも畑の中のあぜ道を、雨の日なんかはドロドロになって歩かねばならなかった。その途中に何かのお社《やしろ》があって、鎮守の森という奴ですね。そこに夕方なんか村の子守っ児が、例の向こう鉢巻をして、鼻たれ小僧をおぶって、沢山遊んでいる。そいつらが、僕の通るのを発見すると、「ええ子、ええ子」（美少年の意）と叫んでからかうのです。一人だったら怖いし、連れがあれば、実に何とも云えない屈辱を感じて、夕焼けのように赤くなる。そいつを又、同級の者どもが（僕達が第一回卒業で、上級生はなかったのだ）面白がって、僕のことを教室でも「ええ子、ええ子」と云うのです。実に思い出しても、ゾッとするいやないやな感じでした。

それというのが、当時は、昔流のヒロイズムが盛んで、非常に偽善的で、空威《から》張りで、女女《めめ》しいことが大禁物だった。先生を始め「柔弱」という言葉を盛んに使って、それが極度の軽蔑を意味することになっていた。だから、「柔弱」を意味する「ええ子」なんてあだなは、今諸君が想像されるより、幾十層倍、いやないやな感じを与えたのです。

級中でも年も若く、からだも小さく、気も弱かった。そこへ持って来て今の「ええ子」なんだから、稚児さん役にもって来いです。いろんな奴が云い寄るのですね。むろん、十八の娘のように赤面して、そっぽを向いて、そしらぬふりで、その場その場を逃げたものです。僕の中学ではこんなことがなかなか盛んで、僕のほかにも稚児さん役は大分あった。誰さんと誰さんてわけですね。うき名がたつのです。でも、けがらわしい関係はあまりなかった。僕なんかはきわどいところまで行ったことはあるけれど、一度もそんな経験はなかった。主にプラトニックなんです。

それに附文《つけぶみ》が盛んだった。感傷的な美文なんかでやるのだ。僕も大分貰ったが、大抵返事をしない。たった一人、どうにも断わりきれないで、返事をしたのがある。今から考えるとその男も美少年に相違なかった。秀才で、画が上手で、剣術が強い。芝居の娘なら早速惚れようって男でした。この男が、他の中学の上級生に頼んで、その頼まれた男が又、町で名うての腕っぷしの強い不良だったのですが、その獰猛なのが僕に呼び出しをかけて、ほの暗い路地の隅で、僕の同級の今の男の云うことを聞けと脅迫するのです。ふるえ上がりましたね。かぶりを縦にふってしまいました。その男の捨て科白《ぜりふ》がね、あとになって不承知でも云ってみろ、ただは置かないぞ、てんです。そして、ふしくれ立った腕をギュウと曲げて見せる始末だ。

もっとも、同級のその附文《つけぶみ》をした男を、まんざらでもなかったらしいのだが、僕は早速返書を認めた。色よい返事ですね。そして、まあ盛んにラブレターのやり取りをやったものです。

それから間もなく、暑中休暇が来て、先生につれられて知多半島へ海水浴に行った。生徒中の有志が皆出かける、お寺を宿にして、二週間なり三週間なりからだをきたえて来るのです。

行くと匆々《そうそう》僕は病気をやって、それも大したことではなく、海へ行かぬだけで、別状なく飯も食うし、本も読むといったふうで、お寺の涼しい座敷にブラブラしていた。碁盤を持ち出して仲の良い連中と、五目並べなんかやっていた。海が近いので磯くさい匂いが部屋に浸み込んでいる。畳は赤ちゃけていたが、軒が深くて、向こうの方にクッキリと白く、庭の日当りが見えている。池、石燈籠、蟬の声、今でも目に浮かぶようです。

夜は幾つも蚊帳を釣って、一つに四、五人ずつ寝る。蚊帳へはいってからも大変な騒ぎです。兵隊上がりの小使が、ラッパがうまくて、物悲しい調子で消燈ラッパを吹く。それからは騒げないことになっていた。ヒソヒソ話に変るのですね。ところで、多分企らんだことでしょうが、今云った相手の男と僕と一つ蚊帳で、その上ほかの連中が気を利かして、僕とその男と隣同士に寝かせるのです。僕は別段、それをいやに思うほどではなかった。ちゃんと覚悟をきめていた。どうも変な男で、おぼろげながら虐《しいた》げられる快感といったものを、当時知っていたのですね。ところがどうしたものか、相手はそれを知らない年ではないのに、いやに堅くなっている。毎晩別状なく済んでしまう。いささか物足りない感じなんです。そればかりか、相手の男は、何と思ったのか、芝居がかりに、短刀などを蚊帳の中へ持ち込んで、チカチカと抜いて見せる。何でそんなことをしたか、観念している僕の心持がわからなかったのか、いまだに彼の意図を理解することができません。そしてそれっきりで、何の関係もなくすんでしまったのです。それから後もずっと。

彼との関係がそんなであったにもかかわらず、噂の方はだんだん大きくなり、短刀をひらめかした話などが先生の耳にはいった。そして、面倒な問題になってしまったのです。お寺の本堂脇の一段高くなった小部屋に、先生が二人いて、そこへ僕は呼び込まれた。一人は学校を出たばかりの若い先生だったが、先生の方でも、妙にはにかんでいるんです。

「君は誰それと一緒の蚊帳に寝ているか。脅迫されたことはないか。夜半に変ったことがなかったか」

云いにくそうに、そんな尋ね方なんです。僕もまっ赤になっちまって、「いいえ」といってうつむいたものです。でも、短刀をひらめかした事は、証人のある事実だものですから、どうも怪しいということになって、先生から親父の所へ至急親展の手紙が出される。僕には数人の見張番が付く。相手の男も同様。むろん蚊帳は別にされてしまった。

相手の男はひどく叱られたらしい。でも停学にもならなかった。僕の方は別に叱られはしなかったが、家へ帰るまで、同級生の見張りがつけられたりして、それ以来、先生にはもちろん、同級生達からも、一種の変な目で見られるようになった。まあ注意人物なんです。その時の恥ずかしいような、あるいは身のすくむような、その気持というものはなかった。死ぬよりもつらい屈辱感が、僕をすっかりだいなしにしてしまった。

これがまあ、僕の稚児さんとしての最も深い印象なんです。で、その事件はそれで一段落ついたのですが、お話というのは、もう一つ別の事件なので、それが先に云った僕の初恋なわけです。同じ級に、これは年輩も背恰好も僕ぐらいで、やっぱり相当有名な美少年がいた。この男もほかの中学の不良連にまで知られ、時々追い廻されていたものだが、どうしたきっかけであったか、どちらが口を切るでもなく、その男と僕といい仲になった。もっとも全然プラトニックなもので、顔を合わせると、双方がはにかんで、ろくに口も利けない始末だった。彼も僕も数え年十五の年だったと思う。その代り、ラブレターは盛んに書いた。そりゃもう、ずいぶんだらしのないことを書いたものです。その文句のあるものは今でも覚えているが、中に、「君を食ってしまいたい」なんてものもあった。うわべだけでなく、心《しん》からプラトニックにそんなふうに思っていた。どちらが稚児さんというわけでなく、双方対等の立場で、男女の如く愛し合った。実行的なものを伴わないからこそ、そんな真似ができたのです。

当時僕は、内気娘の恋のように、昼となく夜となく、ただもう彼のことばかり思いつめていた。いつとなくそれが同級生に知れ渡って、いろいろにからかわれる。そのからかわれるのが、ゾクゾクするほど嬉しいのです。うわべは顔を赤らめながら、内心無上の法悦を感じているのです。彼に逢えば、堅くなって口が利けない。一緒に散歩することなんかあると、ちょっと二人のからだがふれ合ってもゾクッと神経にこたえる。手を握り合ったりすれば、熱が出てからだが震え出す始末です。それでやっぱり手が握りたい。こちらから握るよりも、先方から握って欲しい。

今でもよく覚えているのは、ある第三者の友達の家で落ち合って、その男の見ている前で、こっそり手を握り合った嬉しさです。その男の机に節穴があいていて、僕が上から指を入れると、相手の彼が、下からこっそり握ってくれるのです。あの気持は、その後だれに対しても、どんな女性に対しても、味わったことがありません。ところが、そんなでいて、僕達は最上のものが握手で、キッスでさえ経験しなかったのですよ。このようなプラトニックな恋はちょっと珍らしくはないでしょうか。

だが、悲しいことには、異性の恋が短い以上に、同性の恋は瞬間的です。やがて、三年四年と級が進むに従って、相手の口辺に薄髭が生え、僕の紅顔にニキビが出はじめた。いやそんなになる前に、何が理由であったか忘れてしまったが、二人の仲は、いつとなく遠々しくなっていたようです。そして、間もなく、彼は中学校を終えないで、病のためにはかなく世を去ってしまいました。

そういうわけで、僕の持っていた恋というものは、性的な事柄をまだよくわきまえない少年時代に、しかも同性に対して、注ぎ尽された観があるのです。そうでも解釈しなければ、その後の恋知らずな僕の心持をどう考えればいいのでしょう。むろん異性に魅力を感じないわけではない。外見上恋とも見えることは一度ならず二度ならず経験した。でも、それらは皆、どうもにせ物みたいな気がするのだ、性的関係が伴うせいか、何か不純な、したがってほんとうの恋でないような気がするのだ。

だから、最初に云った、貿易商で儲けた金で遊びを始めたというのも、異性を知ったという肉体上の原因から来る、いわばきたないものであった。プラトニック時代には、聞いただけでも嘔吐を催した都々逸、端唄の類を自から歌った。野卑な踊も嫌いでなくなった。プラトニックな感じとは、まるで相容れない、あの三味と太鼓の淫猥なリズムを喜ぶようになった。同時に、おめかしで磨き上げた僕の顔から、プラトニックなものが全く影をひそめ、それに代って、現に大人の誰でもが普通持っているような、いわば人間的な、あるいは動物的なものが現われて来た。それで何もかもおしまいだという感じだった。

稚児殺し

倉田啓明

一

一千九百十一年一月の或る朝、美しい雪を敷いた都の河岸を、陰鬱な、蒼白い顔の青年は、外套の衣嚢へ両手を突込んで、靴の裏に滲み入る、体温に融けた雪水が、駱駝メリヤスの靴下をばじとじとに濡らして、べったり蹠へくっ付く不快さに、神経をいらいら立たせながら、人の足跡の一つ一つを爪先で踏んで行った。彼の通学していた築地の中学校の六角塔の頂上は、吹雪に隠れて見えず、路上にはまだ通学生の靴跡さえ刻まれていなかった。彼は軽子橋の上に立ち止って、人差指を出して、欄干に積っている雪をぎしぎし仕扱《しご》いてみたが、想ったより冷たくなかったので、凝《じっ》と雪の中へ指を埋めて、頭脳の底へ滲透する針のような感覚を楽んだ。……

急に肢体の尖端に微かな痙攣を覚えたので、復た慵《もの》うげに歩き出した。……雪の深い中を、中をと人の足跡を探さずに踵で踏みしだくようにして――。ドクトルK――の家の前まで来ると、聖三一大会堂の朝禱を知らせる鐘の音が、不可知の世界の雲に滅え入った。……カアン……カアン……と最後の響が鼓膜へ伝わった時、彼は学校の前の溝石で靴の雪を払い落して、「今、七時だな」と覚った。そうして、「まだ一時間余りある」と思うと、彼の恐ろしく緊張した表情を湛えた眼は、冷たく微笑んだ。軍人上りの門衛の姿も、まだ見えなかった。彼は事務室の前を通り抜けて、陰気な湿々《じめじめ》した生徒控所の棚へ、教科書や、雑記帳や、その頃、「思想の父」として愛読していた、露西亜の或る革命思想家の自叙伝を容れた、古代更紗の風呂敷包を置いて、折柄聖書と聖歌集とを持って、会堂へ朝禱に行く、寄宿生の後から踵いて行った。大地震で埋められた旧校舎の煉瓦が、今も折々大地の底から掘り出される、不毛の地のような運動場を通って、裏門から会堂の前の広々とした街へ出た時、彼は蔦蔓の生い茂った、ゴシック風の古い煉瓦造の会堂を眺めて、

「神の観念を創造したほど、人間の事業として偉大なものはなかろう。けれども己れはどうしても己れ自身の他に全知全能の神や、愛の神を信ずることは出来ないんだ。」とおもった。

「おい。滋野――教会へ行かないか。」

こう云って後方から彼の肩を叩いた、雄弁家で数学の出来る寄宿生の一人は、青白い靄のよ

うな呼吸を吐きながら、行き過ぎた。

「墓場の中へ引き込まれるのが、何が神意だ。己れは何んにも願おうとはしちゃいないんだ。……然しよく考えて見りゃ、己れはどうして自分で自分の罪を宣告するんだろう。己れは自分で自分を穢してるんじゃなかろうか。」

その時、彼の頭脳の中には、こんな考が経緯《たてよこ》に織り出された。然し彼は直ぐに打ち消した。

「ハレルヤ、ハレルヤ……」

讃美歌の合唱が幽寂に流れて聞える。彼は聞くともなく耳を澄ました。凍った空気のもやもやした合流が、彼の顔に吹き込んだ。雪は歇んで、空には眼を遮るものもない。会堂の隣に建っている聖路加病院の真白な花園は、氷柱の内に包まれて、雪明《ゆきあかり》と朝の光に照らされて、絖のようにきらきら輝いている。若い中学生は薄い外套で震えながら、舗石《しきいし》に半ば凍った足を踏み付けて、急がしそうにこの街を通り過ぎた。その後から欧洲の一小国の公使を乗せた一台の馬車が追い越して行った。馬車の轍は凍った雪の上に鳴った。広闊《ひろびろ》とひろがった、凍えた空にも朝の空気が揺めき鳴っていた。

どんな力をもってしても、所詮突き通されそうにない会堂の厚い壁と、モザイクの大きな幾つかの窗は、心ない冷たい光を映射して、窗と窗との間の不可解な陰鬱は、彼の幻想を惑乱し、強迫した。

「あれえ……お天道《てんとう》様が……」

聖路加病院の白い窻から、蒼褪めた顔を出した入院患者の少年は、突然手を叩いてこう叫んだ。同じ患者の眉雪の老人は、これに和して、

「ほう、ほう……えろ光ってござるわ。有難いことじゃ……有難いお天道さまじゃ。」

と云った。「暗闇の中に生きていて、死ぬような悲しみの中に、うろうろしていても、太陽に向うと、急に人生というものが明るくなって来て、どんな事があっても死んではならない……」と言っているように想われた。又「皆思い思いに生きていて、誰れだって自分が一番苦しいのだ。その苦しみを忍んで生きなければならないのだ……」とこう囁いているようにも思われた。

灰色の雲間から患者室の窻硝子に放射して、屈折する太陽の光は、イルミネーションのように白い花園へ流れていた。屋根の向うの屋根、花園の向うの花園にも、同じ光の河が流れていた。……彼は肌理《きめ》の細い美しい手を出して、はあ――ッと呼吸を吹っ掛けて、ごしごし磨擦すると、肌膚は見る見る珊瑚の色に輝いた。その眼の薄膜の黄色い小繊維は拡がって閃光を撒き散らし、下唇は潤沢な生生しい瘡口のような紅味を帯び、頸筋には静脈血管の蒼白い緯《すじ》が現われて、性急な衝動は時として神経が集中したり、跳躍するのであった。

「今日もまた休んでやろう。……どうせ出席簿へ印を付けに行くようなもんだから。」

彼はこう決心した。事実彼の生活中で、学校を欠席することが一番愉快に考えた。これまで校門の前まで来て、冷たい塵埃だらけの教室へ入って、数本の木を打ち付けて造った不自由な堅い、青年期の本能を圧迫するように工夫した腰掛へ坐る不愉快さを想像すると、急に厭になって引き帰えしたことが幾度あったか知れない。そういう時には途次《みちすがら》で、教師や学友に顔を合わせないように、いつも学校の裏手から、わざわざ海岸へ回って帰えるのであった。

そこは海岸と云っても大河の入口で、無数に林立している帆船の中には、黒く塗った古い密猟船の一艘や二艘の碇泊しているのも見られた。そうして、朝霧や夕靄の立ち罩める頃になると、月島を隔てて大空のような海が、自由な心で房総半島を抱いて、遠く展けているのも想像することが能きた。寂びしいメトロポール、ホテルの花園には、年老《と》った西洋婦人が、軽やかに裳裾を翻えしつつ散歩している姿も見られた。自然木の門を建てた、古風なペンキの剝げ落ちた洋館の屋根には、雑草がおどろに乱れて、石垣や煉瓦の崩れに青い街燈の光が照り反えしている、条約改正時代の居留地の建物も、半ば崩壊して、惨《みじ》めな裸形《らぎょう》の姿を露わしていた。けれどもその日は総ての物象が雪に蓋われて、水の上に浮ぶ帆船の影も寂びしかった。

彼はコンクリートの堤防の雪を払って、その上へぐったり身体を投げ出した。

「最う二箇月で己れは卒業するんだな。そうすればどうしても生活の火輪のぐるぐる廻っている、どん底へ投げ出されなきゃならないんだ。……それでお終いは死だ。この土が生と死の最後の境界線になるんだ。ふん、それに何を信じろってんだ。この世に信じられるものが一つとしてあろうか。己れがこうして生きている事だって、信じられない時があるんだ。世界は虚無の郷だ。」

彼は地上に引かれた、永遠を予想する轍の跡の平行線を凝と見詰めていた。其処には雪が泥に混って、融けて、醜い骨張った土を露わしていた。彼は雪国の人が土を慕うように、土を想った。この日ほど彼の心に土という強い不可思議な力が、犇々と襲い迫って来たことはなかった。肥えた黒い土をあらわな額に押し当てて跪いて搔き抱きたいような、悦びと悲しみの情感が噴泉のように、魂の杯からこぼれ散った。

三十分程経つと、彼は微かな第一の始業喇叭の響を聞きながら、河岸通を反抗的に一層ぐずぐず歩いていた。けれども彼の心は何か知ら焦燥していた。

「これから己れは何処へ行くんだろう。何処へ行くにも的度《あてど》もなし、金もない。矢張り己れの行くべきところは学校より他にはないのだ。」

彼の足は再び学校の方へ向いた。そして頭の中で毎朝合わせている友達の一人一人の顔や、言葉や姿勢を想い出して、訳もなく懐かしくなって来たので思わず力を籠めて歩いた。失われた希望の国へでも行くように。

石川島や月島あたりの工場の汽笛が、脅やかすように鳴り響いて、今日もまた忙がしい生活の朝が来た。……

彼はどう考えても、不治症患者室のような教室の戸扉を開ける気にならなかった。彼の教室では常盤という歴史科の教師が、冷たいいやにぎらぎら光る眼玉を、絶えず四辺《あたり》に配りつつ、第一時間目の近世史の講議をしていた。乾涸びた声は、咽喉から生きた人間の声が出て来るのではなくて、何んだか一つ一つの文字と記号とが、ぴょこりぴょこりと飛び出して来るように思われた。凝《じっ》と入口の扉に耳を当てて内部の様子を窺うと、死んだような広い部屋には、たった一つの暖炉だけが、真赤に灼けて、ぶうぶう噴火口のような響を立てながら、煙筒を微かに動かしているのが、はっきり感ずることが出来た。彼は寒さに震えていた。生々した火の音を聴くと直ぐにも内部へ入りたかった。けれども髑髏を叩くような声が、扉の隙間から洩れて来るのを聴くと、譬えられない不快に襲われて、盗むように階段を降りて、生徒控所へ入った。雪と泥で踏みにじられた凸凹《でこぼこ》の黒い土の上に彼は踞《しゃが》んでいた。窗硝子も壁も天井も塵埃にまみれて、おまけに生徒が投げ合った雪の塊が、所嫌わず打ちつけてあって、融けた雫がぼたぼた落ちていた。冷たい風が土の香と便所の臭気とを混えて吹き迷っていた。彼は所在なさに上衣の衣嚢から、昨日教室で盗んだ白墨《チョーク》を出して、棚や柱や硝子へ色んな悪戯書《いたずらがき》をした。

「おい、そんなところで何をしているんだ。」

鼠のような眼を有った体操の教師が、古ぼけた黒い詰襟の洋服を着て、寒そうに両手を握り緊めて、彼の後方《うしろ》に立ってこう怒鳴った。彼は黙っていた。

「何故教室へ入って課業を受けないんだ。」

「今時分教室へ入ったって直ぐ喇叭が鳴るから休んだのです。」

「それが不可ないんだ。一分でも授業を享けたら、それだけ利益があるんだ。五年生にもなってそんな事が分らんでどうするんだ。……先刻から君は此処にいるんだろう。そんなに教室へ入るのが厭なら学校なんか退《さが》っちまう方が可い。」

彼はうるさそうに教師の顔を見詰めていたが、

「いやいやながらも遂々《とうとう》五年の間辛抱して、もう二箇月で卒業するんですからね。今頃から勉強したって詰りませんよ。それとも落第すりゃ止します。」

体操の教師は左足を一歩前へ突き出して、踵を上げたり下げたりしながら、

「その柱や壁の落書は君がしたんだろう。……いいやしないとは云わせないよ。君の指を見ろ、白墨の粉だらけじゃないか。何故学校の建物を汚したりするんだ。……君は滋野鞆雄と云ったね。何組だ。」

「丙組です。」

「君は落書して面白いのか。」

「面白くないからするんです。」

「面白くない。……何が面白くないんだ。」

「すべてがですね。」

「すべてが——。」

「何も彼もですよ。この世の中の事が——。」

「ふうん。」彼は分ったような分らないような顔付をして、細長い頤《あご》を突き出した。

「けれども、あなたには分らないんです。僕の頭の中には、ふさぎの虫って奴が巣を造っているんですよ。」

「兎に角教員室へ一所に来給え。そうすりゃ分るんだ。」こう云いながら彼は滋野の外套の袖を引っ張った。鞆雄は寒い地下室のような処に立っているより迥にましだと考えて、大人しく黙って踵いて行った。彼は非常に臆病な生徒であった。然し傲慢もまた人一倍烈しい人間であった。彼は生れてまだ一度も他人と喧嘩したことがなかった。彼には容易に他人の闖入し調和し窺知することを許さない、或る物を有っているという確信が、彼を傲慢にさせたのである。

　六角塔の一番下は物理化学の教室になっていた。その二階に教員室があった。彼が体操の教師に伴れられて入ると、意地悪そうな多くの眼が一時に光った。そうして今まで暖炉の周囲に集まって、面白そうに生徒の品定めや、金儲の話や、たまには女の噂をしていた四五人の教師の声音はばったり息んで、臭い煙草の煙がもやもやしていた。鞆雄等の主任教師の塚原という漢学者は、机の前に二三人の月謝滞納者を集めて頻りに小言を云っていたが、体操の教師から鞆雄の行為を聴くと、「卒業間際になって校則に背いたことをするのは一体どういう精神だ。五年級は全校の生徒のモデルにならなくっちゃ不可ないってことを知らんのか。」と怒鳴った。その「モデル」という言葉が彼の耳に異様に響いたので、思わずニヤリとした。

「何を笑うかッ。」塚原は拳を固めて机をどんと打った。その拍子に体操の教師が机の上へ載せて置いた証拠品の白墨は、振動のため細い部分を中心として、くるりと一廻転しながら床へ落ちて、砕けた。暖炉の周囲では丁度授業を終えて来た、数学の教師が加わって、また貨殖の話が始まった。数学の教師は白墨の粉だらけになった袂をはたきながら、郊外へ家作を建てたが案外安く出来上ったと云っていた。鞆雄は教育家や軍人には、金と女の話以外に話すべき何物を持っていないということを知った。

「教育家が卑しい金儲の話や、淫な女の話をするのと、僕等が白墨で落書したり、自分の思想を自由に発表したりするのと、どっちが罪悪でしょうね。」と彼は思い切ってこう云った。

「君も堕落した現代の思想に誘惑されている不良学生だぞ。」と弁解か叱責か分らない言葉だ。

彼は唇で微笑んだ。

「仰有るとおりかも知れませんね。……ですけれど先生、現代は社会的反動の時代ですからね。つまり今の社会制度が余り窮屈で、個人のあり余る力の向けどころがないもんだから、性慾の衝動のうちにその力を放散したり烈しいのは自分で知りつつ死の危険を冒すようになるんです。……こう云ったような現象は日本ばかりじゃありませんよ。初代羅馬帝政時代から始まって、歴史の上じゃあらゆる反動時代の特徴となっているんですよ。譬えば、千八百五十二年の革命後、仏蘭西に起ったディレクトリー時代やワクハナリー時代のようにね。……最っと近い例は日露戦争後幾年間に亘って、露西亜では激烈な革命運動があって、それが鎮まると露西亜社会に新しい性慾的衝動が一般の青年の間に現われて来たんです。……以前には知識と自由の火花の燃え立った所に、今では色んな自由恋愛会のような秘密会合が、ミンスクやカザンやペルミやその他の都会の到る所に組織されているんです。」

「そんな社会的堕落の傾向が君には立派に見えるんだろう。軽薄な文学思想に浮かされているからだとは思わないのか。」

「成程、近頃は日本の文学も、色んな種類のポルノグラフィッシュな作物が出ますがね。……然しこう云うことを考えてみなくちゃ不可ませんよ。それは社会組織の改革とフワロス崇拝との間には、どんな共通点があるかって事です。」と毒々しく云い放った。

喇叭が鳴った時、塚原は彼に向って、「今日は授業を受けさせない。」と云って、漢文の教科書と出席簿とを持って出て行った。扉を開けると廊下を通る騒がしい生徒の靴音が海嘯のように襲って来た。

「滋野、今日は立体幾何の臨時試験があるんだぜ。落第しても可いのか。」

　先刻まで家作から得る収入の話をしていた数学の教師は、意地悪そうに彼の顔を一寸眺めて、快げに笑った。そして、「今学年はうんと落すつもりだよ。」とわざとらしく附け加えた。彼は四年級の進級試験の時、代数と幾何で落第した経験があるから、数学と云われると自分の急所を突かれるように感じて不快そうな顔をした。けれども彼は四年級で一年損をしたことを自ら感謝している。それは彼の愛の対象としてたった一人の波山寛を見出したからであった。彼は固より戦闘的なイゴイストであった。沈痛で皮肉で冷狂なショウペンハウエルの思想は彼のイゴイズムに気味悪い底力と、悲痛な厭世の陰翳を投げかけた。彼は豹のように血の色に霊をおどらした。その心は充たされない性慾を抱き彼は野獣のように市街を徘徊して、嬰児虐殺の生々しい血の匂いを思った。オースタリーの都の街に行われた残酷な Sodomie《ソドミー》と血汐の滴る美少年の肉を想った。弗羅曼《フラマン》の民衆の燃えるようなケルメッス（鎮守祭）の饗宴から、血痕惨として乾かない叛乱の美を思った。そうして疇昔《むかし》、洛陽の市街に於ける白昼の強姦を想った。彼の心には常に“Bellnm omnium contra omnes”だの“Alles Leben Leiden”だのという言葉が、彼を去らなかった。……けれども彼の心は寂しかった。

　イゴイストにとっては他人の生命に自己を見出そうとする愛の要求ほど大きな矛盾はない。彼はこの事を知りつつも、寛を愛しなければならなかった。どうせ最後は二人とも生命の危機に立つ日のあることを覚期して。

「人生は矛盾だ。エピクロスの野に遊んでいる子供や快楽論者には人生の美しい夢を見させて置くが可い。この世のすべては譫言《たわごと》で、愚《おろ》かで、穢《きたな》い。そうして間断《しきり》なしに襲って来る苦患《くるしみ》……これが人生だ。そうして終りは死だ。そこにどんな真理があるものか。……只棺桶と蛆虫と、それから腐った肉の塊の所有者である屍があるばかりだ。」

ぶつぶつつぶやきながら、温い教員室を出た鞆雄の美しい眉と眉との間には傲慢な、そして残忍な皺があらわれていた。彼は窖《あなぐら》のような薄暗い小使部屋を抜けて、寄宿舎の通用門から街路へ出てしまった。道の中央は泥と雪とが混って河のように流れていた。彼は河縁の雪の深いところを選《よ》って歩いて行ったが、油気のない軋道のように、厭にぎしぎしと響く靴と雪との触れ合う音が、頭の尖まで反響して、何んだかむず痒いような感じがしてならなかった。彼は不図先刻の数学の教師の言葉を想い出した。そうして考えた。

「どうせ落第するものなら勉強したって詰らない。……こんな教科書なんか己れには必要がないんだ。河の中へ叩き込んじまえ。面倒臭いから……」

彼は風呂敷包を開いて、四五冊の教科書と雑記帳とを取り出して、いきなり河の中へ投げ込んだ。べちゃんと水面を打って、ばらばらになった書物は、奇怪な獣の死屍のような姿をして、ぶくぶく浮いていた。彼はこれを心地よげに暫らく立って眺めていた。このお蔭で今まで痛んでいた頭も、骨も、手足の節々も、それから益《やく》にも立たない悲痛な省察も、何処かへ消えて了った。

空の一方は青くハイテルに霽れていた。彼は十六歳の春、意識の眼が開いて、紺青の大空を仰いだ時、世界的幸福の可能を信じた昔を回想して、その両眼には熱い涙が滲んで来た。彼に取ってはそれが最後の幸福の春であったのだ。草原はだんだん黒くなって行き、空気は不思議なほど湿っぽく、楽しくなるかを覚えている。すると山々の頂が短い草を被った緑の姿を現わして来る。小傘なして枝くねらかす柳の間を燕は歌を唄い初める。………………

靹雄の胸に眠っていた少年時代の記憶は、それからそれと復活《いきかえ》って来た。

「己れは未だ若いのだ。己れには若い生命が漲っているのを感じることが能きる。己れは生きたい。呼吸をしたい。感じたい。聴きたい。視たい。そして己れは時たまでも可いから、青く晴れた大空と緑の流れとを見たい。」

彼は黙想しながら歩いていると、急にひもじゅうなって来た。そうして書物を河へ棄てたことをおもうと、あれを売れば幾何《いくら》かになって空腹を充たすことが能きたのにと悔しがった。遂々《とうとう》彼は決心して銀座の路次の一品料理屋の硝子戸を開けた。毎《いつ》も言い合わせたように皆の落ち合うところだ。彼は安心して入ることが能きた。

頭の禿げた給仕人は、彼の横に立って、

「何か御註文を――。」と訊いた。

「君、コップを一つ借して呉れないか。」

「コップ――リキュウグラスでございますか。」

「なあに普通のコップで可いんだよ。」

彼は給仕の持って来たコップに水を注いで息をも吐かず飲んだ。給仕はポカリと窩でもあけられたような剽軽《ひょうきん》な眼玉をして、彼の様子を見ていたが、

「外に何かお誂えは――マデラ酒、トカヤ酒、カカオ酒、それからジンやリキュウ類、まだまだ他に色色ございます。」と喜劇の口上でも述べるように喋《しゃべ》った。

「ふうん――」彼はぶるぶると肩を揺すって、「何か腹のくちくなるものが可いね。なるたけ安くってどっさりあれば尚可いよ。」

「なるほど、畏りました。」

肉の焼ける匂いや、ヘットの匂いや、葱の匂いや、カレー粉の匂いの中で、彼は呆然《ぼんやり》と新聞を拡げて眺めていた。薄汚い虫のような活字に眼をさらしていると、急に胸がむかついて来るように感じたので、突然《いきなり》新聞の塊をば床の上へ投げ出して、茵蔯《いんじん》でも飲むような顔付をしながら水を続けさまに飲み乾した。暫くすると、其処らに散らばっている器具が一面に灰色の砂塵を被っているのが眼に付いて来て、彼の全身の神経は妙にびりびり顫動を覚えた。けれども彼

はこの不快の裡に自分の生活の保証を認めた。……実際神経の微動や戦慄――それが病的神経作用であるにもせよ――がなかったならば、彼は生きた屍であるからだ。……彼はギクリと頸を縮かめると、痙攣的な嫌悪の情に顔を顰《しか》めて、ふいと外方《そっぽ》を向いて了った。

三皿目の肉を切り刻んでいると、想いがけない寛と、氏家秋作と、葛原道夫と、小濱四郎とが、どやどや入って来て、彼の顔を見て笑い合った。

「エスケープの親方、今日は――。」

こんなことを云いながら、四人共窮屈そうに坐った。鞆雄は一寸この容子を冷たいアイロニカルな眼で見て、

「まるで凍りついて了ったようだ。人間の身体も蝶鉸《ちょうつがい》が入用になっちゃお終いだね。」と何やら解らない事を云った。

「人生は美しいもので好いことも沢山あります。」秋作は英語の教師の宣教師の口調を真似て、説教でもするように手を振った。

「それは飯を食う事ばかりです。」と鞆雄は皮肉にやり返えした。「譬えばそれは夜になると恰も遠く晃めく星座のようなもので、チラリと見えては、また直ぐに消えてしまうんだ。」

「何が――。」

「つまり胸糞《むねくそ》のわるい人生の長さと人間生活で一番楽しい飯を食う時間とを比例すればさ。」

「じゃ、酔っ払いの哲学のように生れてから死ぬまで飲んだり食ったりしていれば可いって事になるわけだね。」

「オマアカイアムみたいね。」と寛は嬉しそうに鼻へ皺を寄せて微笑んだ。

「そうすると寛ちゃんのように消化器の弱い人間は、人生を享楽する資格がないんだね。」と道夫は云って、巻煙草の灰を落した。

「真個に左様だよ。」

「胃腸病患者の味覚で人生を味うと、丁度腐ったじゃがいものフライだってさ。」

「だけどね。胃病患者の味覚ってものは素敵に鋭敏なものだよ。真個の割烹の味は胃病患者の舌でなきゃ分らないのさ。割烹も矢張り芸術の一部だからね。」と寛は細長い指で卓子を叩きながら云った。

　鞆雄は真面目な顔をして聴いていたが、この時ナイフを咽喉に擬して、

「露西亜の青年は自殺するのに、日本の青年は何故自殺しないんだろう。」と云い出した。

「ほう」と寛は眼を円くした。

　鞆雄は言葉を続けた。

「僕の考えじゃ日本の青年には自己の生活というものがまったくないんだ。そうして唯社会に対する順応性ばかりが発達してるんだ。……こういう蛆虫のような青年には、一挺ずつピスト

ルを持たしとく方が可いよ。」

「……けど、病人は厭世家になって自殺する資格がないというのは、冷たいこの世の真理だね。君――。」

寛は寂しくそう云った。

鞆雄は、「うむ」と大きく首肯《うなず》いて、凝と寛の面を見詰めていた。他の三人は甘そうに肉や飯を食っていた。そして一番早く食い終った四郎は、衣嚢から写生帳を取り出して、外廓線の強い、わざとらしい原始的筆触で、角ばった面で見た林檎や、歪んだ形の徳利などを写生していた。いつの間にかブルドッグのような顔をした、大きな犬が卓子の下に踞んで尾を振りながら、何事か訴えている様であったが、犬には言葉がなかった。寛は静かに頭を撫で廻わしてやりつつ、

「犬も寂びしいんだろうね。」と云った。

「そうと見えるね。この肉でもやんな。」

鞆雄はこう云って自分の食い残した肉の皿を寛の前へ押しやった。寛はそれをば肉刺に刺して犬に食わせた。寒気のためか犬は眼から涙を流して二言三言吠えた。鞆雄は洋袴の衣嚢から棗の実を出して犬の前へ投げてやった。そうしてスックリ立ち上って、

「僕は帰るよ。家で待ってるから……」と云った。

道夫は半ば物好きな、そして半ば嘲笑的な調子で、「今日に限って馬鹿に親孝行らしいことを云うぜ。一体どうしたんだい。」と云った。

「ただそう云ふ風に感じたのさ。」

「そう云って何処か他へ行くんだろう。」

「何処か他って——。」

「へん、白ばっくれてやあがらあ。お安くないね。どうも……」

「何んだ詰らない。……憚りながら一文なしじゃ夜鷹だって相手にしませんからね。」

「どうもお気の毒さま。」

鞆雄はわざと怒ったような風をして、靴を踏み鳴らしつつ出て了った。僅一杯のウイスキーの為め彼の心臓には強い波状の線が、単調な節奏を繰り返えして、感覚を波立たせた。彼は電車道を越えて、歩みを数寄屋橋の方へ向けた。薔薇色の夕映は朗らかな黄色と灰色に包まれて、下には赤黒い影を曳いていた。そうして濠には黒い夕靄が立ち罩めて来た。

二

翌朝から彼の脳神経は変調を来した。彼の頭と体とから襲う烈しい苦悶は、彼を学校へ行かせなかった。ブローム剤と微温湯の沐浴と、それから身を床に横えて、呼吸したり、足をさすったり、腰を伸ばしたり、手を挙げたりして、焦立《いら》たしい神経を静めていた。彼はこの時から米飯を見ると胸が悪くなった。そして、バナナにミルクをかけて食ったり、去年から大切に蔵《しま》って置いた、トマトに生水をかけて食った。トマトの味は人間の肉の味がする。触感でも、色彩でも、香味でも——それが堪らなく好きであった。彼は之れを食いながら、寛へ手紙を書いた。……何度書いても書いても、力のない死んだような文字ばかりが並んでいるので、腹立たしげに巻紙をびりびり引き裂いてしまった。紙の破れる音も彼には神経の尖端をこすられるように感じて、傷ましい表情をした。そして尻に敷いていた牝豹の毛皮を、大きな黒檀の机の上へ一杯に広げて、柔い頬を押し付けた。すると長い間圧搾されていた「性」が目ざめて、快い淫らな肉のソプラアノを味うことが能きた。

寛に宛てて、墨汁やインクで書いた手紙では、ほんとうにその時の彼の思想や感情を突き詰めることが出来なかった。黒い墨やインクの汁も彼には水のように見えた。——彼はどうしても自分の血で書かねばならなくなって来た。貴い純な自分の血を、あの男のために流すのだと思うと、彼の心は訳もなく昂奮した。彼は子供の時分から自分の肉体を自分で傷けて不思議なセンジュアリチーに酔うことを楽しんだ。明治三十五年の神嘗祭の日の午後、彼は独り離座敷で遊んでいたが、ある衝動から一本の木綿針を腹へ突き刺して、とうとうすっかり皮下へ押し込んで了うと、快感は消えて激しい痛みは腸を覆えすように覚えたのであった。彼は驚いて母に訴えた。その日大学病院の暗室で、全身をレントゲン線に照らして針の在所を探したが、骨と骨との間に夾まっていたものと見えて、遂に発見せられなかった。医師は腹部を切開してみようかと云ったが、彼の父母はこれを拒んだ。祖母は変な黒焼の粉を彼に飲ませた。今考えるとそれは錦木《にしきぎ》の黒焼であったのだ。その時彼は中学の一年生であったのだ。彼は今でもその針が身体中をぐるぐる回っているに違いないと信じていた。けれども其後も彼の奇矯な遊戯は止まなかった。そして三寸もある畳針のような太い針や、釘や、鋲などを持ち出して、凹んだ瘢《きず》痕《あと》へぶつぶつ突き立てたり、抉り廻わしたりしたが、既に神経が麻痺しているので、少しも疼痛を感じなかったが、脳神経と生殖器の神経とは幻怪な触感を伝えた。彼には茴香酒《アブサン》のような西洋の強い酒が喚び起す幻覚も、この命がけの血だらけな愛欲に及ばなかった。

彼は本箱の抽斗から、宮本包則の鍛えた白鞘の短刀を取り出して、鞘を払った。そしていきなり尖先の所を一寸舌で嘗めてみた。長い手紙を書くに必要な血潮は、針や釘では役に立たなかったのである。

「人間が自殺する時もこんな不思議な快感を予感するだろうか。己れは今やはり一種の自殺をしようとしているんだが唯死なないだけだ。己れはまだ真個に死にたくはないんだからな。してみると、己れは何んという卑怯な奴だろう。」

こんな考が彼の意識に上った。そうして手拭を引き裂いて、肉へ深く突き通らぬように、刀身をぐるぐる巻き付けた。やがて尖先を強く左の下腹部へ押し当て、柄を手で確乎握って、後方へぐっと引くや否や、力を籠めて腹をうんと突き出すと、鋭い刃先はずるずると七八分ばかり柔い肉を銜えた。彼はこの時急に机の上の鏡を取って自分の顔を映してみたが別に異状もなく、唯心悸が少し亢進しているのみであった。ほっと彼は安心して、今度は茶碗を摑んで、傷口の下へ当てながら、血を含んだ刃を抜いて畳の上へ投げ出した。脂切った赤黒い血液が、蛭のように器の中をぬるぬると這い広がった。彼は陰惨な、残忍な表情を浮べて、傷口と茶碗の中へ流れる血潮とを交る交る凝視した。その唇は紅く顫えていた。そして刃先に凍ったようにねばりついている血塊を、唇へなすり付けて、舌で甜めずった。血潮の味は渋かった。やがて彼は筆を血に浸して手紙を書き始めた。

「――この紙上に灑ぎたる血は、一個滋野靹雄の血にあらず、実に波山寛の血なり。君の血は予の生命の存する限り、予の生命を流る。されば予の生命は単に予一個の生命にあらざるなり。君が嘗て愛と生命とを注ぎ賜ひし所の生命なり。故に予は感激して予の全生命を挙げて君に捧げ、君を愛せり。されば予は君と離れて自己存在の意義と価値とを認むること能はず。予は全生命と死とを以て君を愛せんことを理想とす。然れども若し君にして予の理想を解せず、予の意志に背き給はゞ、予は君に対する愛そのものゝ実現のため、泣いて自ら生命を断つべし。さあれ予の生命には君の生命有りて存す。自ら裁決し能はざれば、予は予の生命裡に存する君が生命否定の許可を求めざるべからず。……」

こんな風に書いて行くと、彼は自分がイゴイストであるとはどうしても思えなかった。この没我的な愛の思想を考えると、自分で自分の頭脳に宿る思想が可笑しくなって来た。けれども彼に取ってはこの手紙の文句のすべては神のような信実であった。……彼は書き終わると丁寧に巻いて封筒へ入れた。そして宛名を書こうとして、はッ《い》と心付いて、血で硬《こわ》ばった毛筆をとっぷり墨汁の中へ突込んで、封筒の表面へ大きく「必親展」と書いて、おまけに圏点まで施して、筆を擱いた。

そこへ女中が紅茶とパイとを持って来た。彼は今までの秘密を女中に見られたように思って、その眼に戦慄の影が現われ、腕に苛立たしい神経の二筋三筋が打ち顫えながら伝わると、神経質の顫動は額に攣れ、胸を鼓動させ、唇を曲げさせ、そして足の踵をぴくぴく動かすのであった。

「如何でございます。御気分は――。」

「ああ、ありがとう。なあに大した事はないんだよ。陽気の加減で毎年こんな事があるんだからもう慣れっ子になってるのさ。」

彼はおずおずしながら、生れて始めてお世辞らしい優しい口の利き方をしながら、甘そうに紅茶を啜った。風呂から上った時に人間の皮膚から蒸発する匂いが、紅茶の香味に含まれていた。女中が退く時、恐る怖る手紙を渡して、投函を命じた。然し何んとなく人頼みは不安らしく感じたので、急に女中を呼び止めて自分で入れに行った。半時許りポストの近くを散歩していると、折よく集配人が開函に来たので、彼は漸やく安堵して書斎へ帰った。そして平素の傲慢な調子で女中を眄めていた。彼はその夜から寛の返辞を待ちあぐんだ。

けれども二日経っても三日過ぎても、何んの音信《たより》もなかった。夜になると彼は怕ろしい夢魔に襲われるようになった。そして時々血痕の銹び付いた短刀を取り出して眺めているのであった。

恰度一週間目の薄暮、彼は銀座の並木の下にぼんやり佇んでいる葛原の姿を見出したので、直ぐ寛の様子を訊くと、四五日前から彼は築地の聖路加病院へ入院しているとのことであった。

「矢張り腸が悪いのかい。」と彼は尋ねた。

「いいや。……」

「ふん、じゃ例の神経衰弱だろう。」

「そうでもないんだよ。勿論原因はそうかも知れないが、今度は肺が不可ないんだって——。」

「肺か——そして余程悪いようか。」

「まだそんなに進んじゃいないそうだがね。」

「僕の事を何か云ってたかね。」

「うむ。妙なことを云ってたよ。(僕が気狂になったら滋野は僕を殺して呉れるだろうか)って――。」

「それじゃ僕はこれから一寸見舞に行って来るよ。」と一足履み出した。

「君は行かない方が可いかも知れないぜ。波山は大分近頃君と交際の事で頭を痛めてるようだから。」葛原は忠告するようにこう云って嘲けるような笑いを洩らした。

彼はむッとして、「大きにお世話だよ。君のお指図は受けないからな。――畜生ッ。」とズバリと云い切って、歩き出した。実にユックリユックリ歩いた。路々葛原の云った寛の言葉を心で繰り返えして考えると、彼と寛との運命がだんだん深淵に臨んで来るように想われてならなかった。「同じ暗黒な深淵に陥るものなら、自分でこの世の光を擲った方が可い。人類の世界的運命はどうすることも能きないんだ。そうしてみると、自分の一番愛している者の生命を否定するのが、むしろ人類的愛であるかも知れない。仮え狂人にならなくとも関わない。若いうちに死ぬ者は幸福である。そうしてこれが人生への復讐なのだ。病人が厭世家となって自殺することが能きないという、この世の冷たい真理から、彼を救い出して自由を与える道は、たった一つしかない。それは自分の手に在る。……」と考えながら歩いていると、いつの間にか彼は彼自身の物憂げな姿を居留地の一角に見出した。街には蒼白い瓦斯の光が、彼の横顔を茫乎と照らして、夜天から降り灑ぐ、冷たい霧がしっとりと身体中を湿した。彼の頭の中では、こんぐらがった断れ断れの考が踊ったり跳ねたりしていたが、終いにはたった一つの事が明らかに彼の意識に甦った。然しそれが何であるかということを言葉や形で現わすことは能きなかった。何かしら或る大きな神秘がこの世にある。そして彼はその大きな神秘に打《ぶ》っつかっているのだという心持がした。

　ふいと、大地に長く伸びた自分の黒い影法師を視ると、彼は兇悪な相貌を有っている兇行者の姿のように感じて、おもわず戦いた。そうして彼は何度も、黄、青、赤、白——様々の星の下を、行ったり来たりした。凝と河を流れる黒い水を見ていると、鈍《のろ》い靴音がして来た。彼はふりかえった。それは巡査だった。彼はぎょっとした。巡査は横風な様子で剣の音を激しくさせながら、彼の肩を摑んだ。

「あっちへ行け……お前はこの冷たい河へ身を投げ兼ねん馬鹿者だろう。そんなことでもして見ろ、己れはお前のお蔭で罰棒を食うんだぞ。」

　彼は自殺未遂者と間違えた巡査の言葉を聞くと、やっと心を鎮めて、面白そうに巡査の平ったい大きな顔を覗き込んで、神経的に笑って、復た沈鬱な無言に帰った。

「僕は身投げをするんじゃないんですよ。」

「そうか。じゃ此処で何をしちょるんだ。ああん——。」

「時間が少し早いから、こうして時間つぶしをしているんです。」

「そして君は何処へ行くんだね。」

「聖路加病院へ……」

彼はこのお蔭でどうしても病院へ行かねばならなくなった。病院の前で巡査と別れるとき、小さな声で、

「へん、畜生ッ。おどかせやがらあ。」と毒づいて、さも汚なそうに唾をべッべッと吐いた。

病院へ入ると、九時を打った。階上の七号室が寛の病室であった。廊下を外国人のドクトルと白っぽい形をした看護婦とが、ガヤガヤ騒いで秋の木の葉のようにぶるぶる慄えながら行き過ぎた。白っぽい一団がぼんやり消えた時、彼は七号室の大きな扉をバタンと締めた。部屋の中は水のように静かになった。彼は迂散《うさんくさ》臭い眼を瞠《みは》って、其処ら中をギョロギョロ見廻わした。天井からぶら下っている十燭光の気味悪い陰影《かげ》は、ひたひたと壁に波打っている。大きな窓を透して向側の西洋館の燈火が見える。然しその燈火と此方《こっち》の窓との間には、深い闇が降りていた。

彼は寛の胸に手を当てて、

「どうだい。心持ちは――。」と簡単に訊いた。

寛は夢のような、美しい眼をあげた。そして黙って彼の手を握った。彼は寛の手の余り冷た

いのに驚いた。

「馬鹿に冷っこいね。」

「僕のはこんなに温かいんだよ。ほーらね。……君の手が冷たいのさ。」

なるほどそう云われると、彼の手は氷のようだった。何んとはなしに彼の顔は赫と火照って来た。小さな蜘蛛が長く宙に下っている。

「君は今どんな事を考えているの。」

「死ぬことばかり考えてるの。」

「そして君は死にたいと思うかい。」

「いいえ。最っと生きてみたいと思ってるよ。」

「何か喰べるかい。」

「今日はお母《ふくろ》が来てね。『重箱』の鯰の鼈《すっぽん》煮《に》を持って来て呉れたので、何んにも欲しかあないよ。」と云って蜘蛛をつまんで床の上へ捨てた。

大きな白い扉がさっと開かれて、眠そうな顔付をした看護婦が入って来た。そうして、「回診ですよ。」と云った。

列の白っぽいヒョロ長い姿が、ゴロゴロ部屋の中へ転げ込んで来た。ドクトルは人参色のむく毛で覆われた手を出して、寛の脈搏を数えたり、腹をさすったりして、訳の解らぬ死んだ言葉で何かブツブツ私語した。するとでぶでぶ太った円《まる》っこい一人が、附号のような文字で、ドクトルの言葉を書き取った。すべてが自働作用《オートマチズム》である。

鞆雄はひょいと手を差し出して、ドクトルに会釈をした。そしてキッパリとこう云った。

「ドクトル、患者は今不死ということを希っているんです。それは不可能でしょうか。」

ドクトルは、「おお――」と叫んで手を揮った。

「不可能です。」と反射的に答えた。

「じゃ、人生は価値のないものですね。」

ドクトルは何かまた訳の解らぬことを云った。そうして白い塊は転ぶように出て行って了った。「主は讃《ほ》むべきかな。」と誰かが云った。

「医者の見た世界はすべてが病でしょうね。」

ドクトルは額に深い皺を刻んで、閾のところに立って大きく頷いた。扉が再び静かに鎖された。クロロホルムの臭いがプンと鼻を撲った。

「今夜はこれで誰れも来ないんだろう。」

「ああ、これがお終いの回診さ。」寛は小さな欠伸をしてこう答えた。

「看護婦は何処で寝るんだい。」

「向うの部屋で寝かすことにしてあるんだ。」

鞆雄は病人の顔を視ているると、「多くの希望があるけれど、それを果すことが出来ない。然し死ぬのも苦しい。矢張り生きたい……」と叫び訴えているように想われた。

「詮めろ。詮めろ。万象は夢の夢だ。人間に生れるより、まだしも虫けらや獣に生れる方がましかも知れない。若し人生が時々与えて呉れる快楽というものがなかったら、どんな人間だって発狂と自殺の孰れかを選ぶだろう。」

こう考えて彼は一寸眼を挙げた。寛は半分程減っている葡萄酒罎と、カステラの折とを取って卓子の上へ並べた。彼は寛の手ずから注いで呉れた葡萄酒を一気にあおって、更めて寛にも注いでやった。この刹那彼の心は言われない新しい苦悶に囚えられた。暫く経つと、寛は彼の左の手を握ったまま、うとうとと眠ったが、忽ち何者かにひどく心を打たれたように、パッと寝台の上へ跳ね上った。

彼はおもわず後退《あとず》さりした。

「どうしたんだ。夢でも見たのか。」

彼は慄えながら優しく尋ねた。けれども寛はニッコリ笑って何んとも云わずに、復た横になってしまった。四辺はひっそりと静まり返って、戸の隙間からこっそり黒い影が忍び寄るような幽暗に閉じこめられた。近く流れる冷たい河が、音なき水の歌をうたっているのが神経に伝わって来るように思われた。そうして深い沈黙の中に、石のように凝と坐って、誰にも聞えない悲しい、恐ろしい、不思議な苦悶に呼吸《いき》づいていた。

「誰れもいないんだ……許して呉れ……許して呉れ。」と両手を合わせて悲しげに拝んだ彼は立ち上って電燈のスイッチを捻じた。総ては——真黒な深淵に呑まれて、遠い世界に宝玉のような星がキラキラ瞬いている。

彼はヒラリと寝台の上へ跨がって、懐中で短刀の鞘を払った。そして突然《いきなり》鋭い尖先を寛の心臓の上に擬して、柄頭を自分の胸に押し当てた。不図、寛は眼を開いた。

「君、僕をどうするの——。」

この瞬間、寛の脳中には、美しい女のしなやかな姿と暗い肉慾、譬えがたない淫楽の悦びに震える裸体のあさましさが、死の合流となって火花のように晃めいた。そうして刃を摑んで、悲しげな声を振り絞って一生懸命に、「生かしてお呉れよ……生かしてお呉れよ。」と叫びながら遂に美しい物に憧れるようにぐったりとなって了った。

靹雄は全身の力を揮って、寛の身体を抱き緊めた。刃はメリメリと心臓へ食い込んだ。彼は唇を寛の唇へ吸い付けて、心臓を破って迸り出る血汐の叫びを聴いていた。そうして「己れはお前を愛しているんだ。……お前を愛しているんだ……死んだのだな。もうこれ以上死にっこはない。」と囁いた。

彼は意識の蘇生《よみが》えると同時に、血液が床の上へ滴るのを怕れて、窓掛の巾を引き千切って、寝台の椽や板の間に流れた血を、盲目滅法に手探りで拭い取った。それから死屍の上へ蒲団をすっぽり覆せて、兇行に用いた短刀を寝台の下の藁の中へ押し込んでしまった。ふと心付くと、彼は卓子の上の葡萄酒の罎を口に当てがって、ガブガブやけに飲んだが、まるで水のような味しかなかった。彼はカステラを懐中や袂へねじ込んで逃走の用意をしはじめた。入口の扉に鍵を掛けようと思って、先刻見て置いた鍵の在所をそろそろ両手を延ばして探した。鍵は闇の中に漸やく見出された。彼はそれを持って、扉の前へ進んだ。小さな鍵穴から廊下の火影が幽かに射している。この小さい光を見て彼は身を顫わして扉の前へ、へたばってしまった。そして一生懸命に震える掌で鍵穴を被うて、室内へ洩れる光を遮ろうとした。彼は漸ようのことで内部から鍵を掛けることが能きて、ほっと吐息をついた。気を落ち付けると隣室から患者の呻き声が微かに耳に入った。その声は彼には寛の口から洩れる呪咀の呻きのように想われてならなかった。彼はそっと窓を開いて往来を見渡した。全世界は霧のために海のように煙っていた。然しどう工夫してもこの窓から逃走されそうにもなかった。彼は暫らく窓へ片足を掛けて考えていた。その時、彼の心象に映じたものがあった。それは部屋の入口に立て掛けた洋傘である。彼は之れを落下傘《パラシュート》の代わりにして逃走しようと決心した。……この計画は成功した。膝頭を少しばかり擦り剝いたが、彼は無事に往来へ出る事が能きた。洋傘を溝の中へ投げ込んで、彼は方向も定めずに駆け出した。途中で思い出して、彼はとある土蔵の陰に身を寄せて、血痕の附着している羽織と上着と足袋とを脱ぎ棄てて、下着と繻絆とになった。手にねばり付いた血潮はすっかり羽織の袖で拭き取って了った。そうして古い土蔵の大地に近いところの壁が剝落しているのを見付け出したので、是等の衣類を丸めてその穴の中へ押し込んだ。湿気を含んだこの臭いが、彼の心に血の匂いを聯想させた。こうして彼は小石の露われた路上をとぼとぼと、傷ましい裸足《はだし》で歩んだ。

夜の鳥が月光に翼を濡らして飛び去った。

三

その夜もいつか明け果てて、更に新しい一日を迎えた。

靹雄は女の家を出て、山の手の親の家へ辿り着くと、彼の帰りを待ち構えていた刑事はいきなり彼を拘引した。そして築地の警察署へ連れられて行くと何んの取調もせず、直ぐに日光も通らない裏手の留置場へ入れて、飯時には塩握飯《むすび》二つと水一杯とを与えられた。彼には何故か分らなかったから、自分で自分の罪を疑って呆然と考えていた。

その日も暮れて夜になった。

彼は、「とうとう昨夜と同じ夜が来たな。」と思った。

寒い暗がりに凍りつくように坐っていると、入口の戸が開いて、小使がカンテラを点して巡査と一所に入って来た。この小さな灯影は白毫光のように嬉しかった。巡査は厳粛な調子で彼を戸外へ連れ出すと、待たしてあった人力車へ乗せて、自分も共に乗り移った。やがて彼の車の後方から、二三台の車輪の音がして、彼の車の駛る方へ踵いて来るようであった。車は一直線に河岸に沿うて駛った。彼は見馴れた四辺の景色を眺めて、何処へ連れて行かれるのであるかということを直覚すると恐怖に堪えられない様子で呻吟した。そして眼を伏せてしまった。車は軽子橋を渡って直ぐ右へ折れて、暫時すると正しく直角を画いて左へ曲った。と数台の車台は一斉に止って、彼は巡査に引き摺り降ろされた。

聖三一大会堂の十字架と鐘楼とは、星の世界に向ってそそり立っている。彼はこれまで一度も経験したことのない、別な心持をもって、十字架や鐘楼を仰ぎ瞻た。間もなく黒い服装をした法官らしい人々や警部や巡査に取り巻かれて、病院の玄関へ登った。時計を見ると針は午後九時を指している。見覚えのある白い球のような看護婦や助手が出て来た。脊のヒョロ長い人参色の皮膚をしたドクトルも出て来た。胸に金色の十字架が眩ゆいばかりに輝いている。巡査の肩に扶けられながら、危ぶなげな酔っぱらいのような足取をして階段を登ると、何処ともなく石炭酸の臭気が風に送られて立ち迷うていた。彼の足は棒のようになって動かなかった。巡査は焦《いら》って後方から突き飛ばした。彼は思わず蹌踉《よろよろ》として、危く白い大きな扉に捉まった。多くの白い姿や黒い影がうしろに従った。然し悉く無言である。ドクトルはつと彼の前に進んだ。

「その部屋が君の友達の波山寛が寝ている七号室なのだ。入り給え。」

この厳な声を聞くと、彼は殆んど無意識に、そうして狂気のように、扉の中へ衝き入った。忽ち彼の前には想像することの能きない不可思議な世界がパッと展けた。彼は胸を前へ突き出し、片足前方へ践み出しながら、両手を握り緊めて、部屋中を見廻わした。総ては、昨夜彼がこの部屋へ入った時のままである。寛は静かに寝台の上に安眠している。十燭光は燦として照らしている。枕辺には同じ葡萄酒の罎とカステラの菓子箱とが置いてある。玉子色の窓掛も懸っている。室の一隅には洋傘も立て掛けてある。……総てが再現せられて、何んの異状もない。彼は再び自分の犯した罪を疑った。

「どうだ。波山は能く眠っているだろう。起さないようにするんですよ。」

ドクトルの声は破鐘のように彼の鼓膜をつんい裂いた。急に彼は恐ろしく注意深い眼を瞬って、床の上に四つ這いになり、何物かを探すような様子をした。法官の一人は手帳を拡げて、何事かさらさらと認めたが直ちに大きな疑問点を附して、ドクトルに耳打ちした。ドクトルの眼鏡は鋭く光った。……この時鞆雄は床の上から小さな黒い形の物を拾い上げたが、指先のわななきのため思わず取り落したので、両掌を床へ突いてその怪しげな物体を凝と見入った。これは蜘蛛の死骸である。彼の心象は忘却した記憶を喚び起して、火花のように復現させた。彼は戦慄して狂乱のように寝台の所へ転んで行った。その刹那法官は鋭く晃めいた物を彼の眼の前へ投げ出した。彼はそれを一目見るや、「呀《あ》ッ」と云って昏倒しようとしたが、僅に支えて、その犯罪のすべてを語る、血痕に黝《くろ》ずんだ短刀を見詰めていた。……旋《や》がて短刀を把るや、突如《いきなり》寝台の上へ身を投げ伏して、致命的な恐怖に戦きつつ、「寛《ひろ》ちゃん……寛ちゃん……僕は君を殺して自由な世界に救ってやろうとおもったんだが……僕は君の肉体を殺したばかりか……君の、君の霊魂《たましい》まで殺してしまったんだ……君の肉体を殺した罪は法律が罰して呉れるけれど、君の心霊の殺人罪は世界中のどんな残酷な刑罰を与えられても罰し切れないほど大きな罪悪だ……それを僕は犯してしまったのだ。」と叫んだ。

警部はつかつかと彼の傍に寄って、襟髪摑んで引っ張り起した。

「お前がこの波山寛を殺害したのに相違ないね。」

「僕の思想が――波山の肉体と霊魂とを殺してしまったんです。」

彼は皆に向ってこう絶叫したので、白い一団は恐ろしいものでも発見したように、ざわざわ騒ぎ立てた。

「思想が――ふむ。」とドクトルは握り拳を胸に当てた。そして、つと虚空《こくう》に恩赦の印《しるし》を切って瞑目しながら幽な音声で、

「全能の神、爾《なんじ》罪の子を憐み給う。」と云った。

鞆雄は異常の苦悶と悲哀と悔恨と、そして新しい感激に撲たれて、両眼を凄惨な光に輝かしつつ、滅び去った寛の生命の前に跪拝した。

彼は縛《いまし》められて、再び車に乗せられる時、判検事等を顧みて、

「死に臨んでいる僕より、死を宣告するあなた方の方《ほう》が、どれだけ苦痛だか分らないでしょう。」と云った。

四

罪の審判の日である。

被告の弁護士の申請によって、裁判長は鞆雄の通学していた中学校の塚原教師を参考人として召喚して、一応の取調をしたが、塚原の陳述は被告に対して極めて不利なものであった。彼は教室で漢文の講義でもするような調子で演説めいた陳述をした。

「裁判長――私の考えまするには、滋野鞆雄は一種浮薄な時代思潮に囚えられて、私の学校に在学中でも、学校の教育主義や教師の思想に反抗するようなことがございました。それのみならず、滋野は私共の目を窃んで被害者の波山やその他文学熱に浮かされていました友達四五名を煽動しまして、「火盞」とかいう肉筆雑誌を発行していたのでございます。……勿論その内

容は多く卑猥な文字と危険な思想……つまり自由恋愛とか虚無思想とか云いまして、日本の歴史や習慣を蔑《ないがしろ》にした、云わばロシアの青年間に流行するような危険思想を鼓吹したのでございます。……又是等の者は毎週一回金曜日の放課後、教室や講堂に集まりまして、演説会を催うし、同じような叛逆思想を論じたのでございます。尠くとも私の記憶いたしますところでは、滋野は極端な無神論と虚無的厭世思想……いやここで無神論と云いますのは私共の学校の主義といたします基督教が我国家主義と衝突しないという仮説から述べますので……そこで彼はかような思想を常に演説したのでございます。それから被害者も亦これに似たような意味を「開かれざる扉」とか云う演題で話したことがございました。かような不健全な破壊思想を抱いている点から見ますれば、所謂不良少年よりも逈に恐るべきものかと存じます。就いては今回の犯罪の奥には何か忌わしい事実が潜んでいるのではなかろうかと想像するのでございます。顧みて現代青年の気風を考えますれば……」

この時、裁判長は起立して、

「裁判長は参考人に事実の陳述のみを命じます。」と厳に云い渡した。

次いで検事の論告があった。

「本職の取調べたところに依れば、被告の行為は一種の色情狂的犯罪であると思うのであります。無論今、参考人の陳述したように、被告は時代の軽薄なる思想の影響を受けていることは本職といえどもこれを認めるのでありますが、それ以上に被告には先天的反性色情の傾向が存していようかと思います。その証拠には被告から波山寛に送った多くの手紙に明に現われているのであります。且つ被告の容貌を見まするに、甚だしく女性化しているように考えられます。体質を検査しまするると、所謂脂肪質で乳房が女性のようにふくれ、肢体は滑かで骨盤は通常人よりも大きいのであります。これは生理的変態傾向でありますが恐らくはその心理も亦之れに伴うて病的な変態者であろうと思います。そうしてかような変態心理を有している人間の性慾も亦異常なものであることは甚だ看易い事実であります。即ちかかる色情的犯罪行為は他の犯罪よりも一層社会を毒し、風教を紊すものであります。故に本職は社会風教上被告を厳刑に処せられんことを望むのであります。」

弁護士は検事の峻厳なる論告に対して、徐に口頭弁論を開始した。彼の述べたところは、被告は検事の論じたような先天的色情狂ではなく、ただ日頃から抱いている厭世思想が、偶々被害者の不治症に患っている姿を見て、急に一種の発作を起して、一時的心神喪失から無意識に兇行をさせたのであって、健康体の者でも或る衝動のため、知らず識らず犯罪行為を構成することがあると弁じて、一々その例証を挙げながら説明した。そうして最後に、

「……被告の行為は一時的心神喪失者、即ち一種の精神病患者として取扱うべきものでありますから、裁判長は寛大なる同情を以て、情状を酌量し罪を軽減せられんことを望むのでありま

す。」と附け加えた。

鞆雄はこの時まで首を俛れて聴いていたが、遽に頭を擡げ、前方に渡してある丸太を握って、

「裁判長——私はどうしても云わなければならない事があります。」と叫んだ。

裁判長は断罪の処置に迷って、悩ましげな面色をしていたが、鞆雄の声に思わず驚異の眼を開いて、彼の顔を一寸眺め、さて改めて鷹揚な態度を装って、ズラリと傍聴席を見渡した。傍聴席は若い女や学生でギッシリ詰っていて、厳刑の判決文を朗読する時の裁判長の様子や、無罪の弁論をする使徒のような弁護士の顔を想像して、この特殊の世界の光景から生ずる特殊の興味を待ち構えているようであった。或る者は検事の厳めしい論告を嘲った。或る者は裁判長の煮え切らない曖昧な態度を笑った。或る者は弁護士の古い思想を非難した。……と被告の叫びを聞くと彼等は一斉に多くの眼玉を鞆雄の身体へ放射した。若い検事はベースボールのバットのたこが出来た手を出して、ボールでも受けるような姿勢をしながら、被告の陳述を聞き洩らすまいとした。傍聴者の若い女は伴《つ》れの女を顧みてクスクス笑った。裁判長は低い声で鞆雄の陳述を許した。

「私は弁護士の云われたような一時的心神喪失者でもなければ、検事の論ぜられたような先天的色情狂でもありません。私が波山の部屋へ入る時、私は既にあの男を殺そうという意志を有っていたのです。……ご覧なさい。私は懐中に兇器を隠していたじゃありませんか。これで私

が精神病患者でないという事をお分りになったでしょう。……実際私は波山の霊魂も肉体も殺してしまったのです。けれども……けれども波山を殺したのは私ですが波山を殺させたのは私じゃありません。私は波山に恨みがあるどころか、私はあの男を尊敬していたんです。愛していたんです。どうして私はあの男を殺すことが能きるものですか。……そうです。波山を殺させたのは私自身じゃなくって、私の思想でした。私の持っていた厭世観は、人類の世界的運命を信じさせるようになったんです。そうして自分の最も愛する者の生命を否定するのが、人類的愛の行為であると思索したんです。この思想が世のあらゆるものよりも貴い波山の霊魂《たましい》を殺させたのです。……私は裁判長に私の思想を極刑に処して下さるように望みます。」

傍聴者は鞆雄のお終いの言葉を聞いて、思わず吹き出したが、忽ち「叱っ」「叱っ」と制した。然し自分で笑い出して自分で制する心持を想像するとまた可笑しくならずにはいられなかった。弁護士は戸惑いしたような眼をパチクリさせて、矢鱈に法服の袖をかなぐっていた。雙腕を斜めに構えて被告の陳弁を聞いていた検事は、如何さまにも分ったと云わぬ許りの様子をしたが、それが何んとなくわざとらしく思われてならなかった。木偶《でく》みたいに坐っていた赭ら顔で頭の少し禿げた裁判長は、この時音もなく立ち上って、掌で卓上を撫で廻わした。

「被告は今、思想の犯した罪であると述べて自己の思想に対して求刑したが、思想を罪するということはこれまでの判決例にもなく、また左様なことは不可能である。……」

検事は変な顔付をしながら微笑《ほほえ》んだ。傍聴人はドッと笑いくずれた。何んの事だか意味を解しない廷丁は、唯無暗と彼等を叱り飛ばしていた。裁判長は一寸度胆《どぎも》を抜かれたような形《かたち》で黙ってしまったが、四方を睨め回わしながら、わざと落ち着いた風をして更に語を継いだ。

「それ故、被告がかような解すべからざる陳述をする点から考えると、被告の心神に異状があると云わなければならない。然しながら果して被告の精神状態が生理的であるか病的であるか或は中間的であるか、更に若し被告が病的精神状態であるとすれば、狂者であるか、狂者と常人との中間者であるか、精神発育抑止者であるか、或は又一時的精神異常者であるかは、専門学者の鑑定の結果でなければ断定しがたいのである。……けれども被告が波山寛を殺害したのは、たとえ病的思想の発作であるにもせよ、被告が自ら手を下して行ったところの犯罪であるから、その直接行為は被告それ自身が負うべきものと認める。即ち法律は被告の思想の奈何に拘わらず、被告を罰すべく命ずるのである。」

やがて弁護士は鞆雄の精神状態を鑑定するため、医科大学の病理学者や精神病学者に命じて研究させて貰いたいと申請したが、検事はその必要を認めないと云って反対した。けれども検事の頭脳にもこの事件が法医学上の問題であるという観念を持っていたが、先刻から被告の態度が余程他の犯人と異って不思議な思索的な点が多く、何んだか自分自ら自分の罪の審判をしているように見えたのが小癪に触って堪らなかったので、膠《にべ》もなく弁護士の申請を拒んだのである。鞆雄は嘲ったような眼差《まなざし》を弁護士に送って、何か云おうとしたが急に口を噤んで、自分の精神状態を判断しようと試みた。然しどう考えても自分が精神病患者だとは想えなかった。……躁狂、鬱狂、遅鈍狂、妄想狂、追想狂、重白癡、軽白癡、癡愚、麻痺狂、梅毒性狂、老耄狂、外傷性癡狂、中毒狂、神経症性精神病、遺伝性変質狂……こんな風にあらゆる精神異常患者の種類を考えて、自分の心理と比較すると、どれにも当っていないようでもあれば、又どれにも当っているようでもあった。――が「決して自分はそんな者じゃない」と、打ち消した。そうして、「心理学者や病理学者などに、真個に人間の精神状態が解って堪るものか」と嘲った。

「裁判長。私が波山寛という人間の肉体を傷つけて死に至らしめた罪は、どんなに厳しく論断したところで、私が監獄内で絞め殺されるだけに過ぎないんです。つまり極刑の死刑という奴ですね。……けれどもです。私の思想が波山の霊魂を殺したという、あらゆる犯罪よりも恐ろしい行為は一体どうなるんでしょう。世の中には心霊の殺人罪がどんなに沢山行われているか知れないんです。然し刑法はほんの僅かな人間の過失をも罰しますけれど、何故この恐ろしい罪を罰しないんです。どうも奇態じゃありませんか。」

「心霊の殺人罪――。」

こう云って裁判長は不可解な様子をした。

「そういうものは思議すべからざる事です。」と検事はキッパリ云い放った。

「一種の錯覚の作用かと思います。」と弁護士は証明を与えた。裁判長はこの弁護士の言葉から想い出して、

「錯覚とか幻覚とか云うものは畢竟するに異常の精神状態を表わすものである。それ故被告は犯罪の恐怖から一種の錯覚を喚び起しているのに違いない。こういう実例は往々あることで、東洋流に云えば即ち良心の苛責であるのだ。」と説いた。

「本職は嘗てモルやクラフト・エビングの性慾学の書を読んで、本件の被告のような生理的にも心理的にもデフェクトを有する反性色情の人間があることを知ったのであります。そうしてかかる変態の傾向は文明が進めば進むほど激しくなって来まして、男子は徒《いたずら》に女性化《フエミニエーション》し、女子は徒に男性化して彼のサフラジェットの如きものが現われるのであります。故にこの背天的傾向を矯正するには法律と道徳の力に拠らなければなりません。この見解から本職は本件被告に極刑を課し死刑の宣告を与えられんことを希望するのであります。」

再び検事の論告が終った。

午後四時近く、裁判長は被告に判決言渡の日を述べて閉廷を命じた。傍聴人は皆な残り惜しげに、詰らなそうな顔をして、話し合いながら帰って行った。鞆雄は再び薄暗い穴のような囚人馬車に乗せられて、町外れの監獄の未決監へ収監せられた。

真赤な太陽は微かに揺れながら、地平線の下へゆらゆら落ちた。地上の物は皆な勇ましく、次第に闇に呑まれて行く……

その夜、暁近くまで雨が降っていた。

彼はひとり寂しい監房に坐って、広庭の闇に降り灑ぐ雨の音を聴いていた。……深い眠に沈んでいる大地の静けさの上に、そぼ降る雨が幾重《いくえ》の面紗《ヴェール》を漾《ただよ》わすとき、雨の音の単調も、夜の闇も、陰翳《かげ》のような黒い樹立も、草葉の呼吸も、重苦しい土の匂いも——あらゆるものが調和の音楽となって、小歇みなき雨の一つ一つの音に混ったり消えたりして響いていた。そうして是等の諧律《メロディ》は彼の心からひとりでに湧き出る祈禱《いのり》の言葉でもあった。

この時、監獄長の官舎では、獄長がヴィオロンを持ち、医師はセロを携え、獄長の娘はピアノの前に靠《よ》って、モツァルトの「トウリーオー」を奏していた。残酷なことを企らみ、獣のような顔をしていなければならないとも想われる牢獄の長が、楽《がく》の歓喜《よろこび》に勉せられた瞳を輝かしていた。

朝になって、獄長は長大な体軀を運んで、彼の監房にも巡検に来た。

「何処も悪くはないか。」と優しく訊ねた。

虐げられている人にとっては、こんな僅な愛の言葉にも、まるで神の啓示のような悦びを感

じて、獄長の心には恩寵溢るるばかりに漲っているかのようにおもった。獄長は彼の髪を静かに撫でて、

「どうだ。お前は罪の恐ろしいということを始めて知ったろうな……わしにはお前の貌を一目見ると、それがちゃんと解るのだ。人間が罪の恐ろしいことを知ると、そこで初めて罪は許すべきものであるということも覚るようになるのだ。真個に罪を許すことの能きるものは真個に罪の恐ろしさを知っているものでなければならんのだ。(美わしき罪の子には涙の谷を歩ましめよ)という言葉がある。神は罪の子を許し給うたばかりか、悪魔をも愛し給うたのだ。悪魔を愛する神の心持――その深い深い意味をわし等は能く考えてみなければならない。」と厳粛な裡にも温い慈愛の籠った調子で云った。

「僕はこれまでどんなに思想の分裂のために苦んだか分らなかったのです。そして……そして、そのお蔭でたった一人の友達の霊魂まで殺してしまったのです。実際、僕は自分で自分の思想が恐ろしくなって来ました。」

「お前の思想は神の意志に背いていたのだ。」

「神の意志というものが真個にこの世にあるんでしょうか。」

「すべてのものには神の意志が宿っているじゃないか。人間でも何んでも殺すのは神の意志じゃない。神はすべてを生かすのだ。一本の草でも生かそうとするのが神の意志なのだ……お前

は残酷な無期懲役を怖れて死刑を望んでいるそうだが、たとえ地獄のような牢獄で一生を送るにしても、生きるということが神の愛だと思わなければならない。」

鞆雄は獄長の前に跪いて、

「僕はあなたの前で過去の罪の懺悔をしたいんですが……」と云った。

「うむ、懺悔――それは何よりも可いことだ。いや寧ろ貴いことだ。」

白琺瑯に似た鞆雄の頬は涙に曇った。そして懺悔の祈禱は長く、長く続いた。祈禱が終ったとき、獄長は胸に下げた十字架を彼の額に当てて言った。

「神の仕事は為し遂げられた。」


（完）

少年の死

木下杢太郎

八月の曇った日である。一方に海があって、それに鈎手《かぎのて》に一連の山があり、そしてその間が平地として、汽車に依って遠国の蒼渺たる平原と聯絡するような、或るやや大きな町の空をば、この日例になく鈍《にぶ》い緑色の空気が被《おお》っている。

大きな河が海に入る処では盛んな怒号が起った。末広がりになった河口までは大河は全く平滑で、殆ど動《どう》とか力とかいう感じを与えない、鼠一色《しき》の静止の死物であるように見えて居ながら、一旦海の境界線と接触を保つに至ると、忽ち一帯の白浪が逆巻き上り、そして（遠くから見て居ると）それが崩れかけた頃になって（近くで聴いたならば、さぞ恐しい音響であろうと思われるほどの）音響が、遠くの雷鳴のように響いた。

然しながらこの自然現象は、毎日毎日同様に繰り返されているのだからして、町の住民には、今更何等の印象をも与えない。静かな曇り日に、数千の甍《いらか》が遠く相並んでいて、その間に往々神社仏閣の更に大きなのが聳え出ているのを瞰望していると、如何にも平和であるという気が起って来る。かの荒い海の背景が、この平和の印象を少しも壊さないのは寧ろ不思議である。それというのも畢竟慣れということが感激を銷磨するからであろう。たとい宗教心のない人でも、こう云う平和の俯瞰景を眺めたら、何かに祈りたいという気を起すに相違ない。

この平和な都会は然し全く休息して居るのではない。外海《そとうみ》の暴い怒号の外に、なお町自身の搏動が有る。何かと云うとそれはかの平地を駆けつけて来る汽車である。

忽ち長大の一物が山の鼻のところへ形を現わす。忽ち警戒の汽笛を鳴らす。傍目もふらずかたことと駆けて来るのを見ると、器械力と云うよりも一動物の運動という感じがするのである。忽ち停車場に達する。笛を鳴らす。停車する。人々が停車場の構内から出る。こういう活動が往復合わせて一日に十四回あるが、かの大河と海との大争闘よりもむしろこの方が一層活動の印象に富んで居て、そしてこの平和の町に一味の生気を賦して居るのである。

遠海《とおうみ》も、大河も、町の家並《やなみ》も、汽車も、凡て八月のこの曇った一日を、平和に送っているらしく見えた。

所が停車場からそう遠くない小高い処に一軒のしもた屋があった。まだ年の少い一人の男の子が時々その屋根の上に登っていた。誰も然しこの少年に特別の注意をするものとてはなかった。と云うのは、今日朝から始終その少年の行動を注視したものは誰もなかったからである。もしそうしたならばその人は多少不思議な感じを抱いたったかも知れない。何故となると、この少年はたった一度屋根へ登ったのではないからである。午前の十時ごろにも登った。正午にも登った。そして二時過ぎにも登ったのである。更に注意深い人はこの時刻が全く偶然的のものではないと云うことに気が付く筈であった。というのはその時刻こそは、東京からの汽車がこの町の停車場に着く時であったからである。即ちこの少年はこの町に着く汽車に対して何等かの利害を感じていたのである。それが単に遠くから段々と近《ちかづ》いて来る汽車の運動を眺めるだけの興味だったろうか。それともこの汽車に乗って、強く少年の興味を引く誰かが来るのであったろうか。

然し少年のこの行動は全く誰の注意をも引かなかった。即ち少年が二階の屋根に登ったのを見た人があっても、之をば全く何等の意義もない悪戯として軽々に看過したからである。もしこの静かな町を見下している人が之を見つけたとしたら、きっと一種の興味ある点景人物として喜んだに相違ない。

ところが実際は決してそんなのんきな事ではなかった。かの少年に取ってはこの二階の屋根に登るという、一見滑稽な悪戯が、実に重大な事件であった。

少年が屋根へ登る家は小さな川のそばにあって、黒塀《くろべい》が廻って居る。建物は古いけれども、何となく鷹揚な間取で、庭も広い。裏手《うらて》は極疎らな垣根で小川に接して居る許りであるが、そこには欅、樫、桜、無果樹などの樹がこんもりと繁って居り、低い葡萄棚の下が鶏の小屋になって、始終鶏の声がしている。

今言った二階は大きな銀杏樹と柿の樹との為めに好く見えないが、少年は二階の欄干を越えて母屋の屋根に出ると、そのままぐるりと表の方へ廻り、そして難なく二階の屋根へ出るようである。無果樹《いちじゆく》の下では、近所の子供が二三人集って七面鳥をからかって居る。

「そら追っかけるぞ。」と男の子の一人が言った。

忽ち泣声《なきごえ》が起る。八つばかりの女の子が七面鳥に追いかけられて逃げ切れずに躓いたあとから、例の七面鳥がその児の足をつついたのである。

女中が台所から出た。

尋《つ》いで十ばかりになる綺麗な女の子が（家の一番下の娘が）また泣声に驚いて出て来た。

「まあ、馬鹿、七面鳥。」と呼んだ。そして、ませた口ぶりで子供等に「お前たちは小さい子をからかってはいけないよ。」と言った。

女中は倒れた女の子をかばってやった。下男が出て来て七面鳥を小屋の中へ追いやった。

「葡萄が段々赤るみかけた。」と下男が独語《ひとりごと》を言った。

「本当だとも、きっと。」そう家の娘が言っている。

「うそだ。」と男の子の一人が言った。

で娘は女中に、

「ねえ、お作、本当だねえ。今日午前《ひるまえ》鮭が一匹この川を上《のぼ》って来たねえ。」

「本当ですともお嬢さん。今年は二度目だってますよ。」

「こんな小さい川に鮭が来ようはない。うそだ。」と男の子が頑項に答えた。

「あら本当よ。それなら誰にでも聞いて御覧。あたいは嘘《うそ》なんぞ言わないから。」

「それあどうにかして迷って来たのよ。そして、みんなが大騒ぎをしたけれども、間に合わなかったのだよ。」と女中が説明して居る。

立派な白い髯の生えた老人が、庭さきで、筆に水を含ませて万年青の葉を洗っている。老人が腰を屈めて、落ち付きはらってそんなことをしている態《さま》が、遠く庭の緑を抜けてくっきりと見える。

少し肥った、二十ばかりの美しい娘がその傍にいる。何気《なにげ》なく老人の仕事を見て居るようである。それらの光景は、鏡の中の像のように、木戸のあなたに、小形にはっきりと見えるのである。

さっきの小娘は其方を眺めていたが、急に声をあげて空の方へ向って言った。

「あんちゃ、危いよ。おじいちゃんに叱られるよ。」

ちょうど二階の屋根に少年が登ったのである。少年はそんな呼声《よびごえ》に少しも注意を払わぬらしく、下界の一方を眺めている。

この少年の少しく破壊的な行動を除いては、この小じんまりとした家の中にもまた、曇り日の柔かな緑の庭と同じような平和が漲っていると、誰しも思うのである。

然し少年の胸には異常の不安があった。彼はやや青白い美しい顔色に沈鬱の影を見せて、偏えに下界の一方を見つめている。

停車場に汽車が着いたところである。

鋭い汽笛が一声静かな午後の空気を振動せしめた。

少時《しばらく》あって、各種の風俗をした乗客が三々伍々、停車場の構外へ現われ出た。それらは少年の二階の屋根から一々手に取るように見える。

それらの人々を注目するのが、少年の今の最重要任務であるかの如く見えた。時々心をはっとさせながら、彼は一々の人を注意している。

五分経つ……十分経つ……そして少年は緊張した心持から覚め、何物をも発見しなかったという安心から、多少気が緩んだように歎息をした。そしてまた始めの沈鬱な顔のままで、黙って二階の屋根から降りて、自分の書斎になって居る二階の六畳に入った。

二階からは、高い立木と少し隔った隣家の屋根との為めに、近い停車場の構内は見ることは出来ない。少年は二階の自分の室に這入って一安心した。

今朝からもう三度目である。次の着車時刻まではまだ二時間強の間隔がある。それまでは心を動揺させる必要がないけれども、何をしようとしても手に着かない。そこで少年は棚から枕を出して座蒲団の上へごろりとなった。

Desperation……desperation……

と口癖のように呟きながら、頻りに天井を眺めて居たが、急に立ち上って、階子段を下って行き、今度昇って来た時には、栗饅頭を一つ手に持ち、一つ口にくわえて来た。菓子を食べてしまったあとでは、またごろりと横になった。そして desperation……desperation……と呼んで居る。

何時の間にかうとうととし出し、少し口を開き、両手を胸へ当てたままで眠り始めた。

すると忽ち或る山の中の村落が彼の夢の中へ入って来たのである。寂しい街道に小さいちょろちょろの流があって、太い杉の樹が道の中央に立ちはだかって居る。そこまで彼が歩を運んで来ると、忽ち一事に想到して非常に驚いた。それは彼が夏の試験に答案を出すのを忘れたと云うことであった。その答案と云うのが而も妙なもので、画である。そこで大変に心配になり出して、杉の根もとに腰を懸けて、さてどうしようと思案をしたが、此処でぐずぐずとこうして居ても仕方がない。いやではあるが、之から戻って行って、その局のものに願って追試験をして貰おうという気が起った。せかせかと息を切って半里ばかり駆って来ると、村役場がそこにあった。

台所の方へそっと入って行くと小使が一人居て何と云っても返事をしない。もう向うが感付いたのだという廻り気を出して、それから手足が麻痺したように感じられ、表口の受付へ行く気になれない。

それでもまた気を取り直して役場の玄関へ行くと、折悪しくも野澤先生という、小学校の時の一番こわい先生が居た。わけを話すと、先生は聴いて居られないような皮肉を言った。するとこの時忽ち他のも一つの事が彼の頭に浮んで来た。野澤先生は自分の極々秘密にして居たことを知って居るのだという考である。

彼はもう仕方がないと断念して、急いで玄関から出て行った。するとそこが忽ち細長い部屋になった。お寺の坊の台所のような所である。然しそれはまた学校の小使部屋であって、東京の中学校の片盲の小使が居た。卓の上には堆《うずたか》く積んだ紙があって、それは皆試験の答案である。その中には極めて細かく、桝形に書いた数字がある。それは算術の答案である。ああ、他の人はみんなこんなに正確な答案を書いて居ると思っていやな気がした。同じような答案紙に絵の画いたのがある。石膏像を写生したようなものである。ああ、他の人はみんなこんなに上手に画いていると思ってまたいやな気がした。
景は更に急転した。何処だか分らないが、そこに役場の門前に在るような掲示板があって、それに人の名が書いてある。その中に中澤彌三郎という名があった。ああ、あの人は及第だと思った。すると中澤君が来て如何にも親しげに笑いかけた。その笑い顔を見るといやな気がした。その他にもいろいろの名があったが、自分の名はあったかどうだか分らない。ところがそのうちに一つの殊に印象の深い名があった。それは「鹿田功」という名である。彼ははっとした。鹿田がここに居るに相違ないという気がしたからである。彼は見付からぬ先に逃げようと思った。そしてそっと裏口の方へ廻りかけると、其途端に彼は鹿田を発見した。そしてわっと叫んだ。……

「みんなおとっさんに話してしまうぞ。」そういう鹿田の声が後《うしろ》から聞えた……。

「兄さんまだ寝て居るの。」とその瞬間に彼はある優《やさ》しい声を聴いたのである。

時計が四時を打った。

少時《しばらく》して彼はやっと心を静めた。もう試験は疾《と》くに済んでいる。画の試験などの滞って居るものはない。……そう云う風に段々安心して来たが、やがて鹿田という名のことに想い到ると、それらの安心は凡て空虚の安心であったという事に気が付いた。

「八重ちゃん、今鳴ったのは四時だねえ。」ときくと妹が答えた。「ええ、四時よ。兄さんに、毒だからもう起きなさいって。」

そう云う会話をしながらも彼は起き上らなかった。実際手足が痺《しび》れて居るようで起き上ることも出来なかった。身体じゅう汗びっしょりになって居る。呼吸が苦しく感じられた。大熱を病んだあとのようで、どうしても起き上ることが出来ない。

また少しうとうとする。そうすると息苦しさが一層強くなる。居ても立っても居られない……世界の際《はて》へ来たような、名状すべからざる不快の気分が彼の全官能を襲った。

忽ち或る朗らかな声がした。「富之助、お前どうしたの。今日は寒いから、お前、風を引くよ。」

姉のおつなの声である。おつなは何時《いつ》ものように、粗末な鼠っぽい阿波縮の単衣を着て、彼の枕元に立って居た。「素麺が出来たから下へ行っておあがりよ。」

少年は昔読んだ「雪野清」という小説のことを思い出した。

姉はまた語を続けた。「お前の友達って人は本当に今日来るの?……何《なん》なら今夜内へ宿めて上げても可いとおっ母さんが言ってお出でだった。」

富之助はこの言葉を聞いてぎくりとした。そしてあわてて言った。「姉さん、そりゃ内には宿《とま》んない方が可いよ。友達って云ったって僕よりずっと級の上の人で、そんなに善くは知らない人だもの。それに僕はあんまり好きでない人だもの。級が上で、善く知らないのだから……。」

善く知らないのだからという言葉には殊に調子を付けて繰り返して言った。

「だって、せっかくわざわざ来るのだから……そんなに内へ遠慮なんか、お前、しなくっても可いのよ。おっ母さんがお休みになって居たって、姉さんが御飯ぐらい世話して上げるから。」

「だって姉さん、僕よりずっと年の上の人なんだよ。もう二十より上の人なんだから……それに僕あそんなに善く知らないんだから……。」

「兎に角、お前もう起きて顔をお洗い。そしておやつをお食りよ。」

姉は下へ降って行った。少年はなお寝たままでいろいろの事を考えた。そして

Desperation……desperation……

と独語《ひとりごと》を言った。

時計は四時半を過ぎている。次の列車の着くまでにはまだ一時間ばかりの間があった。

少年は立ち上った。その刹那、殆ど口へ出るばかりに、心の中で、こう叫んだ。

「僕は死んであやまる！」

「拝啓暑気厳敷候処貴君は如何に御消光なされ居り候や明媚なる風光と慈愛に富める御両親またやさしき御姉妹の間に愉快に御暮し居り候事と存候陳者小生も一月ばかり御地にて鎖夏致度

就ては成るべく町外れにて宿屋にあらざる適当なる家御尋ね置被下間敷哉但自炊にても差支無之候……」

二週間ばかり前に富之助は鹿田から突然こう云う手紙を受取った。その時は既に封筒の名を見ただけで一種不安の心持を起して、中身を見る気にならなかった。それでも封を切って内の文句にざっと目を通すといよいよ不安になった。細かに熟読する勇気が出ない。唯彼が来るということを知っただけで胸一杯になった。

其後程経て八月三日に御地に行くから案内を頼むという葉書が来た。

彼の不安は何故であるか……と云うことに対しては、彼は自ら答えることを恐れた。成るべく其事をば考えまいとする。それで完全でなく、切れぎれに記憶像が頭に浮ぶのである。

或時は彼は鹿田の袴を持たされて、対外ベエスボオルの日に、横浜の公園側の道を歩いて居た。その時鹿田は酒で顔を赤くしてだらしのない風で街道を漫歩し、美少年たる富之助を頤使するということを自慢にしているらしく見えた……。

また或時は……隅田川のボオトレエスの日……彼は鹿田の友達に顔をひどく打たれて鼻血を出したことがある……。

思い出すのを恐れるような記憶がその他にいくらもあった。そして聯想が彼の不可触の禁苑としている記憶圏内に入って行くと、恰も鋸の目立《めだて》を聞いたように、或はまた齲歯《むしば》へ針を当てたような激《はげ》しい不快感を起して、それから先へ進むのをひとりでに阻止した。

その他にまだ朧ろげにも一つの不安がある。是は彼の空想に属することであって、自分がそんな空想を抱くという事それ自身が彼の自覚には堪う可からざるの苦痛であった。――鹿田の手紙の文句の中に「や、さ、し、き、御、姉、妹、」云々の文字があった。それが気になるのである。

富之助の姉のおつなは今年の三月まで東京の学校に居た。そして鹿田は蔭ながらおつなの事を善く知って居た。

おつなは二十一歳の美人であった。富之助はおつなのことを姉ながら神々《こうごう》しい女だと思って居た。

美しい神々しいおつな……獰猛《どうもう》な鹿田……富之助の頭《あたま》のこの烈しい対照《コントラスト》が更に幾多の不祥な聯想を呼んだ。或るものは鮮明に表象に現われた。或るものは意識閾下に圧しつけられて、ただ不安な心持だけになっている。

夏休み前に鹿田が富之助にじょうだんを云ったことがある。……僕の君に対する愛は弟に対する愛だ。それが僕の不謹慎の為めに邪道に落ちたのだ。君のシスタアに対する愛はこれこそ本当の神聖なる愛だ……。

……富之助は今仮睡から起き上ったが、またゆくりなくも同じようなことを考えた。頭がくわっとなったが、それが治まらないで、軽い頭痛と変って、蟀谷《こめかみ》が痛んだ。時計が五十分に近いた。刻々にその刻秒の音が聞えるほどあたりは静かである。時々七面鳥が物に驚いたように啼いた。

突然富之助は二階の隅の机の上に腕を当てた。ちょうど泣くような姿勢をしてその腕に顔を埋めた。

「僕は死んであやまる。」そう小さな声で言った。

少時して、富之助が下に降りて来た時には、珍らしくも父が、内の人の居間になっている八畳に居た。姉と妹も居、母も床から起きて来てそこに居た。富之助は父の顔を見ると、何か隠れている事を発見せられはしまいかという心を起した。そしてずっと其部屋を通り抜けて、台所の方へ行って顔を洗った。

白い大きな瀬戸引の金盥に水を入れて、成るべくゆっくりゆっくり顔を洗った。皆と会う時間を一刻でも延ばそうとするのである。そうすると父も或は座を離れるようなことがあるかも知れないと思ったからである。

然し富之助が八畳に来た時には父はまだそこに居た。今日はいつになく温和な顔をして居たが、それでも富之助は不安であった。

今まで富之助の父に対する不安は試験の点数を問われることであった。死んだ長兄が非常に秀才であったことが長く父の頭に印象を残していて、富之助はいつもそれと比較せられた。

父が言った。「今日はお前の友達が東京から来るそうだが、試験の事も分るだろう。」この語《ことば》は色々な意味で富之助に甚しい恐怖を与えた。どぎまぎしながら、善くも考えないで富之助が答えた。「友達って云っても本当の友達じゃないんです。だってずっと上の級で、それに年も随分上ですから……。」

無論父親は決して富之助を苛《いじ》める為めに富之助に尋ねたのではなかった。実際子を思う至情からであるのだが、それが富之助には獄吏の笞《しもと》かと思われるのであった。

富之助の心中にこういう不安があっても、然し知らない他人がこの一家団欒の景情を見たら、いかにも清い幸福がこの一室を罩めていると思うに相違なかったろう。富之助の父はもう疾うに職務を廃《や》め、旧稿の詩文を集めるといって一室に籠っていて、聖者のような生活をして居る。またその母親はこれほどやさしい母親はあるまいと思われるほどにやさしい。二人の姉妹もまた神の如く、また天使のごとく尊くまた愛らしい。

富之助の心中に「死んであやまる。」という言葉の彫りつけられていることは誰も外から之を読むことは出来なかった。

六時二十五分の終列車が着いた。それと殆ど同時に一列車がこの駅から出発して行った。段々近づく或は段々遠ざかる汽車には、汽船とはまったく違った一種の活動味があって、敏捷なる動物を想像せしめるのであった。

朝から曇って居た空の一面が破れて、夕日が其半面を現わした。白茶っぽい——砂の多い街道には日の反照がぎらぎらして、明日天気《あした》になったらさぞ暑いだろうと思わしめた。

停車場から街道へ出て、それ故、急に蝙蝠傘を拡げる人もあった。そして白い扇子が同時にぱらぱらと開かれ、大勢の人の胸の辺でひらひらし出した。

停車場の構内と街道に続く広い空地との間には疎らな黒塗の柵があって、その根本のところにちょろちょろと青草が出ているが、栄養が足りないと見えて元気がない。正直に街道へ出るより、その柵を超えた方が、極く僅かだけれども道が近くなるので、低い柵の一部は破壊せられてそのままになっている。その傍には砂利が山のように積んである。

停車場から出た一群の人々は、それぞれに相別れて皆自分の行くべき道を歩いて居るが、その中に白い飛白《かすり》を着て帽子を被り、手に蝙蝠傘と、大きい四角な、然し軽そうな包を持った二十四五の男は、他の人が真直ぐに前方を向いて歩いているにも拘らず、不案内そうにあちらこちらを見廻し、それでも或る方向へと街道を大分歩いて来た。

道が平行に幾本かに分れる処へ来ると、はたと足を停めた。見ると角《かど》に小さな印判屋があって、その店では煙草やちょっとした雑貨を売っている。わかい男は之を見出すや否やその店の方へ歩み寄った。

「ちょっとうかがいます。」うつろな一種の響を持った声である。印判屋の亭主が小さい刀の手を休《や》めて、顔をあげると、わかい男が尋ねた。「あの、この辺に土屋さんて家がありましょうか。」

　主人は冷澹に、然し煩わしいというのでもなく応じた。「土屋何というのですか。」

「土屋……土屋富之助という、東京の中学へ行っている学生の家ですが……何でも停車場からそう遠くはないと聞いていましたが。」

「そうですか。それなら土屋守拙さんという学者の御宅でしょう。それならこの道を真直ぐに行くと石垣のある家の角に郵便函がありますが、その四辻の角を左に向くと小さい橋があります。その岸を川下にお下んなさい。直ぐです。黒い塀が廻って、大きい銀杏樹《いちょう》のある家《うち》です。」

「そうですか、有りがとうございます。」

　そして青年が辞し去った。……

　こう云う青年の動作をまんじりともせず見て居た人がある。それは言うまでもなく屋上の少年であった。そして青年が印判屋の角へ来るところまでは突き止めた。隠れんぼをする子供が、見つかりそうになりながら急に逃げ出すという利那の心理を以て、彼は倦かず此青年の挙動を視察した。

　青年の姿が印判屋の軒下に隠れた時に、彼ははっと心を周章させた。さあどうしよう、もう五分とは経《た》たないうちに彼の青年は自分の家の門前に来る。

——少年は倏忽屋根から下った。そして他の人に怪しまれない限り急いで庭へ出て、そこから麻裏草履をはいて河の方へと駆け出して行った。彼はもはや策が尽きて、どうかして時間の余裕を作るべく逃げ出したのである。途中で若しや偶然に彼の青年と邂逅しはしまいかと恐れながら。

河の水面は異様に明るかった。岸には夕方の釣に出る素人《しろうと》や黒人《くろうと》の舟が一杯集っていた。少年は河の岸まで来ると安心して、そして何事も考えずに空の一方を眺めた。河下の空には繁い雲がまっ赤に染められていた。

少年は更にどうしようかと考えた。何気《なにげ》ない風をして、もう二三時間時を送ろうと考えた。そして岸を伝って漁夫町の方へと行った。

その頃は既に彼の青年が富之助の家の門内に入っていた。

青年はこの家の門を左手に見たときに、確かにこの家だという事を感得したらしい。それにも拘らず、歩がちょうど門の前に来た時は立ち止ろうとはせずに、尚おもずんずん前進した。がそのうちに歩行の速さが鈍った。そして一瞬間立ち止った。そして歩を返して今度は門前でまた立ち止る。次の瞬間には彼は今までとは全く別な決断的の態度で門内に入った。門に入ると疎な竹垣から、内の心持の好い庭が透けて見えた。印判屋の教えてくれた銀杏樹は、家の屋根に隠れて、繁った梢のみがそこに見られた。また右の方には小さな木戸があった。木戸が開《あ》いて居て、その内側が見える。大きな井戸があってその向うが台所になっているらしい。年頃の娘が向うむきになって井戸端にとばんでいる。

青年は玄関に立った。そして「御免下さい。」と云った。返事がなかった。も一度言った。すると白い髯の生えた老人が玄関に出て来た。青年は少し意外に感じて、はっとしたらしい態度を示した。そして一礼した。

老人は何とも言わないで少時《しばし》玄関に立ったままでいる。是れも、どうも事が意想の外であると思うらしい風である。富之助が今日来る友達と云う人は彼より遥かに年上であると語った。然しその男をまだ見ない老人は、それでも、富之助の同輩だと思っていた。それが今見るともう大人びた青年である。そう思って老人が青年を見詰めている時に、青年が言った。「土屋富之助さんのお宅はこちらでございますか。」

老人もこの時既に他の事へ心をはたらかしていた。そして言った。「あなたは何の――その、鹿田さんですか。まあお上り。富之助も居ます。――まあこっちにお上り。」そう言って置いて老人は別の部屋へと去った。誰かに物を命じているようである。

然し後にまた玄関に出て来たのはやはり件《くだん》の老人で、青年を案内して、ある狭い室に導いた。その室は黒い土の壁で、床の間には真四角な懸物が懸って居た。そして一方には小さい庭があって、高い柵で隣の神社境内の空地と接していた。

日かげが漸く傾き、油蟬が一しきり鳴きさわいだ。

女中が茶を運んで来たりした。然し富之助は顔を見せなかった。

少時《しばらく》すると嚮《さき》の老人がそこに現われた。然し姿は前とは異って、羽織を着け袴を穿《は》いていた。

老人が其部屋へ来ていきなり言うには、「富之助も今朝からあなたをお待ち申して居りましたが、何か用事でも出来て外出したと見えて今居りません。迎いにやったから直ぐ戻って来ましょう。わたくしもゆっくりお話し申したいのですが、今出なければならぬ用事が出来たから長くお話しすることは出来ません。」そう鄭重に言いながら座に就いて、「あなたは倅とは別懇の間だそうですが、どうですか、倅の成績は。もう試験の成績は分りましたろうな。」

青年は思いがけない話題だからちょっと当惑した。「もう成績は分りました。富之助さんは悪い方じゃありません。」

「いやあれの兄に当るのは――兄はもう死にましたが、中々好く出来た子だったが、どうも富之助は文学やなんぞが好きで、数学などが善く出来ないように思われる。これから先の世の中は数学や理学が出来なくては、学者にはなれないが、どうもわしが数学に疎《うと》かったせいか、倅も不得意のようじゃ。まああなたもどうか一つ指導してやって下さい。」

老人はそう云う風な話題ばかりを求めて話したが、そのうち、それならば今夜ゆっくりお話をしましょうといって立ち去った。

老人が去った後で、青年は少し居ずまいを崩した。それでもまだ一種の緊張した心持で、少し窮屈らしく風景の写真帖を眺めている。

その時静かに人のけはいがした、「ようお出でになりました。」と聞えないほどに言ってしとやかに挨拶するものがある。青年がはっと感じて後ろを向くと年わかい美女が居る。顔だけは知った顔である。富之助の姉である。それで客も礼儀正しく挨拶を返した。娘は畳んだ浴衣を置いて、これとお着かえになりませと言った。そして暫時手持無沙汰にしていたが、また淑かに立ち去った。

客は一種の情動を感じたらしい態度をした。そしてまた風景の写真帖を眺めている。日が漸く暮れる。女中が竹の台のランプを持って来る。それでも富之助はまだ帰って来ない。

暫く何にも考えないで居ると、客は何となく非常に心持のよい感じから突然襲われた。それは声であった。遠い方で「功さん」と呼んだのが二度目の声ではっきり分ったのである。今まで彼は「功さん」というように本名を呼ばれたことはない。それ故自分に尤も親しい名でいながら彼は聞き損くなったのである。

やがて五十ばかりの柔和な老女が庭に現われた。それが富之助の母親であるということは、客は直ぐ推量した。

老女は別に角《かく》ばった挨拶もしないで、「ねえ功さん、富之助は何処へ行ったのでしょう。今朝からあんなにあなたをお待ち申して居りましたのに。きっとあなたが今日は来ないとでも思ったのでしょうかね。いつも夕方なんぞに外へ出ることは無いのですが。――今使を見せにやりましたから、もうすぐ帰って来ましょう。それまでに、風呂がわきましたから一つおはいりなさい。」と言うのであった。

客は立ち上った。そして庭下駄をはいて老女の後について行った。心の中には一種感謝の情に似る感情が起って来た。

富之助は其間に漁夫町に出たが、他《ほか》に時を銷《け》す処がないから、釣道具を売る店に寄った。その息子は彼の小学校友達である。それが久しく会わないからお互に遠慮があって、やや改まった口調で二人は感傷的な懐旧談を取交わした。留吉と呼ばれたその若者は、子供の時分から漁業に従事していたが、去年暴風に遭って難船し、同船の兄をば見す見す殺した為めに発心してその職業を止めた。二人はそんな話をしたり、またそのうち凪の好い日には、投網だの、釣道具だのを持って、是非船を出そうなどという相談をしたりなどした。

家々の燈《ひ》が漸く明るくなって、河沿いの狭い漁夫町の街道は、それ相当の繁劇の状況を呈している。家と家との間に、黒い静かな水の面《おもて》が見えて、対岸の村落の微《かすか》な燈影などが隠見するのに出会《でくわ》すと、自分の故郷が如何に美しい処だということを今更ながら思って、一種の悲哀を帯びたる情緒の起るのを感じた。町の伝説と共に伝わる昔の歌を歌うものがある。

河上から下って来た汽船が鈍い響を立てたりしている。彼は多感な少年者が感ずる如き、故もしらぬ愁《うれい》に打たれ、それからいろいろの空想が起って、死というものが何ともいわれず美しいものに思われ出した。

自分が死んだならば、後の人もみんな同情を寄せるだろう。そして生前自分に対して余り苛酷過ぎたと思うのだろう。そのうちでも母と姉とは最も悲しむだろう。この二人の人の悲傷は、自分の死を弔うに十分である。彼等の涙は慰藉である。唯……自分が生前に何等の誉をも持っていなかった事は物足らない。せめて自分が中学の特待生であったら可かったろう。……

自分の死というものを中心にすると、諸の聯想は夕立前の雲のように蜂起するのであった。そんな風に、富之助が自分の空想に没頭して居るうちに、何時《いつ》か足が小さい橋の上に停っていた。其下の川は、そこで直接大河に注ぎ、四辺の眺望が好かったから、大勢の人がその上に集っていた。折柄向う岸の空が異常に赤く、まっ黄いろな大きな月が悠々と地平から離れる所であった。

その時富之助は自分を迎いに来た女中に発見せられた。

「富之助さん、お迎いに上りました。」とその女中が言った。「東京のお客さんがお着きになって、皆貴方様が何処へお出でになったかって心配しています。」

富之助はそこで重い気になって、家の方へ帰った。

下の八畳間に明るい電燈が点《つ》いて、鹿田がひとりで新聞を見ていた。

「やあ失敬。」と挨拶した富之助の声は異常に顫えていた。

富之助のおっ母さんが出て来て、柔和に富之助をたしなめ、そして、客に丁寧に其子の我儘を謝した。そんな事をしなくっとも可いのにと腹の中では思いながら富之助は黙っている。

もう庭には虫が鳴き出した。そこへ夕飯の仕度が運ばれた。姉が一生懸命にはたらいたと見えて、常には拵えないような料理が沢山出来ていた。富之助は自身の姉を不憫に思った。何《なん》にも知らない故に自分に害意を有している人の為めに、あったらの骨折をする。そう思うと自分の男らしくないことが腹立たしくなった。何故自分は何もかも悉皆姉に言ってしまわなかったろう。姉は今危地に居る。それを知っている自分が親身《しんみ》の姉を救うことが出来ない。若しその事を言えば自分に不信の友があることが分る。それが分れば何よりも大事にしている秘密が曝露する。富之助は殆ど食慾がなく、いろいろの事を思い煩いながら、唯器械的に手を動かす。その傍で姉は給仕をしているのである。ちょうど心の清い尼さんが僧形《そうぎょう》をした貪婪の悪魔の前にいるかと思われるのである。

夕飯が終ってから富之助は鹿田を連れてしぶしぶ散歩に出た。まず河の岸へ出た。暗い岸ばたにとばんで、二人とも何にも言わない。

そのうち鹿田が口を切って二言三言話し出したが、全く尋常の話である。何か二人とも或る一事を目の前に見て居ながら、お互にそれには手を触れまいとしているようである。

一種の驚怖は始終富之助の胸を徂徠した。彼は嘗つてこう二人して居た時に、彼から強く殴打された事を記憶している。

鹿田が例になく丁寧な言葉使をするのが、富之助にはまた非常に気味が悪かった。

九時頃二人が家へ帰ると父が帰って居た。冷くした麦湯に砂糖を入れて飲みながら、父も母も一緒になって縁側へ出て話をした。真夏であるのに既に虫の声が聞えて、そことなき寂しさがあった。

富之助の父が言う。「倅もどうか君等の指導で一人前の男にしたいと思う。馬鹿ではないが文学みたいな事が好きで、数学の方が得意でない。もう文学は一切やらせないことにしたが、君等もまあそう云う方向でこれを薫陶してくれ給え。」

「もう二三日のうちに自分は親たちから離れて死んでしまう。自分のそんな心は少しも知らないで、親達は自分の行先のことを心配している。」そう富之助が思うと、危くも目へ涙が湧き出そうになる。

「こっちの学校に居た間は倅も大分成績が良かったが、どうも東京へ出てから去年も今年も思わしくない。尤も東京は諸国から秀才が集るのだて。鳥なき里の蝙蝠位では役に立たないかも知れないが……」そう言ってちょっと考えて、「まあ友だちと文学をやるのが、是れが一番いけない事だろうと思う。わしが東京へ出て監督してやれば可いのだが、そう云うわけにも行かないのだて……まあ何分にも君等に頼みます。」

父のこんな言葉が鹿田に対しては皮肉になるだろうと、富之助は思った。

到頭その晩は鹿田が富之助の家に宿《とま》ることになった。もう姉のおつなが二人の床を一つ部屋に取って、蚊帳を弔《つ》ってしまった。

母が「あなたは今日お労れでしょうからもうお休みなさい。」と言った。

富之助は夜床へ入ってから早くは寝つかれぬ性であった。それで蚊帳の中で本を読むのが癖であった。そんな風な自由が今夜は阻害されるであろうと思って不快になった。それ故に初め鹿田だけの床を敷いてくれと頼んだが、何も知らない姉はそれを承知しなかった。

若しやそんなことはあるまいと思いながら、富之助の頭には或る不祥な想像が閃くことがある。これを考えなおすのは非常に不道徳な事に思われて、なるべく考えまいとする。それで今夜は一晩寝ずに居よう。それが一番よいと決心した。

然し万一夜中に客が起きて便所に行くとしたところで、其れまでの間に、家の人の寝ている部屋をば通る必要は少なかった。姉のおつなは二階に寝た。二人は下の新座敷の隅の間で、夜静かになると川の水音が響いた。

次の朝はいつになく早く富之助は目を覚した。夢の記憶は少しも残って居ないが、そのあとの不快が残った。

今日は客を案内してその宿へ連れてってやろう。そして自分は今までの事一切を姉に懺悔して、そっと旅へ出よう。彼の男の毒の眼が姉を窺《うかが》っている間は姉には外出をさせまい。

そんな事を考えていると、突然忘れてた今暁の夢が思い出された。近藤という友達が、内証だが君に話すと云って小さい声で富之助の耳にささやいた。君、鹿田が君の所へ行くって云ったろう。ありゃ君のシスタアを狙《ねら》いに行くんだと云うんだぜ。君、あの男は恐《こわ》いぜ。

鹿田が言った。さあ、僕にお前の着物を貸せ、帽子も、シャツも。可いか、これからお前が僕になって、僕がお前になるんだぜ。僕はお前んとこに住む。それがいやならお前のお父さんに皆云ってしまうぜ。お前が己《おれ》の稚子《ちご》だって。お前はおれに連れられて吉原見物に行ったって事まで……。

「今日はどうしても断行する。」そう富之助は考えた。「唯姉に皆言ってしまうことは止《よ》そう、あの男は悪い男だから要心しなさいってことだけ言おう。そしてわたしは内に居るのはいやだから旅行すると云って出て行こう。誰も知らない遠国の山の中へ入って行って、そこから一伍一件を認めて、姉や父母に詫を言おう。そして誰も知らないようにこの世界から別れてゆこう……。」

こう云う空想は悲哀であるよりも慰藉であった。七時が鳴るまで富之助はそんな事を考え続けた。枕の布が涙で湿っていた。

朝のうちに富之助は客を送って海岸伝いに半里ほどの小村落へ行った。老人が隠居家に建てて、自分は住まぬうちに死んで、其後は避暑の客に貸せる漁夫の家の離座敷である。

昨日と違って日は赫々と海、波、岸の草原を照射した。

客を送って帰って来て、富之助は一安心して二階の自分の部屋に寝た。そしてすぐ旅行に立とうという今朝の考とは反対に、唯何となく時間を過した。

午後姉は二階の富之助の部屋の隣の部屋で長い間縫物をした。そこには琴、鏡台、二三の女に適《ふさ》わしい書籍の類があって、おつなの稀にする美的生活の一面を暗示するのである。富之助は黙って姉の女らしい所を観察した。

殊に姉がこの日の日盛を少し過ぎた頃に髪を洗って、その房々とした毛を軽く藁で結わえて二階に上って来たときには、姉と言いながら強い性の印象を富之助に与えた。そしてそれがいよいよ富之助をして彼の鹿田を恐れしむる原因となった。

富之助がそう云う風に自己に第三者の眼を与えて観察すると、この家庭に一種の濃厚の雰囲気のあることを知った。老父の詩人的趣味、母の女らしい優しみは無論、その空気を構成するものであったが、もっと大きな要素は実におつなの成熟した処女としての現象であった。

鹿田はその日の夕刻、そう云う濃厚な妖気中にはいって来たのである。

その日は勿論、次の日も富之助は旅行に出なかった。

河口《かわぐち》に汽船の笛がする。また日に幾度かは停車場で汽車の響がする。その度毎に富之助は腸《はらわた》を動かしている。

第三日の午後富之助は鹿田と伴って、漁舟を借りて釣に行った。そうして、いやいやながら鹿田と交際《つきあ》っているうちに、漸く鹿田の性格の変化に気が付いた。夏休前東京で会った時とは違って、非常に沈黙家になって居る。そして始終何か考え事をしているようである。元来気味悪い其眼元には、また一種の暗光が燃えている。

しかのみならず彼は富之助に対して、未だ嘗つて示したことのない鄭重な態度を取った。一たびも冗談を言わない。その醜い恐しい口は何時も大抵堅く鎖されている。釣などする時には、年少者のように、いろいろの事を富之助に教わって、釣に餌《えさ》をつけ、糸を水に投げる。そしてぼんやり考え込む。

夕日の真赤な光が対岸の緑の平野の上に被いかぶさって、地平線を凸凹《でこぼこ》にする銀杏樹らしい、また欅らしい、樹の塊りは、ちょうど火災の時のように気味わるく黒ずんでいる。川の上には金のような光が映った。

その時、今まで黙《だま》っていた鹿田が言った。

「どうだろう。こんな時に水の中へ沈んだら愉快だろう。一緒に飛び込もうか。」

この言葉の調子は冗談とは聞かれないほどであった。富之助はぎくりとした。

少時してからまた鹿田がこんな事を言った。「今朝僕の下宿の隣の家へ東京から女学生が二人来た。自炊をするのだって云って。それが君の姉さんの友達だと見えて、君の姉さんも尋ねて来られた。」

富之助はこの言葉を聴いて二度ぎっくりとした。ぐずぐずしては居られないと思ったからである。然し鹿田が、直接富之助の姉に就いて語ったことは是れが最初であった。また最後であったかも知れない。

舟が岸に戻ったときは、もう薄明《はくめい》であった。富之助が舟から色々のものを取り出していると、後ろでやさしい声が聞えた。

「富ちゃんかえ、たいそう遅くなったねえ。」

見ると姉が隣の子を背負って岸に立っている。夕方のぼんやりと青ずんだ空気の中に、其のほのかに白い姿は魔のようであった。

「あんまり遅いから迎えに来たの。」

姉は鹿田に目礼して、富之助にそう言うのである。

二人は姉を先にやって、漁夫の一人に荷を持たせて其後から行った。その時鹿田は一言《ひとこと》も物を言わなかった。

一体鹿田が一日一日気むずかしくなって行くのは富之助にも分った。そして富之助に対する態度も夏休前とは全く異って、異常に鄭重で、少しも馴れ馴れしい所を示さなかった。殊に今日釣に出てからは殆ど物を言わないで、唯考え事ばかりしているように見えた。

姉のおつなを見ると、よくは見ない風をした。

が富之助は鹿田のこんな風な態度を見て、無意識に或る事を直感している。即ち心情に強い刺戟を受けた野蛮人に対する畏怖の念である。

富之助が鹿田の住んで居る宿へ行って見た時には、鹿田はぼんやりとして煙草を飲んでいた。本もない。荷物も何もない。唯机の上に鏡と化粧道具とがあった。どうして毎日日を送っているか想像が出来なかった。

窓へ腰を掛けると、少し小高くなった丘から、直ぐ目の前の海が見える。葵の花が薄赤く咲いている。「あの家《うち》だ。」と鹿田が指をさして教えた。「東京から女学生が来た家は。」

姉の友だちのことは姉から其後富之助は聞いた。そして時々姉がその宿へ遊びに行くことを知っている。鹿田の為めには、もって来いの状態である。そう富之助が思った。「もう一刻も猶予してはいられない。」

夕方家に帰る時に、鹿田のいる漁家の小さい息子が車に米俵を積んで町へ行くのと一緒になった。そこで富之助はその子に聞いた。

「お前のとこに来た東京のお客さんは酒を飲むかえ。」

「へい、大抵晩に飲みます。」

「沢山飲むのかえ。」

「毎晩五合ずつ買いに行ったが、面倒くさいから昨夕から一升買いました。」

「ひとりで飲むかえ。」

「始めには独りで飲んだが、時々は家の兄さんと一緒に飲むことがあります。それに別荘から客が来ることがあります。」

其別荘と云うのは同じ土地に東京の人が建てたもので、そこへ毎年学生たちが来るのである。

「夜は早くねるかえ。」

「時々夜中まで帰って来ないことがあります。」

「〇〇（遊廓のある町名）の方へ行くかえ。」

「どうですか。」といって笑った。

「何しているえ、一日。」

「何して居ますか。」

「一日家《うち》にいるかえ。」

「大概家にいます。」

「何か話をするかえ。」

「何も言わないで黙っています。」

会話は要領を得なかった。

富之助の家では写真が一枚無くなった。姉のおつなが東京の叔母と写したものである。それを急に母が郵便で東京に送ろうと思って捜したが見付からなかった。然し皆別に気に止めはしなかった。富之助は写真箱を出して鹿田に見せたことを覚えている。それ故富之助ばかりは、是れはてっきり鹿田が盗んで持ってったものと信じている。

富之助は毎日毎日いろいろのことに神経を悩ましながら、それでも何もしないで家にぐずぐずしていたが、或る一日、今日はどうしても、一伍一什を、せめて母にだけでも話してしまおうと考えながら、到頭その日も話すことが出来なかった為めに、非常に煩悶した。

そして家から逃げ出そうと空想した。

＊

やはり海岸で陸地が崖に成って居る処があった。道路はその崖の上で、若し過てば海に落ちるようなこともあるから、所々には針金を通じた木柵を建ててあった。崖から下を覗くと、数丈の赤松が繁って其間に碧漫々たる海が見える。時とすると、水が静かなところから、夕方などに船が懸っていることがある。正に一幅豪宕の画図である。或はまた西洋人の女だちが、わざわざ短艇をここまで出して、人目を避けて游泳をすることもある。そうすると人は遠眼鏡でそっと海面を眺めて喜んだりした。

午後の四時ごろの烈々たる日光は、草の緑、土の紫、海の碧、ありとあるものをまず黄色にして、地球を孵化させようという勢である、そこへ二人の少年が山の方から下って来た。

二人は道と道との間を、海の上へ懸け渡した小橋の上に来かかったが、突然一人が言った。

「随分ここから下は深いなあ。若し落ちたら死ぬだろうか。」

「そりゃ死ぬにきまっている。」と他の一人が答えた。「下まで届かないうちに人間は死んでいる。」

「なぜ下まで落ちないうちに死ぬだろう。」

「なぜだか知らないけれども、飛行機から落ちても、下まで届かないうちに死ぬそうだ。」

「華厳やなんかの滝でもそうだろうか。」

「滝じゃどうだか分らない。途中で岸へぶつかったりするから。」

「下まで落ちないうちに死ぬのなら苦しくはあるまい。」

「そりゃ苦しくは無かろうと思う。」


二人の少年は橋の欄干へ手を懸けて、深く海の底を眺めている。碧澳の水が澄明で、中の岩まで見えそうである。

そこから視点を外《そ》らして、自分の立っている橋まで及ぼすと、一種の対照の感情を覚えて、身の毛がよだつことがある。それと同時に、なんか、中へ飛び込んで見たいと思わせる誘惑がある。


「はっ！」と一人の少年が大声を挙げた。も一人のは喫驚して振り返った。

「おお、びっくりした、何《ど》うしたともった。」

「下へ飛び込んだら、何《ど》うだろう。」

「止《よ》し給え、冗談はしたまうな、魔が差すことがあるよ。僕は喫驚《びっくり》して、も少しで欄干から手を放すとこだった。」

「一万円賭けたら、下へ飛び込む人があるだろうか。」

「一万円だって有りゃしない。」

「有るかも知れないよ。」

「いくら一万円だって、死んじゃ貰うことは出来ないじゃないかね。」

「然し一万円貰わなくても、飛び込む人があるからね。」

「そりゃ別だ。厭世家だから。」

「然しどんな気持だろう。」

「分りゃしない。」

「僕には分るような気がする。久しく下を見ていると、飛び込みたい気になるよ。」

「君は気違《きちがい》だから。」

「僕はもとから屢《よく》人に気違だと言われたことがあるよ。」

「そんな人は危険人物だ。」

「その代り何かで決心が付きゃ、僕はきっとこの処へ飛び込むね。それが国家の為めになるとか、人を救うとかいうことになれば。」

「君には犠牲的精神があるというのだろう。」

「別にそんな事を高慢にするのじゃない。」

「然し考えると本当になるって言うよ。」

「美だと思う、僕は。こんな処から下へ落ちて死んだら、肺病や何かで死ぬよりも好いぜ。」

「馬鹿だなあ、暑いや、早く行こう。」

「見給え、水の底がまっ青に見えるよ。水の精でも棲んでいるようだね。君ロオレライって歌を知っている?」

「僕はそんな文学的の事は知らない。」

「然し綺麗な女の人魚でも居るってことは想像されるね。」

「あ、セエリングが来た。きっとまた西洋人だね。」

「ここの下ばかりへ船が来るのかい。」

「ああ。」

「向うは。」

「島から向うにゃ行かないよ。波があるからだろう。」

「あっちへ行って見ようか。」

「止そう。咽喉が乾いた。家へ早く行ってラムネを飲もう。」

二人の少年は橋のところから去った。彼等は山の中の不動の滝という滝を浴びに行って帰ったところである。

少年の一人は富之助で、もう一人の方はそれより一つ年上の従兄であった。

富之助は無理に父の家を出て、従兄の故郷へ遊びに来たのである。

少年が立ち去ったあとでは二人の旅行者と一輛の空《から》の馬車とがこの橋の上を過ぎた。それからは長い間誰も通らないで、太陽はやや傾き、なおも燦々として、岩層、橋梁、樹木、雑艸、空低く飛ぶ鷗の羽を照らした。

富之助は、此地に来た始めには、詳しい懺悔の手紙を父母や姉に出して、そして姉の今在る危険の状態を警戒し、そして自分は死を以て過去の罪と汚とを洗う積りであった。所がその手紙というものがどうしても書けない。

自殺――死というものは美しい幻影である。然しながらその死の原因となるものは、その美を飾る所以ではない。それ程明かに分っては居なかったけれども、富之助は内心この矛盾のために煩悶した。

誰か美しい娘でもあって、その人との恋愛が成り立たない為めに世をはかなんで死ぬ。そう云うのなら自分にも人にも美しい死であると思った。けれども実際はそうでない。

が然し段々と富之助の空想の中へ一女性がはいって来た。それは同じ町の女で、彼と同年輩か、或は一つ年上位の美人である。

二三年前に富之助はこの女に少年らしい愛慕の情を傾けて居たが、今や彼の脳中にまた鮮かな像となった。そして彼の死というものと、この女の美ということとが、段々に相分つべからざるものになり始めた。

次に富之助の心に、父母近親の者を怨むの考が芽生え始めた。彼の志望というようなもの、彼の偏愛というようなもの、即ち彼の個人的の自由は総て是等の人の意嚮の為めに破壊せられる。不得意な数学の試験に落第する夢を見て始終心を驚かすが如き、その為めである。彼はその最も近親なるものを頼むことが出来ないという心を起した。

かくの如く、自分を憫むの情は、かれの空想的の死を一層合理的なものとなし、且つまた悲壮的のものとなした。

理由を明さないで自ら殺そう。という考が段々と発展して、嚮に考えた道徳的負担から逃れる為めというよりも、楽な心持を与えた。

一方富之助が死の空想を飾り、之を多様に構想して居る間に、遠い姉に対する不祥な予感が、絶えず、現実的の威嚇となって彼を襲うていた。

こう云う懊悩が富之助を痩せさせる間に、三日経ち五日経った。

船に一杯の石油を積み、それに爆発物を載せて、夜の海上に船を爆発させ、それと共に死のうなどと空想したこともあった。

或は富士の人穴のような誰も知らない洞の奥に這入って、死後も人に見付からないように死のうかとも考えた。

然し一番良いのは、かの海を臨む懸崖から、過失のように見せて死ぬということである。

或る月の良い晩に富之助が従兄の耕作に云った。「僕は昨夜《ゆうべ》△△崎まで行ったよ。実に寂しかった。」

「昨夜？　一人で。」

「ああ。」

「何しに行ったの？」

「胆力を試す為めに。」

「本当かい。」

「本当だ。」

「そんな事をすると叔母さんが心配するよ。」

「僕は今夜も行く積りだ。」

「今夜は月が無いぞ。」

「暗い方が一層為めになる。」

故郷の家と違って、従兄の家は大きな漁業家で、出入の人も多く、夜なども碌々戸締りをしないような具合で、好きな時に行きたい所に行かれて非常に自由であった。無論近くには悪い街区などあって、召使のものの夜遅いのは咎められたけれども、少年として、また学生としての富之助の行動は、誰にも咎められることはなかった。

富之助が屢夜中に外出することは漸く人の気付く所となったが、その所謂胆力養成と云う言葉が、凡ての疑問の発生する余地を与えなかった。

然し注意すると、富之助の容貌や行動に不思議の事が多かった。


午後の日盛りの最中である。一種森閑たる静寂が海浜の全局を領して、まるで全体が空虚であるようであった。

たった一人の男の子が浜に見られるばかりである。水平線には雲もない。海上には船もない。それだのにその男の子は海の上を一生懸命に見詰めている。

そこへ年の寄った漁夫が一人来た。少年はやや力を得たようにその漁夫に言った。

「人が一人海から戻って来ない。」

漁夫は少年の言ったことが理解せられないように、怪訝《けげん》な目をした。「何ね。人がね。」

「沖へ出て戻って来ない。」

その返事と同時に漁夫が叫んだ。「沖へ出て戻って来ないね。——そりゃ大変だ。」

そう漁夫が言ったから少年は喫驚した。そして突然泣き出した。

「誰だね、あんた。」と漁夫がきいた。

「家《うち》に来て居る富さんて友達だ。」

「そりゃ大変だ。――着物はあるのかね。」

「着物と下駄はあの船の下にある。」

「そりゃ大変だ。」と漁夫は三度そう云った。「あんた此所《ここ》に立ってお出でな。わしゃあんたっちへ行って皆《みんな》あ呼んでくる。」

漁夫は急いで駆け去った。少年は浜に立っている。水の上に若しや人の頭らしい黒いものは見えないかと、きょろきょろ海の上を見ながら立っている。

海は再び静かになった。唯渚に小さい波が崩れた。

此静けさは、然し今に大変な事の起る前の時の気味の悪い静けさのように見えた。

忽ち一群の人々が浜へ駆けて来た。浜は忽ち大騒ぎとなった。それでもなおも引きも切らずに、大勢の人々が浜へ浜へと駆った。

「山長のとこのお客さんが海で見えなくなったって。」

「今浜じゃ船を出した。」

「地引網の衆を頼みに行った。」

「潜水の女しを捜しに行ったが、生憎一人も家に居なかった。」

人々は道を駆けながら、互いにすれ違いながら、こんなことを話し合った。

五六艘の船が沖合へ出た。

「この辺か、この辺か。」などと船の上から呼ぶ声がする。

「分るまい。あすこの底にゃ潮流があるから。」などと語っている人がある。

船から大勢わらわらと水へ飛び込んだりするのも見えた。網が打たれた。

網の中へ死骸がはいって、それが漁夫に取り出されるまでには、それから尚おかなりの時間が掛ったのであった。青い冷い重い死体が浜の砂の上に揚げられた。

「お前たちそこへ立つでねえぞ。」と山長の若い旦那が叫んだ。そこへ巡査が来てまた見物を制した。

「どうですえ、此処じゃあんまり人立がしますから、あすこの裏を借れちゃ。」

「そうさ。お前さん一つ頼んで来ておくんな。」

赤い毛布で包まれた死体が海浜の漁夫の家の裏庭へ運ばれた。それでも大勢の子供たちが木戸の外から眺めている。

「もう脈がない。」と医者が言った。「カンフルが足りないから、早く使をやっておくんな。薬局の劇薬の棚にある。家《うち》の人に言えば分る。」言下に二三人の人が飛び出した。

「もっと構わねえから人工呼吸をやりなせい。海軍じゃ一時間位やる。」

「おお、そうだ。左治衛門さんのとこの倅が可い。海軍だから好く知ってるだろう。」

「早く体《からだ》あ倒にして、松葉の煙で燻《いぶ》すが可い。」

「さっきから松葉々々って言って居るがどうしたろう。」

「そんなこたあ為なくても可い。水はもうみんな吐いた。」

医者は眼瞼を開いて見たり、聴診器を当てたりしている。

「どうですえ、少しゃ見込がありますかえ。」

医者ははっきりとした返事をしない。

カンフルを取りに行った使が帰って来た。また胸へ注射をした。胸にはもう絆創膏の迹が四つ五つある。

「海軍は来ないか、海軍は。」

「来たよ、来たよ。」

元海軍の兵曹であった男が、今までの男と変って、ちょっと気取った手附をして人工呼吸を繰り返した。

死体は生きた人間の通りの形をしていながら青っぽく黄ろい色をして、冷く固まっている。薄い紙を濡らして鼻や口の前に置いて見たりする男がある。

そう云う間に小一時間の時間が経《た》つ。

「どうですえ。」と女の人が悲しそうに尋ねた。

「どうも。」と医者が曖昧な返事をした。

も一人の髭の濃い医者が来た。肥った赤ら顔に微笑を湛えて、先《さき》の医者に挨拶した。そして自分も洋服の隠しから聴診器を出して死体の胸に当てて見た。そして脈を触ったり、眼瞼を開いたりして見たが、最後に右手で軽く好い音を立てて、死体の胸をはたと叩いて、其れと同時に、「もういかん。」と言った。

その調子がいかにも黒人《くろうと》じみていて、今迄の努力の廃止を促す絶対の合図《あいず》となった。それで人々は俄に色めき出して、次の仕事に取り掛った。

是れが土屋富之助、十六歳、中学二年生の最後の有様であった。

時は八月十七日。一月遅れのお盆の終った翌日である。

彼の故郷では、こう云う出来事を全く予感せずにいた。

彼

武者小路実篤

一

今迄うつむいて神妙に僕の云うことを、聞いていた彼は突然首を挙げた。恨むが如く僕の顔をじろっと睨んだ。

「黙ってくれ玉え、僕だってそんな事は知ってるぜ」

彼は強く云い放ったが終りは震えていた、僕は冷かさを装うて、

「知っている？　知っているなら行って見せて呉れ玉え。」

と、彼の顔を正面に見ながら云った。彼は口を固く結んで、目尻を挙げた、しかし直ぐ勢がなくなった。

「僕の境遇、僕の境遇を君は察して呉れないのか」と訴えるように云った。彼の目は湿うて僕の方を嘆願するように見た、ああその目なざし、依然として昔の彼の清かった星のような目の面影がある。然り昔の彼、彼は美少年であった、しかも勝れて麗しかった。自分は豪らそうな事を云ったが、心の内ちで何度彼を穢したろう。

「許して呉れ、悪かった、許して呉れ。」

僕はそれより外に何事も云えなかった。すぐ彼の手を力入れて握った、彼の手に力があった。

「君、僕、この僕をまだ見捨てて呉れなかったか、実際僕は、僕は堕落した人間だ。」

彼は再びうつ向いた、すすり泣く声が聞えた。涙は僕の手を湿した、寧ろ彼は僕の手で涙を拭いたのだ、彼の姿は変ったが、彼の人に媚る心は未だ彼を去らなかった。僕も泣いた、悲しくってではない、嬉しくってか、そうでもないようだ、体は締められるように覚えた。

「実際、君！」彼は僕の手を一層かたく握った、「僕は後悔してるのだぜ」

その言葉の内に誠があった、震えて居た、僕は黙っている。

「後悔!? 今始まったことではないのだ、何千度後悔したろう、しかし自分は弱かった、誘惑は余り多かった。」

彼はなお独言するように云った。

「しかし自分が弱かったのは、自分が馬鹿だったのだ、僕を誘惑した人は皆、今は真面目な人になっている、そうして僕を見捨て、僕のことを冷笑している。」

彼は暫く言葉を切った、僕はつらかった。

「君！　僕だって始から堕落してはいなかったぜ、無邪気な時もあった、君は覚えていてくれるだろうね。」彼の声はふるえた、「一緒にそら、君の処で池で釣ったり、独楽を廻したり、縄飛をしたことを。僕は何時でもあの時のことを考えて自分を慰めている。僕だって人間なみの時があったのだ。面白かったね、君も覚えているだろう。あれは小学の二三年だったね。」

「そうそ、覚えている。」と、僕は一言漸く云えた、自分が前に豪そうな事を云って、忠告し戒しめ怒った事を非常に後悔した、耻かしく思った。

「僕はその度に君の事を思い出すのだ。君だけは僕を見捨てて呉れはしまい、僕の心を察していて呉れると思った、虫のいい話だ、しかし僕は君を頼っていた、僕は今迄君を尊敬していた。今もしているよ。」

と彼は淋しく微笑んで僕の顔を見た。

「僕を救って呉れる人があれば君だ、僕を憐れんで呉れる人があれば君だ。僕はどうしてかそう信じていたのだよ、処が今、許してくれ、君に堕落した人間として取り扱われたのだろう、憤られたのだろう。僕はつらかった、本当につらかった。」

彼は黙した。僕はうつ向いて一言も云えない。

「僕は実際堕落している、君の思っているよりも、ずっとひどく堕落している。しかし今日君の云ったような事、許してくれ、そのことは僕は自分に何度も云って自分を責めた言葉だ。君は愛想をつかすかも知れないが、僕はただ同情に縋るより外、助からない人間なのだ。僕は弱い、弱いのだ。人から見捨てられ堕落者として取扱われると、自棄にならないではいられないのだ、そうして同情に餓えている。それに肉慾が馬鹿に強いのだ。酒と下等な女。」

彼は急に黙して僕の顔を盗み見た。

「君、怒ってはいやだぜ。下等な女、僕よりは上等かも知れない、その女ばかり、表面だけかも知らないが僕を通常の人間と見てくれ、僕に同情して呉れるのだ。」

「僕が君ぐらい強ければいいのだが」と彼はつぎたした。

「察しるよ」と僕は彼に勇気をつけた。

「察してくれる」と彼は嬉しそうに云った。

「君は君と同じ境遇にいる女を憐んでるだろうね」と僕は余計なことを云った。彼は真赤になった。

「同情はしている。実際可哀想なのがある。しかしその前に聞いてもらいたい事がある。僕にも良心があるのだ、あるから妙だ、で悪い事をした時には実に苦しい、ほんとに後悔する。僕はその時はもう真人間に返ろう、これから働こうと云う人間がこんな事をしてはいかん、こんな事をしても決して面白くはない、つまらない、苦しいばかりだ。そう云う時は君の事を思い出す。外の人のことは思わないよ。君、君は僕が君を嫌っていると思っていたろう。しかし僕は一度も君を嫌ったことはない。君を恐れたこと、君を憎んだことはあるが。」

彼は一寸と言葉を切って。

「僕が君をどのくらい頼りにしているか、君は知るまいね、今日だって君が僕を認めてくれる前に一度君のわきを通ったのだよ。僕は声をかけようかと思ったけれど、その勇気がなかった。実云うと君の家の門の前まで五六日前から二三度行ったのだよ。しかし入る勇気は如何してもなかった。君に逢って懺悔をしたいと、後悔する度に必ず思った。しかし君が僕の思っているような人でなかったら如何しようと思うので勇気がなくなる、君の心が解っていたら先刻僕の方から声をかけたのだが、君の方から声をかけて呉れるようでなければ、君に逢っても仕方がないと思った。それにこんな堕落した人間が厚顔しく先に声をかけることは出来ないからね。それで君が何か考えているので気がつかないのだと思ったから、他の道を馳けて、又君のそばを通ったのだ、そうしたら君の方から声をかけてくれた。その声が昔の君と少しも変っていない。僕を親しい友のように声かけてくれたのだろ、僕は嬉しかった。そうして「話したい事があるから君の処へ行ってもいいか」と君の云った時、僕は「助かった」と心で叫んだ。その君が先刻のようなことを云うのだろ。」

彼は微笑んだ。

「僕はつらかったよ。君の云うことは尤なのだ、しかし僕はその方には中毒している。数千言お説教されるよりも、「可哀想だね」と云ってくれた方が今の僕には嬉しいのだ。」

「悪かったよ、しかしもう其事は云うのをよしてくれ玉え、つらいから」と僕は云った。

友は笑った。しかし急に真面目になった。

「君、これからも見捨てないで呉れ玉え、時々君の処へ行っていいだろう」

「来たまいとも、何時でもいいよ、」

「しかし僕は君の思っているよりも、大きな罪人なんだよ、――僕の懺悔、懺悔を聞いてくれ玉え、いやだろうが。」

「いやな事があるものか」と僕は力を入れて云った。

「それなら云うよ、……あらたまると変だね、」と彼は笑ったが急に真面目になって、語り始めた。

二

「君と仲よく、無邪気に遊んだ時分の事はぬかすよ。あれは小学の四年の時だった、僕に一人の悪友が出来た、君も知っているだろう、君よりもお世辞がうまい。君のそばにゆくと兄のそばにいるような気がしたが、その人のそばに行くと、自分が若様のような気がする。その人は話もうまく、色々のものを呉れた。僕は君を嫌いはしなかったが、その人と遊ぶ方が自分が豪いような気がして気持がいい、今思うとぞっとする、その人が実に下等な話をするのだ。当時十一才の僕は下等な話を下等と思わず面白く思った。その人は君の事を讃めた、君はその人の事を馬鹿に悪く云った。だから僕は、許して呉れ、君よりもその人の方がいい人だと思っていた。その人の家にもよく行った、その人の友とも知るようになった。これが堕落の始めなのだ。

それからは学校へ行っても君とは余り遊ばず、悪い仲間と面白く遊んでいた。君を嫌ったわけではないのだが、君と話すよりも、その人達と話す方が面白かった。君は時々一人ぼっちになって遠くから僕等の遊んでいるのを、浦山しそうに見ている時は、僕は気の毒に思った、悪いなと思った。しかし得意にもしていた。それまではよく君と僕とは「仲がよすぎる」と云って調弄《からかわ》れたね、その時僕はそう云われるのを寧ろ得意にしていたが、君は非常にそれを厭っていたね。しかし君の遊び相手はまあ僕きりだった、その僕が君に背いて君の嫌いな人と愉快そうに遊んでいる、君は怒ったろう、しかし僕は決して君を嫌ってはいなかった。

しかしその内に益々遠ざかる、僕の方で君にお辞儀しても、君は僕を睨んでいる許りでお辞儀もしてくれない。僕もそれから君に逢って「失敬」とすら云わなくなった。もう君と僕とは殆んど話もしなかった。そのうち高等小学の二年を終えて中学に入った。同じ中学に一緒に入ったのは君と僕と外に二三人、それで話相手がないので君と僕とは又話をするようになったね。しかし昔のように気をおかずに僕は話すことが出来なかった。君は僕と話すことが好きなのか嫌いなのかよく解からなかった。僕には君が余り僕と話すことを好んでいないように思えた。その内に君にも友達が出来、僕にも友達が出来た。君の友達は温和しい人許り、僕の友達は悪戯者許り、実云うと僕は温和しい方に入るように出来て居た人間だったのだよ。しかし僕の顔が許さなかった。それに今迄に既に穢れた楽を楽としていた僕は、乱暴者の玩弄物となるのに適していた。君、君が恨めしく思っていたのも知っていた、君が友達甲斐なく思っていたのも知っていた。しかし二年の時だったね、君から絶交状が来た時僕は泣いたよ。

僕は当時、君と遊ぶことを余り好んではいなかった、しかし真の友としていたのは君だけだった。外の人と遊ぶのは面白かった。しかし自分の好きな人は君だった、僕は白状する人に玩弄されている時すら君のことを思っていた。僕は乱暴者なんか好きではなかった、人間は好きでは断じてなかった、しかしその人と遊ぶその事が好きだったのだ。一度自分を玩弄した人の前に立つ時は、いかに自分の道徳心の強い時でも抵抗する勇気はない。実に奇体だ、いかにその人を蔭で憎んでもその人の前に出ると、憎くなくなって、跪きたくなる、その人の奴隷になりたくなる。しかし僕が心から尊敬し愛していたのは君だった。その君から絶交状。今でも僕の抽出しにその手紙が入っている。つらかった、自分は泣いた、そうして心で君に謝罪した。僕だって君が僕を嫌ってはしまいと思って居たが、時々は馬鹿に嫌われているようにも思えたのだ。あの手紙を読んで君が僕を愛していること、真に僕の事を思っていることを知った。僕はすぐ手紙を書いた、謝罪の手紙を書いた、始めから終りまで許して呉れで埋めてあった事を今も覚えている。」

「しかし僕は嬉しかったよ」彼は僕の顔を見た、しかし自分の眼鏡が曇っていたので彼の表情を見ることは出来なかった。「ほんとに嬉しかった、君が僕を嫌わずに愛していると云うのだもの。実はその前、僕はこんなに君の事を思っているのに、君も随分情のない人だと思っていた。その翌日、日曜日僕はボートにゆくのを断わって君の処へ行った。そうして池のわき、以前よく釣した時に腰をかけた、岩に腰かけながら君と泣いたね。

あの後二ケ月の間は僕にとって忘れられない愉快な時だった。しかしその間に悪友と下等な事をしなかったとは云えない、しかしその内に又次第に君と僕とは遠ざかった、君と遠ざかることは僕にとっては堕落を意味しているのだ。しかしあの時遠ざかったのは君がわるかったのだよ。今でも恨んでいる、君が皆にからかわれるのを恐れ、誤解を恐れた許りに、二人の間には垣が出来たのだ。あの時分の君は弱かったね。」

自分は彼にこう云われても一言もない。実際自分が世間を恐れ、自分を清く見せたいばかりに、彼が話かけても碌に答えもせず、なるべく彼を避けるようにしていた。

「僕の方が厚顔しかったのかも知れない。然し今度は僕の方が憤った、絶交状は出さなかったが憤ったのだよ。そうして自棄になった、しかし君は好だった。それから四年級迄では僕と君とは話もせず、僕は降る一方だった、自分の方で人を誘惑したことも随分あった。そうしてとうとう学校を退校された。流石の僕もこれには目が覚めた、悪かったと心から後悔した。其処へ君が来て呉れた、学校と掛け合って呉れた、雑誌にも演説にも僕の為に学校の処置を攻撃してくれたのは君だけだった。外の人も自分に迷惑のかからないだけはやってくれた。僕を慰めても呉れた。中には僕を慰めに来て、自分を慰めた人もあった。しかし学校では聴かない、君まで停学される。実際僕は嬉しかった、心の中で君に心から感謝していたよ。しかし学校の処置が癪にさわった。他の学校に行ったが入れて呉れない。あの時君が来てくれて奨励してくれたばかりに、自分は国の中学に入るようになった。君の志は嬉しかった、しかし自分にとってこの事はよくなかった。勿論向へ行かなくっても僕は堕落しているだろう。しかし東京には君が居る。僕は御世辞を云うのではない、自分を解し、自分に同情をよせ、自分を愛し、そうして忠告してくれるのは君許りなのだ。それは父も母もいる、僕を愛し僕の為に心配する事は君に優るとも劣るまい。しかし自分を理解してくれない、理解してくれない愛と怒と、忠告は、自分のような堕落した人間に取っては五月蠅い許りなのだ。

それに国に行ったのはわざわざ多くの人を堕落させに——いや皆は利口だから途中であと戻りする。しかし少なくとも誘惑しに行ったようなものだった。無論始は慎んでいた。しかし衰えていた時分ではあったが、自分は校中第一の美少年と云う有難くない称号を得た。学校のある間、男は美しく生れない方がいいと思う。自分の弱い云訳をするようだが、僕だってせめて君ぐらいの顔をしていたら、こんなにまで堕落はしないですんでいると思う。自分では君と一緒に一高に入れたと自惚れている。頭の悪くなったのも元をただせば顔にある。もとは君と一二、を争ったことすらあったのだもの。しかしそんな云訳しても仕方がない。学校で有名になるとそろそろ誘惑をするものがある。

甘言を以てするもの、暴力を以てするもの。根が此方がその傾向が強すぎる程あるのだから、云うまでもない。それで君に手紙を出す勇気もなくなった、しかし時々は君の手紙を読みなおしていた。僕の方で返事を出さないので、君からも手紙が来なくなった。なんだか君から見放された気がしてつらかった。しかしその内に中学を卒業した。高等学校の入学試験に落第する、一年遊ぶことになる。国の中学で余り乱暴な生活をしたのと年のせいで僕の顔は人並に賤しい所をつけたようになった。顔の話はいやだろう、しかし僕にとって顔は最大の敵だったのだ、しかし醜くなったのを喜ぶには自分の心が穢れすぎていた。もう誘惑されないでも堕落しているのだ、それが一年の間、家に遊んでいなければならない。

自分は入学試験にしくじる、自棄になる、友はいない、君に合わせる顔はない。寂しい、つまらない、何もする事はない、玉突をする、酒を飲む、遊び友達が出来る、遊ぶ。しかし自分は好んで遊ぶと云うよりは、遊ぶより仕方がないと云う方が適していると思う。

遊んだってそう愉快ではない、そう処が少しも愉快でないと云う方が適している。何時でも遊んだ後はつまらないことをした、悪いことをした、もうよそうと堅く決心して帰ってくる。しかし二三日たつと又遊びたくなる、一種の病気だ。君は遊ぶのが愉快だから遊んでいるのだと思うだろう。僕はそうではない、遊ばないでも不愉快だが、遊んでも不愉快だ。実際さっき君の云った通り人間に取って酒やどんちゃん騒の快楽は真の快楽ではないように出来ている。実は僕も東京の学校に居た時分から聖書を密かに読んでいた、今も読んでいる、一週間程前からは熱心に読んでいる。僕はバイブルに依って人間と云うものは真に人を愛し、人の為に尽すより外に真の快楽を味えないと云う事を知った。然し知っている許りだ。自分には人を愛すると云うことは殆んど出来ないのだ、若し愛した事があれば小学の二三年の時と、絶交状をもらった当時と、国の学校へ行く前と、今、君を愛した事ぐらいだ。まだない事はない、しかしそれは穢れた分子を含んでいる。僕は君とこう話しているね、実にこんなに愉快なことは近頃経験した事がない。

こう云うと君はそれなら、心を入れ更えればいいじゃないかと云うだろう、そしてなぜそれなら遊ぶのだと云うだろう。自分はそれに答える言葉はない。君にこれに似た経験があれば察して呉れるだろう。無ければ僕はある引力に惹き附けられる、と云う一言を以て答えるより他はない。つまりは弱いのだ、弱いから幸福なる世界に入る事が出来ないのだ、この点に於て僕は放蕩者に同情する、彼等は真の快楽を知らないのだ、だからこれが人生の無二の快楽と心得ている、だから煩悶はない。」

「煩悶する程の価値がないのだね」と僕は口を入れた。

「そうだ煩悶するには人間を知らな過ぎる、僕だって君がいず、聖書を読まなければそう思ったかも知れない。自分は聖書を読むが信仰はないのだ、ただ快楽は善事をなす事、真の愛を知る事に依って得られると云う事を信じている。して少さい時から誘惑された自分を不幸な者と思う、「若き時慎むは色にあり」とは巧く云ったと思うよ。自分の今の苦痛、不愉快なのは皆、色を慎まなかったからだ。僕はこの点で第一に僕をして耻ずべき事を耻じないようにさした人が、実に癪にさわる。

して自分も、多くの人に恨まれる位置に居るのだ。その多くの人は又恐らくは人に恨まれる人になったろう。そうすれば自分の恨む人も亦、人に誘惑されたのだろう、そう思うと彼奴も憎くなくなる、彼奴も不幸な人間だ。

人を誘惑する、人を不幸に陥し入れる、その害は何処までゆくだろう。それにしても芸者、殊に雛妓は可哀想だ。」

彼は黙した、感慨に耐えないように、

「ね君、僕は懺悔する。一週間前僕は雛妓を強姦したのだ、金の力で。」

僕は全身の血が頭にゆくのを覚えた。

「君怒ってくれるか、もっと憤って呉れ。僕は大罪人なのだ、彼女は泣いていた、僕も後で泣いた、二人は抱き合って泣いた。僕はこの時夫婦にならなければならないと思った。」

「無論！」と僕は叫んだ。

「君はその女を憐んでくれるか、有難い。しかし世間はその女を憐れまないのだぜ、僕は如何してもその女と、夫婦にならなければならないと思うのだ、しかし家の人は妾にしろと云うのだ。」

「馬鹿な」と僕は怒鳴った。その烈しさに彼は暫く黙した。

「君、しかし夫婦にならなくってもその実があればいいだろう」と彼は相談した。燃えている僕は冷《ひやや》かに云った。

「君はほんとに堕落しているね、心から堕落しているね。しかし君はその女を愛しているのかい」

「愛している」

「その女を愛しているのではなく、自分を愛しているのではないかい。」

彼は僕の顔を恨めしそうに見たが、直ぐうつ向いて、「自分を愛しているのかも知れない。僕はその女に依て自分を救って貰おうと思っているのだ。しかしその女の為にも満更ならない事はないと思うのだ。」

「君、君はその女によって自分を救おうと思うのかい、ほんとに。」

「ああ、僕は弱いもの」

「よし、ほんとにそうなのだね、しかしその女を妾にするのはよし玉え。」

「なぜ」と彼はかすかに云った。

「その女を妾にする事に依て君は救われないよ。君が弱ければなおのこと、夫婦にならなければならない。世に妾を置く事程、わけの解らない、女を軽蔑した、吾等の姉妹を耻かしめた、所為は断じてない。世の中の多くの惨事はこの内から起る。よしその女が賤しい、許してくれ、君にとって天女なる。その女の生れが所謂下等にしても、妾にしようなんて云う事は、どうして考えられる。聖書を読んでもいようと云う君が。実があればいいと云うが、それは云訳にすぎない。そんな云訳をするような奴に、実があるわけはない、あるものか。」

「酷い事を云うね、僕だってその女を、妾にしたくはない。しかし君、察して呉れないか、僕は弱いのだ。家の都合とか、何とか」

「僕は君の堕落した事は察するよ、充分に察する。僕だってこんな豪そうな顔をしているが、心の内で何度君を穢したか知れない。神の目から見れば僕の方が罪は重いかも知れない、きっと重いだろう。しかし、君とその女とどっちが罪が重い？　僕の見た所では、君の方が遥かに罪が重いよ。一たい君はその女を同じ人間と見ていないのだろう。もし君が良家の娘を愛したとしたら。その人に妾になって呉れと云う事が出来るかい。余り虫がよすぎるよ、自分が穢しておきながら。自分の罪を謝罪しない許りか。君！　その女の前に跪き玉え、之からでも行って跪き玉え、そうしてその女の云う通りになり玉え。人間だよ。」

彼は無言で聞いている。

「虫がよすぎると思わないかい。」と自分は酷く云ったが急に言葉を改めた。

「君、君ね、つらいだろう、自家の人は許すまい、自家の人は憤るだろう。しかし君が真人間になろうと思うならば君の罪を消さなければならないよ。君、僕は何にも云わないが、ただその女を妾にするのでは救われないよ。それから君はその女より自分が一段高貴なものと思っているのだろう。可哀想に。」と自分は声を切った。

まだ彼は沈黙している、自分は嘆息した。暫くして、

「君は親の云う事も聞かず、ここまで堕落したのだろう。いい事をする今になって、なぜそん

なに親に怒られるのが恐しいのだい。僕には君の考が解らないよ。」

彼はなおうつ向いている。自分は彼の肩に手をかけた、

「君、君が真人間になるか、ならないかは今きまるのだよ。君は多くの男の人を堕落さしたろう、しかしそれは男の人も満更わるくない事はない。今度は君は金と云う力を借りたのだよ。今迄君の行った罪の内で今度のが一番罪が重いと思うよ。僕は君を責める事は出来ない。満天下のうちに君を責める事の出来る人間は先ずあるまい、君の心より外に。しかしその女に同情を寄せる事は僕には出来ると思う。そうしてその女に行った罪の罰を進んで受けとる事によって君は救われると思うよ。君を救う事の出来るのは僕ではない、その女だよ。」

彼のすすり泣く声が聞えた。

「もうやめようね、久々に会ってこんな事。しかし嬉しかった。嬉しかった。僕だって君の事を忘れた事はなかった。君は如何しているだろう、と池のわきをさまよっても、小学校のそばを通っても、上野の桜を見ても。そうして人が君の悪口を云うと無上に腹が立つ。君は僕には兄弟としか思われない。これから時々来てくれ玉え。晩なら大概いる、君は用がないのだろう。おやもう十一時だから失敬するよ。」

僕はこう云った、しかし立つ勇気はない。

「失敬」

「もっといいだろう」と云って呉れるだろうと思った僕は変な気がした。彼は顔を挙げた。目は泣きはれている。

「是非行く。今度は吉報を持て君の処へゆく。君の方からはそれまで来るのはよしてくれ玉え。」

自分は彼の手を握って

「どうか」とのみ云った。彼の手に力があった。

勝手口から出た。彼は門まで僕を送った。

「さよなら」と力を入れて云ったら、

「さよなら」と彼も云った。

十三夜許りの月は空にかかっている、あたりは森としている、何となく神々しい、都大路とは思われない。自分の下駄の音のみ寂寞を破る、その音もこの世の音ではない。嬉しいのか、なんだか解らないが自分は興奮している。一町許来て振り向いたら、月の光を浴びて彼はなお自分の方を見送っていた。

「さよなら」と自分は大きな声を出して、右へ折れた。

「さよなら」と彼の声が反響のように遠くに聞えた。

自分は物思いに耽りながら我が家へと向った。

彼は復活する、僕はそう思った。彼は自分と云うものを自覚した、僕はそう信ずる。彼は経験によって人間の本性を知った、僕はそう確信した。

彼は十年の間、迷いに迷った、しかし真面目と云う事を失わなかった。それで助かったのだ。しかしまだそうきめるのは早い、今後の彼の行いを見るより外はない。自分は出来るだけ彼を助けなければならない。

「ほんとに彼は僕の事を忘れていなかったのだ。」自分は不意にこう考えて五六歩躍って歩いた、嬉しくって。しかし「その女」。自分はあんなに豪い事を云ったが、もし自分が彼だったら、結婚は出来るだろうか。自分は世の中の誤解はなんでもない、恐れてはいけないと思いながらも、新聞の三面記事に冷笑され、人々の笑い種となる事はいやだ。彼は一歩進むのであるが、否この行いで彼は助かるのであるが、親や親戚は恐らくは許すまい、怒るだろう。家名を穢す行いと云って、あらゆる手段を尽して攻撃するだろう、それもまだいい。その女が結婚するのは厭だと云ったら、その女が彼が信じている程、彼を愛していなかったら。彼は吉報を持てくると云った。勝算があるのか。

しかしそれもいいとする。その女が下等な人間だったら。自分はこう考えてぞっとした。可哀そうにもしその女が下等だったら、彼は救われずに反って不幸になるだろう。無論下等な女を恋すると云うのは既に彼の下等な事を意味している。まして罪まで犯した所を見れば、その女が如何に下等であろうとも、結婚はしなければならない。真に彼が真面目ならば、真に彼が復活するならば、よし如何なる苦しみを受けようとも、その女に対する罪を償おうと努力したと云う事を以て、大なる慰藉を得るだろう。

その女にして下等ならば素より喜んで彼と結婚するだろう、可哀想に。しかし彼が僕と話するが如く、真面目に女とつきあっているならば、いい女も彼を愛するだろう。泣いた、相共に抱いて泣いた、彼は救われるに違いない。彼は今の世の中の人に向って、「人類は平等なり」と覚醒の暁鐘を第一に撞くものだ、愉快。しかし現代の犠牲になるものかも知れない。

自分は興奮している。しかも事が自分の意思にかかわっている事ではない。彼と、知らぬ女の意思にあるのだ、明白に考え得る道理がない。家に帰っても興奮している。中々眠れなかった。

三

翌日も彼の事を考えた。考えれば考える程、解らなくなった。ただ彼の人格。彼の人格を信用する時僕は安心する、彼の人格を疑う時自分は不安になる。しかし自分は彼の人格を信じている。彼の堕落に就て人一倍苦しんだ自分には彼の堕落は本心より来たのではなく、境遇から来たとしか思われない。してその境遇は彼の云う通り、顔の美しかった事にあるのだ。自白する自分の彼を愛したのも八分は彼の顔にあったのだ。それに彼は愛想のいい、温和しい人であった。気質もよく学問も出来た。まだ十一才の時、既に巧言と暴力によって、彼は遂に女々しい、人に媚る者にされたが、彼の心の奥底には依然として美しい、人をして尊敬せざるを得ざらしめるあるものがあった。それは誠であった。彼を如何に罵る者も、此点を認めない者はなかった。彼が僕の所置に怒っていた時も、彼の目は絶えず僕を愛している事を囁いた。して彼はよく餓鬼大将に云った「僕は貴君が嫌いなのです、貴君程人の悪い人はありません」と、この事を平気で大勢の前で云う。人は「又巫山戯ている」と云ったが、自分にはそうは思えなかった。実際彼は餓鬼大将を嫌い、憎んでいたに違いない。しかし彼の云う通り、その人の前に行くと獣慾の躍るのを覚え、跪きたくなるのであろう。昨日彼の云った事は、自分は全然彼の心より出たことを信ずる。

その翌日の朝彼より一通の手紙が来た。

「昨夜君の後を見送りながら自分は泣いた。嬉し泣きと思って呉れ玉え。実際君は僕を捨てて呉れなかった、そうして僕が辻に立って向上しようか、堕落しようかと考えている時に、向上せよと押してくれた。僕は直ちに向上した。

その夜僕は眠れなかった。思えば恐ろしい、自分は清き処女を姦して心に責められるのを反って変に思っていた。自分のあるものは結婚せよと云った。しかし君に逢うまではそれを肉の叫びと聞いていた。だから自家の人の妾にしろと云ったのを嬉しく聞いていた。

しかし何んだか済まぬような気がした。しかしそれは彼女に対して済ぬと思ったのではなく、世間と自家の人に対して済ぬと思っていたのだ。

君の姿が見えなくなってから、僕はなお暫く月の光に浴していた。

その時、君が以前書いて送ってくれた、トルストイの復活の梗概を思い出した。僕はすぐ室に帰って、机の抽出からその手紙を出して読んだ。マスロワ即ち彼女、ネフリュドフ即ち僕と、心に叫んだ。マスロワと彼女とは比していいと信ずるが、ネフリュドフ！　自分は自分をネフリュドフに平気で比する事が出来るか。自分はネフリュドフのようになりたいと思う、なれない事はないと思う。しかし自分はネ氏よりも心から堕落している、ネ氏の人格は自分より高い。しかし自分は少なくもネ氏のマスロワに対する処置を真似しようと思った。そうしなければならないと思った。すると常になく嬉しく思った。して結婚しろと云うのは肉の叫びでなく、済まぬと思ったのは世間や自家の人に対してではないと自覚した。

実に昨夜、床の中で演じた狂態を君に見せたかった、泣くかと思うと笑う、笑うかと思うと泣く。しかし泣く時も笑う時も何となく嬉しい、愉快だ。恁ういった愉快な事は生れてから始めてだ。自分は遂に起きた、戸を開けて、椽に腰を掛けた、月は真正面に僕の顔を照らす、月は余程傾いていた。東京の真中とどうして思えよう、自分はこの世ではない所に居るように感じた。隣りの家根も見える、庭の有様も変っていない。

月夜だからかと考えたが、自分は月夜に馴染のない人間ではない。自分の心の仕業だ。そう思うと嬉しい、戸にもたれて又泣いた。

一晩泣き明したと思って呉れ玉え。

翌日となった、あたりは白んで来た、五時頃自分は寝床に入った。目が覚めた時は十時。母が心配そうに枕元に坐っていた。

君よ、僕の如き、不孝者を母は憎まずに愛しているのだ。自分は今迄になく母の愛に感じた。今迄家庭は自分には冷たかった。しかし今日は全く変っている。之も心の仕業だろう。

僕は久々で父と笑い、母と笑い、兄と笑い、義姉と笑った。

しかしこの時彼女のことが頭に浮んだ。彼女の事を思うと耐えられない。自分は自家の人に打明けて、結婚を如何してもすると云おうと思った。しかし君。僕は驚いた。

僕は、未だ彼女は金でどうでもなると思っていたのだ。

これに気がついた時、君が昨日、「その女の云う通りになり玉え」と云ったのが心にしみた。

彼女が自分を愛しているか、いないか。それすら解っていないのだ。君、自分は、自分の堕落していることを知ってるのだよ。しかし彼女、その前に自分が最も罪人たるべき、彼女の心すら自分の云う通りになると思っていたのだ。実際、なんと云う自分だろう。これでネフリュドフになると云うのだから驚かざるを得ない。自分は自家の人の心を聞く必要はない、彼女の心さえ聞けばいいのだ。こう気がついたので今夕、彼女の家を訪問した。家には母許りいた。

彼女の母は自分を罪人として取扱わなかった。自分をいいお客として取扱った。彼女の母は老妓である。自分はなるべく言葉を低くして彼女が何時頃帰るかを問うた。「直ぐ帰って参りましょう、上ってお待ち遊ばせ」と云ったが、自分は一寸と用があるからもう少ししたら又来る、と云って出た。出て近所を心当もなくうろうろしていたら、彼女に逢った。自分は立ち止った。石のようになった、自分は真赤になった、彼女も真赤になった。

彼女は嬉しくも僕をさげすんでくれた。僕が丁寧にお辞儀をしたら、彼女も微笑んで丁寧にお辞儀をした。彼女は自己の境遇をこの時思い出したのだ。それと同時に本心をくらましたのだ。して僕をさげすまず、客として取扱うようになった。自分は彼女と彼女の家に行った。

中々つらかった。僕は弱い、しかし遂に云った。

「貴女は僕を愛してくださいますか。」僕の云い方が丁寧なので、彼女はふざけていると思ったらしかった。それに余り僕が真面目なので笑って、

「聞くだけ野暮ですわ」と云った。

僕は悲しくなった、僕をまだ客としている。自分は誠をつくし、言葉を尽して、ほんとに愛

しているなら結婚したいと云った。彼女は初め本統にしなかった。しかし遂に通じた。「妾のような者をそんなにまで」と彼女は云って泣いた、自分も泣いた。とうとう口で約束した。ほんとに彼女は僕を愛していてくれたのだ。しかし僕の自家の人が承知しまいと心配していた。

僕は彼女の母が心配だ、彼女の母は彼女を愛している、しかし金をなお愛している。思ったより早く好結果を得ると思う。しかし活劇はこれからだ。それが済めば訪問する。まあ喜んで呉れ玉え。」

四

僕は直ぐ返事を出した。

「そうかい、よかったね、僕は成功を信じて、温和しく待っている。」

とハガキに

温和しく？　温和しくと云うのは気永に待っていると云う意味に過ぎない。心の内は決して温和しくない、やきもきしている。今晩こそ今晩こそと待っているが音沙汰がない。人を待つのはいやなものだ、何にも手につかない。時間のたつのが遅い。

一週間と云うものは晩は家に閉じ籠っていた。彼から手紙もハガキも来ない。気が気でない、しくじったか知らん。どうしたのだろう。僕はもう温和しくしていられない。手紙に簡単に。

「どうしたい。待ち遠しい。毎晩何にも手につかない。成功を祈る許り、寿命が縮まりそうだ。経過を教えて呉れ。来る時は前もって知らせてくれ。もう温和しくしてはいられない。」と書いて出した。すると直ぐ返事が来た。

「思ったより反抗が強いので閉口した、明日こそ明日こそと今迄で失敬した許して呉れ玉え。もう近日どっちかにきまる。自分の決心は反抗と共にかたまるから安心して呉れ玉え、本当に失敬した。」

二日たって又ハガキが来た。

「世の中の人は、この自分より堕落しているとこの頃つくづく呆れた。もう少し。」

余程苦しんでいるな、可哀想にと思って、自分も手紙を出した。

「思ったより君の豪いのに感心した。よくお察しする。しかし苦むのは誰れの為めと思うと、苦め！　と云いたくなる。

しかし折れないようにお頼み申し上げます。」

其翌々日の昼
「今晩ゆく、落着、折れなかったよ。安心して呉れ玉え。有難う。」

自分は机に向っている時にこのハガキを受けとった。折れなかった、折れなかった、折れなかったのだと、自分は思わず立ち上って、庭に出た、彼の好きな池のわきに腰かけた。なぜか知らない、腰をかけると又ハガキを出した。

落着、折れなかった。

折れなかった、折れなかったぞ、自分は気が違ったように又ぬっくと立ち上ってそこいらを徘徊した。

折れなかった！

五

その夕、彼が来た。待ちくたびれた僕は女中の知らすと共に立ち上って大急ぎに、勝手口に行った。

彼を見るとすぐ、「よかったね」と、ただ云った。彼は「お蔭で」とただ云った。二人は見交わした。自分は彼を主義の為に戦って凱歌を挙げた勇士の如く歓迎した。二人は暫し無言で茫然と立っている。茫然か、心の内ちは非常に興奮している。彼の目は湿った。自分の目も湿った。

何時の間にか二人は、自分の室に入っている。

「よかったね」と僕は再び心の底から云った。

「有難う」と彼は云った、云ったら思い出したように「時々手紙有難う」とつけ加えた。

「僕こそ」

「いや、大変助かったよ、勢をつけてくれて。四面楚歌の声なのだもの。」

「そうだろう。随分永かったね、苦しかったろう。」

「苦いより呆れた、呆れたより腹が立った」と彼は云った。

「なぜ」自分はそう云わないではいられなかった。

「一言で云うと、今度僕と彼女の結婚の許されたのは心中を恐れてと、云えるのだよ。」

「え？」自分は驚いた。

「驚いたろう。僕も驚いた。僕の心をちゃんと理解して呉れた人は一人もいないのだよ。」

「そうかなあ」自分は呆れた。

「第一そんな事を云うと、豪そうだが、皆は僕の心を理解する資格がないのだ」と彼は笑った。

「放蕩者のかい」僕もついがやして笑った、彼も心から笑った。

「理解の出来ないのも無理はないだろう。僕は何にも別に云わないで、「どうしても、その女と結婚しなければなりません」と強情をはって、遂には泣くのだろう。「なりません」と云ったがそれは解らない。僕がその女に夢中になっているのだ。死ぬ程僕がその女を恋していると思っているのだ。そう思わなければ許さなかったかも知れなかった。だから余り威張れないのさ。」

「アハハハハしかしよかった、その誤解は反って君のこれからの為にいいかも知れない。」

「今迄の自分が悪かったのだから、そう思われても仕方がない。しかし理性とか、真の愛とかに就いては少しも考えて居ないのにはあきれた。実際不具だ。」

「そうだろうね。忠君愛国と云う事より外に、世の中に美しいものはないと心得ている人々だからね。仕方がないさ。そんな人に誤解されない人は仕方がない奴だ。僕達は幸に誤解される、お互に喜んでいいわけだ」と僕は云った。

「しかし余り、心中すると思われても有難くないよ、父は憤る、母は泣く。大さわぎさ。親族会議が始まると云うさわぎ。これが誰かが媒介してお互に顔も知らず、性質も知らず目的も知らずに結婚すれば皆喜んでくれるが。僕のようだと、皆に冷笑される、誤解される、大いに面目を失ってしまった。今迄は之れでも、そうでも無かったらしいから可笑しい。今にひどい目に逢って懲りるだろうが、結婚させないで死にでもすると大変だから、まあ許す方がいいだろうと云うのが会議の決議らしいのだ。それに彼女の母はそれをいい気にして、色々と無理な注文をする。いくら無理な注文しても僕が聞くと思っている。それは聞く、実際悪い事をしたのだから聞くさ。しかし聞くと云う理由がお目出度のだ。それもいいとして彼女まで僕が死ぬまで恋しているから、結婚したいと云い出したのだと思っている。そうして恋は肉のものと考えているのだからね。そりゃ実際そう思われても仕方がない、そう思うのも無理はない。実際自分が死ぬ程までも情慾に燃えていないで強姦するのはなお罪が重いだろう。しかし桜痴や伊藤なぞの話を聞いた自分は、それ程に悪いと思っていなかったのだ。いい事とは勿論思って居なかった、しかし金で買えるものと考えていた。しかし彼女は泣く、自分はたまらない。僕は近頃の小説に中毒していたのかも知れない。

しかし自分にはまだ寿命があった。自分はまだ心の底の方にほんとの愛の種を持っていた。これあればこそ、君も僕を捨てず、彼女も知らず知らず僕を愛するようになったのだろう。そうして聖書を幾分か解することが出来、救われる脈があったのだ。そうして君の云うように人に誤解される価値のある人間になれたのだ。僕はこの頃、切に霊性の強いことを感じた。肉は強い。肉は強い、どうしてこんなに強いのか知らんと思ったが、霊の方が更に強い。人は肉慾に従っている間は、ほんとに深い楽が味わえない。これが罰であろう。この罰がなければ人は身体を壊し、他人を害し、病気になるまで目が覚めまい。そう思って見れば僕等を誤解する人、即ち肉の事のみ知っている人は可哀想だね。」彼は痛切に感じたように云った。

「しかし恐るべき人間じゃあないか、」

「そうだ、恐るべき人間に違いない。」

「君！」と僕は急に話頭を換えた「これからどうしようと云うのだい。」

「田舎に住む心算なのだ。」

「何しに。」

「畑をつくったり。花を作ったりするのさ。」

「道楽に百姓の真似をしようと云うのかい。」

「それから、勉強を仕直そうと思うのだ。」

「大いに賛成だ、全く賛成だ。実際君は、ほんとの君に帰った。」

僕は我れ知らず叫んで、彼の肩を抑えた。彼は嬉そうに、

「僕の本性に帰ったと云って呉れるのは何より嬉しい。実際自分でもその心算なのだ。」

「何時田舎に行くのだい。」

「来月中に行きたいと思っている。」

「何処。」

「○○に僕の乳母がいるから。」

「結婚は。」

「家がきまってから。」

「家見に何時行くのだい。」

「明日。」

「明日？　早いね。」

「早い方がいいと思うから。」

「そりゃいいよ、遊びに行くよ。」

「是非来たまえ。」

「勉強して何する心算だい。」

「まだ解らないが、何れ小学校でも建てたいと思っている。」

「それが一生の仕事かい。」

「無論やり出せば、一生の仕事の心算さ。」

「どうして、そんなに豪くなったのだい。」自分は嬉しくってたまらない。

「可哀想に、以前から田舎に住んで、小学校の先生にでもなりたいと考えていたのだよ。行いこそ、ひどかったろうが、何千度も後悔する度に、真面目に誘惑のない処に行きたいと思っていたのだよ。」

それから、二人は昔の話、未来の話をした。嬉しいのと興奮しているので話は、あれからこれ、これからあれ、と順序もなければ、何を云っているか解らない。ただ嬉しい、笑う、極楽のような気がした。十一時頃彼は帰った。

六

翌々日、彼からハガキが来た。

「昨夜は実に気持がよかった。今日此処へ来た。今乳母の家に居る。乳母と親しく話した、ほんとに親しく話せた、何となく嬉しい。誰を見ても親しい感じがする。今の処では乳母の親類の家を買う事にしようと思っている。乳母は大喜び、まだ三四日此所に居る、気が向いたらハガキを呉れ玉え。ねむいねむい。」

僕はただ、

「先日は甚だ愉快、君の境遇浦山しい、一日も早くもっと浦山しくして呉れ、帰ったら又来て呉れ玉え。」

彼は帰ってから直ぐ僕の処に来た、愉快に話した、彼は若がえって来た。

間もなく田舎に引き移った、僕も行った、田舎らしい田舎だ。彼の家も田舎家らしい、彼はまだ田舎者らしくなかった。南向きの窓に大きな頑固な机が置かれていた、その上に色々の本があった、ナショナルの一が開かれていた、彼はそれを見て嬉しそうに笑って豪いだろうと云った。其後十日許たって彼女も母と共に彼と一処に住む事になった。其後三度行った。三度目の時、彼はナショナルの三を読みかけていた、彼女は田舎者になり澄して、母と一処に畑の世話をしていた。畑に出来た胡瓜は食卓の上を飾った。

彼女は快活な女だ、美しいと云うより可愛らしい。彼を真に愛して、彼のいいと思う事を、いいと信じている。学問はないが賤しくはない。

彼女の母も今は堅気になって、ただ二人の幸福を喜んでいるらしい。流石に彼女の真の母である。

僕は此家の唯一のお客なのだ、決して他人としては取扱われない。自分は彼の家に客となっている程、気持のいい事を知らない。

先日彼から手紙が来た。

「お礼の手紙恐れ入る、又是非来てくれ玉え、一年泊っても決して永いとは思わない、僕ばかりが思わないのではない。僕の家では君程、いい人はないのだから驚くだろう。妻も母も口を極めて君の事を讃めて居る、しかしお世辞だと思って呉れ玉え。

ナショナルの三は中々やさしくない、今……を読でいる、力のないのにはあきれざるを得ない。茄子も余程大きくなった、かわいい紫の花が処々に咲いている、胡瓜なぞはぶらぶら下がっている、黄な花が処々に顔を見せている、可愛らしい。

皆丈夫だ、

君の帰った翌日母が来た。皆で出来るだけお世辞を使った。しかし心からのだから、偽善ではないよ。母も一晩泊って大喜び、今度はもっと泊る心算で来ると云った。今日父から手紙が来て、母が大層喜んで讃めていた、おれも行きたくなった、此度の日曜に行くと書いて来た。兄も姉もそのうちに来ると云って来た。

虫がよすぎると、一寸思わないでもなかったが嬉しい、実に嬉しい、耻かしい話だが、先日十年ぶりで、ほんとの母に逢った気がした。これも皆……もう云うまい、得意になると気の毒だから。

三人からよろしくって。」

Rちゃんと Sの話

稲垣足穂

背燭共憐深夜月
踏花同惜少年春
——白氏

一

藍《あい》いろの空には、小鳥の胸毛のような白い雲がフワフワと流れていた。北の方に、秀麗な曲線をえがいて、山が西から東へ長くつらなっている。そこからゆるやかなスロープが海の方へのびて、その左手にどこか外国の風景画を想わせるようなK市の調和した景色が見える。ジャイアントのように中空に突立った造船台をとおして、赤い腹をした汽船がならび、黒い煙の糸を空から引いて林立している煙突や、白い水蒸気につつまれた起重機の腕のあたりからは、たえずに、猛虎のようなサイレンのうなりや、石油発動機のけたたましい爆音や、威勢のいい鉄槌の響などが、オーケストラのようにまじり合ってかすかにひびいてくる。四年生のSは、この清らかな自然と、目醒ましい近代文明とに包まれた自分たちの学校生活の事を考えて、今さらに幸福な感に充たされていた。

暖かな小春の日が一ぱいさしたこの神学部のまえの芝生には、Sの馴染な下級生たちが集って、やかましくしゃべり合っていた。

「……すると先生が名をさしたの。Kはあわててリーダーのなかへかくしたが、立ち上るのと一しょに下へ落ちたので、ひろおうとしているうちに取られてしまったんだよ」

そのなかで主権を握っているらしいAという細長い少年が、こう話している。

「Kって誰、ここにいるんかい？」

Sもつい話に引きこまれて、みんなの顔を見まわしながらたずねた。

「この人だよ！」

こう一同から指さされて、大切な少女歌劇の写真を先生に取られたという生徒が、きまりわるそうに帽子に手をやって笑った。

「先生は返してくれないの？」

「あの先生が返したりするものか！　家へ持って帰って飾ってるかも知れないよ」

「僕も買ったばかしのシースと万年ペンを取られてそのままだ。僕はあの先生とドリルマスターが一ばんきらいだ」

Sの一言で、あちらからもこちらからも先生の攻撃が始まり出した。

「Iさんってそんなに信用がないのか知ら、でもよくお話を聞かしてくれるだろう」

「ああ英語の時間だかお話の時間だかわかりやしない。今日も戦争の話でまる半時間つぶしちゃったよ。ねえ君」

「どんな話?」

「あのね、フランスのジャダンっていう少年の話……」

「ああ、あの飛行隊のやつだろう。——敵の上で操縦していた中尉が撃たれたので、自分ひとりでハンドルを取って味方の飛行場まで帰ってくる」

「うん、そうだ、よく知ってるね」

「それくらいの事は、ずっと前から知ってるよ……」

こう得意になって云いかけた時、ふと横にそらしたSの瞳に、その一ばん左のはしに腰をおろしていた少年が、ポケットからハンカチを出して、靴の塵をはらっているのが映じた。

それがハッとSの注意を惹《ひ》いた。というのは、そのハンカチには、美しい桃色のレースで花模様の縁がとってあるではないか! こんな芝の上で、犬の子のようにふざけているやんちゃな連中のポケットには、鉛筆の折れさしや、クシャクシャになったフライビンスの包み紙が入っているのが規則なのに、そのなかからきれいなハンカチ——しかも桃色のレースのついたハンカチが出たという事は、奇蹟と言ってもさしつかえがない。

何て気がきいてるのだろう、とSは思って、その少年の横顔を見つめた。すると、それが、さっき友だちと遊びながらも、ときどき女の人のように帽子をかむりなおしたり、襟元のホックへ手をやったりしていた少年であることがわかった。それで、Sはちょっと笑い顔をしながら、こう云いかけた。

「君のハンカチはなかなかハイカラですね」

すると、これを聞いていたNというコメデアンで通っている少年が、突然、大きな声を立てた。

「T君、いいハンカチだな」

ハンカチの持主は当惑したようにちょっとSの方を見て、Nの胸をおしたが、Nはいよいよ図に乗って云い出した。

「やあT君、いいハンカチだなあ。いいなあ、いいなあ、ハイカラなハンカチ！　桃色のハンカチ！　香水のついたハンカチ！　そりゃね、T君はシャンだから——プリチィシャンだから。やあナイスボーイ！　美少年！　いよう美少年……」

Sは自分の一言で、どうも気の毒な事になったと思ったが、今さらNに止せというのもおかしいし、それにNにからかわれて困っているTの様子が又すてきによかったので、只だまって笑いながら見ていた。

「いよう、あの顔、可愛らしいね、いようシャン……」

こう言われる度に、Tはハラハラしたようにその方を見る。その顔はもう真赤になっている。おしまいに、とうとう居《い》たたまらなくなって、立ち上ってNを追っかけ出したので、二人はもつれたり離れたりしながら、広い芝生をこえて、外国人の先生の家がならんでいる方まで駆けて行った。

二

おひる休みの神学部のまえで、下級生たちの仲間入りをしたことは、やがてSの頭から忘れかけられて行ったが、Sはそのとき見たひとりの少年の顔を、或る哀愁的な気分と一しょに心の奥にのこしていた。

「どこかで見たような顔だ」

Sは、学校の行きかえりや、廊下などで、顔を見合す度に、その少年の頰にうかぶうれしいような悲しいような片えくぼを見て、なぜかそう思わずにおられなかった。実際、偶然なことでSの眼にとまり出したその下級生の眼や口元には、そんなにふしぎななつかしさがかんぜられて、云わばいく日かのふかい眠りのなかで、どこかとおい国で見てきたものを、その後忘れてしまってしきりに思い出そうとしているとき、ふと見せつけられたような気がするのであった。

それからSは、教室の机で講義を聞いているときでも、窓からとおい山の方を見ているときでも、どこか菫《すみれ》のような気がする少年Tの動作と姿とをうかべて、ぼんやりと考えていた。

「オイ、Tって誰だい？」

Sの教科書の余白やノートの隅々に、知らぬうちにかさねられた字を見て友だちがたずねた。

「いや、これか、これは何でもない」

と、Sはあわてて答えると、やっぱり心のなかでは「T」「T」とくり返していた。

三

わがたましいの慕いまつる
エスきみのうるわしさよ

峰のさくらか谷の百合か
何になぞらえてうたわん

礼拝の讃美歌の声が、ほがらかに晴れ渡った朝空のかなたへ、はろばろと音波をひろげて行く。そんな時、Sは、半ばうっとりしたようになって、自分のすぐ手のとどくような距離しかないところにいる少年のすべてを、そのうつくしい歌のなかにとけこましていた。

毎朝の礼拝は、さわやかな光と空気に満たされた戸外でなされることになっていた。それに、整列の都合で、SのクラスはTのクラスのちょうどうしろに当っていたから、Sに取って朝目がさめたときから期待されたのはこの時間であった。Sは、バイブルがよまれたりお祈りがあげられたりするその二十分ばかしの間に、Tの帽子からズボンから靴先を観察することに並ならぬ楽しみをもっていた。

或るとき、Tはこのよくやる癖で、たまらなくSの気に入っているあの小首をかしげて、友だちと話をしたり、又、何かさがしものでもあるように、ポケットから手帳やペンを出したり入れたりしていた。或るときは、うつむいて靴の先でコツコツ土をけったり、きゅうに顔をあげて、考え深そうに、とおい山の背のあたりをながめていた。帽子は、日光があたると心持青く見えるハイカラな慶応型で、それには革緒も徽章《きしょう》も正しくついていたし、制服なんかもきちんときて、カラーはいつも真白で、ホックも、その下にならんだ五つの金ボタンもよくととのっていた。靴もよごれているような日はごくまれで、そのよく磨かれてある編上《あみあげ》や、ポケットの上からのぞいている消しゴムのついた緑色のエンピツや、白い腕につけた時計など、みんなやるせないほどのふかい意味をSにつたえた。そして、Sは、自分の近くにこんなものがあったのに、どうして今まで気がつかなかったのだろうと思った。

秋の朝々、この少年の顔を見つめていると、Sの胸にはまた音楽のようにいろんな幻想がうかんで来た。或るとき、それは、グローブに受け取った白いボールの色に、わけもなく充つる涙であった。花びらのように痛みやすい心であった。又、秋の日の如くにものさびしく、春の日の如くに暖かな情緒の節奏であった。或る朝は、フワフワと摩耶《まや》をこえて行く白雲を見つめて果てしもなくつづく空想であった。革命の心を抱いて学校のうしろの櫟《くぬぎ》林を散歩するときの胸の高鳴りであった。そして又、ハイネ詩集の真紅な表紙であり、青谷公園にちりしいた落花であった。……

四

Tという名は、その友だちがよんでいるのを聞いてわかったのであるが、Sは、まだ知らない少年のセカンドネームは、どういうのであろうと気をもんでいた。

それは勿論その同級生なり——いやそれより直接の人にたずねるのが、一ばんいい事にはちがいなかったが、今のSには、もうそれがどうしてもできなかった。ところが、或る日、Sは、ふと、教員室のドアーをはいったところに、生徒の名札をかけたボールドがあったことに思い当った。

で、Sは教員室に何か用事ができないかと待っていたが、三時間目の授業が終ったとき、辛抱しきれなくなって、教員室のまえの廊下を行ったり来たりしていた。そして、時間がたってベルが鳴りそうになったとき、やっとドアーを出て行った受持先生の姿を見て、そのあとにとび込んだ。そして、ボールドのまえをとおる時、非常なすばしっこさで、一年生のカードのある場所をさがしておいた。受持先生の机のそばにきて「やッこれゃお留守だった」とつぶやいたSは、引き返して再びボールドのまえに来ると、ポケットから靴ベラを床の上に落とした。それをひろいながら一生懸命で、今見つけておいた範囲のなかから、Tという字のついた札をさがそうとした。なかなか見当らない。それでSは靴の緒をむすびなおした。が、それでもわからない。あせっているSの耳へ、ガランガランとベルがひびいた。教員室のなかが靴音でやかましくなってきて、Sは急ぎ足にドアーをはいってくる受持先生の姿を見た。それと同時に、さっきからピンポンのテーブルのむこうにいた生徒監の先生も、あまり自分のぐずぐずしていることにへんに思ったらしくも感じた。それで、そのまま出て行かねばならなかった。

それから後も、Sは教員室へ行く度に、見つけておいたところをしらべる機会をうかがってはいたが、どういうものか、いつもピンポンのむこうに、八字ひげの生徒監の眼がキラキラして、自分ばかりを見張っているような気がするので、つい手出しができかねるのであった。

しかし、そのうちにいい機会がやってきた。というのは、二学期の終わりの日、礼拝日のあとで、その学期の間に精勤した生徒に賞状がわたされることになった。学課という学課をほちらかしているSに取って、そんな事は勿論白眼にぞくしていたので、友だちと勝手なことをしゃべっていたが、ふと言葉をきったはずみに

しまった！　とSは思った。

自分のまえの列をはなれて、部長先生のところへ駆けて行く少年のうしろ姿を見たからである。Tは精勤者として名をよばれた。Sはそれをきいてセカンドネームを知る筈であった。

賞状をもらったTがかえってくると、そのまわりの級友たちがガヤガヤととりかこんだので、そこの整列が乱れかけた。Sのクラスの連中までが、賞状を見ようとしてその方へ出て行った。Sは両手でその二三人を一まとめにグッと押して、Tを中心にした一年生のグループに衝突させた。

「あ痛た！」

「危いよ」

「誰だい」

こわれかけた列は前へはみ出して、そこに又渦がまいた。一枚の紙のためにそんな目に合った少年は迷惑したが、Sはその混乱を利用して、友だちの肩にとびついて、首をのばして、そのむこうで誰かがひろげている賞状に記されてある少年の名前「R」というのをよんでしまった。

五

「Rちゃん」「Rちゃん」「Rちゃん」

Sは冬休み中どこでもくり返していた。そのひとり言が誰かにきかれやしないかと心配なほどであった。——そう云えば、まだこの他に、Sがいくども口のなかで云ってみる言葉が二つあった。

「僕にもちょうだいね」

それから今一つは
「仲よくしましょう」って云うのである。

この二つには勿論少しわけがある。

半月ほどまえ、Sは運動会の写真をAやNの連中にやったことがあった。あまりAがつきまとってせがむので一枚やったのが元になって、それを見ていたみんなが「僕にも僕にも」と云い出した。

「こんなのはいやだ。そちらだ」

「取っかえてよ」

「俺が一ばあんいいなあ」

Sがこんな言葉にとりまかれていると、うしろの方から

「僕にもちょうだいね」

と、遠慮したような、しかしびっくりするほどきれいな声がした。

ふり返ると、そこにあった濡れたような瞳とぶっつかった。

すると、さっそくれいのNが、その甘えたようなアクセントを誇張して

「僕にもちょうだいね」と真似をした。

しかし、ベルがなってみんなが走り出したとき、Sはそのおとなしい人をよびとめて、一枚だけのこしておいた秋空に星条旗と日の丸とユニオンジャックが飜《ひるがえ》っている一ばんいいのを、そのポケットにすべりこましました。

その次の言葉もTが言ったのであるが、これはNの口から間接にきいたのである。

「僕たちのなかでかい。それゃTが一ばんえらいんだ。平均八十五だもの。Oが一ばんいけなくって僕がその次だ」

話をそれとなくTのことへ運んで行ったとき、Nは特徴のあるどんぐり眼で、Sの襟章を見ながら云った。

「毎日遊んでいるの」

「誰と？」

「Tなんかとさ」

「いいや」

「どうして？」

「あまり遊ばないんだ」

「なぜ？」

「なぜって、TとCとが一しょになってMをいじめかけたんだもの。MはTやCにどうもしやしないのに、Mが何を話しかけてもTはだまって返事をしないんだとさ。僕はMの味方になってやったの。——学校でも顔を見合すだけで話なんかしないんだ」

「今でもにらみ合いかい？」

「いや、二月ほど喧嘩をしていたんだ。するとTが俺んとこへやってきて『仲よくしましょう』って云うのさ。おかしいね、男のくせに……」

「それで仲なおりしたの」

「やっぱりあまり口をきかないよ」

Nの話すのを聞いているうちに、Sの胸には、Tに対する歯がゆいような感情がぞくぞくとわき上ってきた。そして、今すぐにも、あのテニスコートのすみでゴム毬《まり》をなげているTのところへとんでいって、両腕をつかまえておし倒して、その上に馬乗りになって
「毎日一しょにいる同級生に『仲よくしましょう』だなんて、一たい君はどんなつもりでいるんです。ええRちゃん！　一たいどんなつもりですってばさ！」

とゆすぶってみたい気がした。

六

体操の時間に運動場から、いつもそのあたりが花のように匂っているTの教室の窓をながめるのが楽しみであったと共に、Sは、二階にある自分の教室の窓ガラスから、Tのクラスの体操を見ることに、大へんな興味を抱いていた。

リーデングを聞いているとき、書取りをしているとき、ちょうどこの間こわれたまま磨《すり》ガラ

スのかわりに透明なガラスがはまっている机のそばの窓から、眼をそとにそらすと、一めんに日のてったグラウンドのまんなかを、たくさんな白いシャツがとおって行く。そのなかほどからいく人か後方にいるのがTで、それを認めるとSの胸はドキドキし出した。小柄なふっくりした肩さきから両手、ゲートルをしめた両足の運動を見まもりながら、Sは、その上着をとってしまったデリケートな背中から腰の曲線を、力一パイ抱きしめたくてたまらぬ衝動にかられた。

こんなふうで、Sは一週のうちでTのクラスの体操時間をすっかりおぼえていたし、その時間にあたった自分の級の授業が、ベルより早くすんだり、くり越しになって休みだったりすると、いち早くグラウンドにとび出して、樫《かし》の木の下や平行棒のかげから、息をのんで一年生の体操を見守った。

狂犬とニックネームされたくらい敏活なドリルマスターが、蝗《いなご》のように木馬とびの模範を示すと、二列にならんでいる左のはしから、一人一人革をはった馬をたてにとび越し出した。Sもおどろくほどうまい者があると、とびかけたまま馬に抱きついたり、その上にのっかってしまう者もたくさんあった。その度に、狂犬のかけ声や、みなの笑いや拍手がどっと起る。Sは、あのおとなしいRちゃんが、股をひろげて、こんな大きな木の馬を越えさせられるのかと思うと、なんだかいとしい気がした。が、又、一種の快感もおぼえられた。こうして、胸をどきつかせている少年におかまいもなく、順番はまわってきた。その白いシャツは駆けてきた。

「しっかりふみ切って!」

先生は気勢をつけたが、Rちゃんはそのまま馬にまたがってしまった。

「駄目駄目もう一度」

Rちゃんはもとの位置へもどされた。

「それッ思い切って!」

Rちゃんが駆けてきた時、先生はさらに鋭くエンカレージしたが、Rちゃんは又馬の上にのっかってしまった。

「駄目駄目もっとしっかりしなくちゃ」

先生はその顔をのぞきこみながら、困ったように笑った。Rちゃんも耳を赤くしてちょっと笑った。

「これだから好きだ。ああ僕はあの木馬になりたいな」

とSは心のなかで思った。

七

冬休みがすんで、二週間ほどたった或る放課後、自分が幹事をつとめている或る会の親睦会の相談にのこったSが、階段を下りようとすると
「カムアップヒア」とよぶ声がした。

引き返して駆け上ると、同級のIが手すりにもたれている。

「まあ待ち給え、ちょっとおいでよ」

と云うのでついて行くと、Iはガランとした廊下をとおって右へ折れると、そのとっつきにある教室のまえに止った。

「かかってるか知ら?」とドアーの握り玉をまわしたが、すぐにガラッとひらくと
「しめた!」

とびこんだIは、教科書の包みを放り出すなり、六列にならんでいる机の下にはってある名前を見ながら、とびとびに机の蓋《ふた》をあけ出した。Iは少年の机のなかをしらべているのである。

Sも勿論じっとしていなかった。ここがいつも運動場からながめる花のようなかおりのする窓のところであることは、今さらにドアーにはめてある(IA)というカードを見るまでもない。Sは口笛をふきながら、何気ないふうをして一つの机をさがし始めた。それは、うしろから二列目のなかほどにあった。今、自分がこうやるように、Rちゃんの靴は毎日この床の上にあり、その背はこの木にもたれて、あの腰がこの板の上にのせられるのだなあと思いながら、Sは、

やわらかな少年のうつり香がしみこんでいるようなその椅子に腰を下した。

紫エンピツを削ったあとがある蓋をあけると、白いリボンのついた紙ハサミと、チャンピオンインキの瓶と、少しよごれた学用紙がはいっていた。学用紙を裏返しにすると、朝日館でやっているエジポロのフィルムのタイトルが、あまり上手でない手付きでかいてある。やっぱりTもあそこへ行くんだなあ……と思った時

「うまい、これゃすきだ！」

Oがびっくりしたような声をあげてSの方へ一枚の清書を示した。

「うんうまい」

と見もしないSはいいかげんな相槌を打った。

八

次の朝、Tの花びらのような唇の事を考えながら歩いていたSが、うしろからきた電車にとび乗ると、満員になった車掌台のとっつきにそのTが立っていた。

が、その翌日、又同じようなことがくり返されたので、Sはもっとびっくりした。

その朝は半時間も寝すごしたので、もうどうも遅れると思ったSは、ゆっくりと電車にのっ

た。時間がすぎているので学校の生徒はひとりも見えない。それにもかかわらず、もしこの電車のなかへTがはいってきたらどうだろう、とSは考えていた。ところが、事実、K二丁目に止ったとき、ガラッとドアーをあけてはいってきて、Sのまえに腰をかけたのが、まぎれもなくきのうの朝と同じ人ではないか！

二人の目が合うと、Tも意外なように「あッ」と云って帽子を取った。「やあ」とSも答えて挨拶した。

Tは初め何か本をよんでいたが、すぐ教科書の包みの下へ重ねてしまったので、真正面に向い合った眼と眼とがぶっつかり出した。その度に両方からちょっと笑い合う。が、Sはだんだんやり切れなくなって、この次に車が止ったのをきっかけに、席を向う側へうつそうと思った。しかし、その停留所で、ピクニックに行くらしい会社員の一団がのりこんできたので、二人の間には都合のいい垣ができた。つり革にさがっているカーキ色の人たちの間から、小さな恰好のいい靴が見えて、ピンピンと床から少し離れたところでうごいていると、すぐにやんで、こんどは上の方に、女の子のような瞳が天井の広告絵を見つめていた。すると、それは又窓の方をむいて、そとを走って行く景色をながめて何か考えているようであった。その頬のやわらかな曲線や、耳や、頸《くび》すじの生えぎわに、Sはつくづくと見とれながら、ほんとうにどうかできないものかなあ……と思っていた。そして、そのまま電車はガタンガタンとポイントをこえて、終点にとまった。

そこから学校の正門まで、数町の間、SとTと二人だけしかいなかった。電車を下りてちょっと顔を合わせると、二人は歩き出した。

「きのうも君と一しょだった」

Sは口を切った。

「ああそう……」

少年は情をふくんだ眼でSを見た。

「君はA組?」

Sが云うと

「ええあなたもでしょう」とTが云った。

「この次は何?」

「授業ですか、英語です。あなたの方は」

Tがこう云いかけると

「僕とこは国語——」

Sが短かく答えた。

「君の主任はY先生?」

「ええ」

少年はかるくうなずいた。

Sの心のなかには、いろんな云いたいことがもつれていたが、それが少しも口に出なかったし、又云ってもつまらないという気もした。両側にひろい植込のある家がならんだしずかな通りに、二人の靴音が気持よくひびく。Sはとぎれとぎれに話しかけながら、Tはいつものように、よろこんでいるような、又何かの心配事をごまかしているような微笑をうかべて、すこし遅れ気味に歩いて行った。

学校の門をぬけて、高等部のまえをとおって、グラウンドにそって校舎にきたとき

「さよなら」

と少年は叮嚀《ていねい》に帽子をとった。

「さよなら」

とSも云い返して、互いの教室の方へ別れて行った。

Sは折角《せっかく》の機会を無駄にしたような気がしたが、同時に、ちょっと口では云われない淡い、満足した、いい気分がのこされたようにも思った。

九

昼休みになると、Sは森の下にあるお菓子屋へよってから、友だちと一しょに、神学部の芝生に通じている坂を、ぶらぶら上ってきた。

ここへくると、Sはいつも楽しさと共にいくらかの胸さわぎをおぼえた。というのは、ここであのハンカチを見て以来、昼の時間にはきまったようにその時の少年たちが来ていて、白い路の一部をコートにしてゴム毬を打ち合っていた。そして、Tがよくそれに加わっていたからである。

今日もSは、その方にいつもの連中を見つけたのみでなく、そのなかからこちらを見ている白い顔にも気がついたので、どうしようかと思った。

が、AやNがよほど遊びに夢中になっているらしいので、急ぎ足に近づくなり、なるべく早く通りぬけようとした。そのとたん

「S君！」

Aの声が電光のようにふりかかった。

――この二三週以来、SにとってAほどこわいものはなくなっていた。

「Tは君のクラスだったね」

「Tかい、ああそうだよ」

「Tは何がよくできるの？」

Sは、その時、出来るだけ何気ないふうをよそおって聞いてみたのである。

「そんなこと知らない」

Aは首を横にふった。Sはちょっと困ったが
「君の同級じゃないか、学課のなかで何が上手だかぐらいはわかってるだろう？」

「僕は知らないよ」

やはりそっけなくAは云う。

「知らない筈はないじゃないか」

このまま引っこむのもおかしいので、Sは追及をつづけた。

「でもほんとうなんだもの！」

「ほんとうかい？」

「ほんとうだともさ。そんな事を聞いて一たい君はどうするつもり？」

そこでSはグッとつまってしまい、Aはだまって地面を見つめていた。が、それから一週たった放課後、電車のなかでSはもっとひどい目に合わされた。

つり革にぶら下ったSは、たくさんな生徒がつまった電車のなかでAと話をしていた。ところが、布引《ぬのびき》を発車して坂を下りかかった電車が、カーブで動揺したはずみに、Sの靴の踵が誰かの靴先をふみつけた。

「ヤッ失敬！」と云ってふり返ると、それがTではないか。Tがさっきからすぐうしろにいて、いく度も自分のからだはそれとすれ合って、おしまいに爪先までふんづけてしまった——そう一度に頭にきた瞬間、今まですらすらとSの口から出ていた言葉がどうかなってしまった。

「どうしたの、夢でも見たんかい？」

Aの第一弾が、まずズシンとSの胸に命中した。あわてたSは、そのまえに腰かけている他の少年のひざにあずけてあった教科書の包みを取り上げた。

「もう降りるんかい。まだ早いよ！」

Sは顔中にもえるような熱をかんじた。逃げようと思った。が、ぎっしりつまったなかでは何のすべもない。まったく、Aをなぐり倒して窓からとび下りようとした。

これ以来、Sには、Aがまるで用途の知れぬ機械のように無気味な気がして、今もS君とよばれたので、ひやひやしながらかえりみたのである。——

「あのねS君、君の作文を今日先生がよんできかせたよ」

そのAは案外おだやかにいった。

「どう云って……」

そばにTがいるし、Sの一言で他の少年たちも一せいにテニスをやめて、自分の方へ視線を注いだので、Sは内心いくらかの愉快をおぼえて問い返した。

「大へん賞《ほ》めていたよ。ねえ」

Aはみんなを見返った。

「天才的だって――」

Tが小さい声でいった。

「Tなんか大分感心してるんじゃないか」

まるで高等部の人のようにませた口調でAが云ったが、Tはかまわずに
「いいよ。――僕あれが大好き……」

「………」

どう返事しようかと思っていると
「メタルおくれよ」

Aが大きな声を出した。

「メタル？　そんなものはないよ」

「うそだ。リガッターのもマッチのも講演会のも、シャボンの箱に一ぱいもってるって啓明寮

のFさんが云ってたよ」

「あいつは出たらめ屋だよ。君はだまされてるんだ」

「うそ。うそ。たくさんあるくせに。よう、僕におくれよ」

「くれって、ないものは仕方がないじゃないか！」

「わかってるよ。Tにやったんだろう。TはS君のシャンだからもらってるんだ。いい子だから……」

「ちがうよ、T君に聞けばいいじゃないか、ねえ」

Sはあわててさえ切った。

「やあT君だって。Tにだけ、君をつけてらあ……Tにみんなやったんだ。やあTは真赤になってる……もらってるんだ、もらってるんだ」

AはSの腕にすがりながら、胸に頭をあててグングンおし出した。

「ほんとうにやる、明日の朝きっともってくる」

ふり離してSはやっと逃げてきた。

「少年にヤイヤイ云ってもらって仕合わせだね。ええ、Tってほんとうかい！　赤くなってたじゃないか？」

Sをつかまえて友だちが叫んだ。

「みんないいかげんの事さ」

「だって、君は黙ってこっそりあの子をやってるんだな」

「黙ってこっそりやるって何を?」

「稚児《ちご》さんにしているのだろう」

「何云ってるんだ!」

Sははき出すように云ったが、その胸は、こみ上ってくるものに、ドキドキと鳴っていた。

十

いつの間にか二月になった。毎日、快晴がつづいて、その青くすきとおった空を、ポッチリと、白い飛行船のような雲がとんで行く。

「Tと一しょにあの雲に抱かれて、どこかとおいところへ行きたいな」

運動場のスタンドの芝草の上にねころんだSは、こんな事を思ってみた。

「山や河や森をこえて、フワフワと飛んで行くと、ひろびろした海の上に出る。海のむこうにはまだ誰も行ったことのない島がある。そこには香り高い花が咲きみだれた芝地と、濃い紫のかげをもった森がある。森の奥には真紅な色にぬられたお城があって、そこに僕とTと二人きりで住《すま》っている。――四方が鏡からできた部屋には、いろんな美しい少年の服装がどっさりはいっている。僕はTに毎日さまざまなよそおいをさせて、コダックでうつすのだ。――あの青いマントをきて銀の剣をさげたお伽噺の王子に！　大きなリボンで飾った靴をはいてマンドリンを抱いている少年に！　霧と雪につつまれたノルウェーの谷から山のかなたの花の野を慕った羊守のアルネに！　それから、紫の指貫《さしぬき》をはいた日本の昔のお寺の稚児に！　ピカピカした袴《はかま》をつけて殿さまのうしろに刀をもったお小姓に！　……僕は、若君や、乙鶴丸や、シャンや、ペットや、いろんな名でよびかけて、天井までとびあがるようなバネのついたベッドのなかで、くすぐったり、泣かせたりする……

突然、ガランガランと鳴ったベルに、ハッと立ち上ったSは、なんてバカな事を考えていただろう、とかるい幻滅の笑みをもらした。それから、教室へ行くまでに、もう一ぺんいつもくり返す言葉を云ってみた。

Rちゃん！　Rちゃん！

僕にもちょうだいね

仲よくしましょう

桃色のレースのついたハンカチのRちゃん！

でも君はほんとうにシャンですね

僕は君の顔が世界中で一番好きです
君の事を思えば学校なんてどうでもいい

十一

学校の近郊で、発火演習が行われたのは、二月も終わりに近いさむい日であった。演習だなんて、十発や十五発ぐらいの弾丸を撃って何がうれしいんだ、とSは思って居たが、又、考えなおして、そのつまらない兵隊ごっこに出ることにした。一日でもTの顔を見ないのは、さびしかったからである。

その日はうららかに日が照っていた。コバルト色の空は、水のように清くながれて、その高いところを、いくつかの鳶《とび》が、たくみな空中滑走をやって舞っていた。

Sは東軍にぞくしていたので早くから出発した。

進軍ラッパを静かな田園にひびかせて、朝露にぬれた畑の道をとおって行くと、山の手にある丘のうえに、点々と、白と黒とが見え出した。白いのはゲートル、白と黒いのは制服で、そこにならんで演習を待っている一年生と二年生との見学団である。そのなかにRちゃんがいると思うと、Sの心はとび立ちたかったが、又、こんなに離れていては、到底逢える見込みがないという失望にもうたれた。

小高い川堤のかげにある梅林にくると、休めの号令がかかった。

いち早くSは友だちの双眼鏡をもって堤の上へあがるなり、丘の方へレンズを向けたが、ピントを合わそうとするうちに見つかった。

「もう戦闘は始まっている。みだりに身体を露出しないように！」

指揮刀をぬいた中隊長が注意をあたえた。が、Sは横を見て、あの白い花のついた枝を折って行って渡したいな……と考えていた。

半時間ばかりもたった頃、小石を松の幹に投げたり、ポケットからポケットへ手を入れてキャラメルのうばい合いをしていたSの部隊へ、やっと前進の命令が下った。

Sたちは川堤にかくれて、上流の方へ重い銃をさげて走り出した。

もうパチパチと、とおくで銃声が聞える。

二番目の号令は、堤から川をこえて、そのむこうの林にかくれながら丘の方へ進むことをつたえた。Sの部隊は、敵の側面を襲おうと云うのである。

そして、今、息をきらして、うねうねした小径《こみち》を、丘の上にのぼって行くSの眼には、早、三々五々、馴染の少年たちの姿をみとめたではないか。

「戦争はまだ始まらないの？」

小径をのぼりつくした堤の上に立って、両手をポケットに入れて、首をかしげながら問いかけたのは、云うまでもなくRちゃんであった。

「ああもうすぐ、十分くらい……」

云いすてて駆けて行くSの心のなかには、薬莢《やっきょう》のなかでゴトゴトいうケースや、銃声や、靴音にまじって、少年の親しげな言葉が、クリスマスのベルのようにひびいていた。

赤い椿が咲いている農家のまえに下りてくると、Sたちはやっと止った。

「誰か二人ほど斥候に出てくれないか?」

級長がどなった。

が、ずるい連中の集りからは、誰もその役目を引きうける者はない。

「早くしないといけないんだ。誰か?」

級長がせいた時、僕が行こうとSが云い出した。

「ほう、これはおめずらしい!」

とんきょうな声を出して級長が、みんなを笑わせたが、Sはまえに出て、敵状をさぐる方法について傾聴をした。なぜなら、Sはもうじきに T の連中がこちらへやってくるにちがいないと思ったからである。そして、そこにSは、いつか友だちから借りた本でよんだ愛する少年のまえで、敵の騎兵を撃ち破ったクレオマッカスのローマンスを気取るつもりでいたのだ。

しかし、Sと、Sが引っぱり出した友だちとが、低い畑の堤に身をかがめて、半丁あまりも進んだ時、もう百メートルばかり前面の丘に、白布をまいた西軍の帽子が現われた。で、おどろいて引き返した二人が、まだ部隊につかないうちに、両軍はパッと散開して壮快な戦争が始まった。

ドンドン！　ドン！　バラバラ……パチパチパチ……ズドン！　ズドン！　バラッ……

白い煙があちらからもこちらからも撃ち出される。逃げまどった雀の群がキリキリともつれて、サッと山の方へ走る。

一年二年の少年たちは、もう躍り上るばかりになって、列も何もバラバラにみだして、射撃している方へ駈け出してきた。

「退却！」

Sがやっと自分の隊についたかつかないかにこんな号令がかかったので、又つづけて駈けなければならなかった。そして、キャベツのうねの間をとおって、畑のはしから飛ぼうとすると、ふと、そのまえの堤にかじりついて敵の方を見ている少年を見つけた。

「T君！」

白い顔がハッとこちらを向いてほほ笑んだ。

「撃たしてあげようか？」

Sは大きな声で云った。

その新式な眼がうなずいた。

「ついていらっしゃい!」

ドンと、一間ほどもある崖をSはとび下りた。

柳のある小川にそった次の散兵線までくると、Tがニコニコしながら近づいてきた。

Sは弾丸をつめて銃を渡した。

持ちにくそうに少年は銃をさしあげると、ちょっとためらってから引金を引いた——

ズドン!!

愛する人の手によって発砲されたSの第一弾は、褐色の野面にひびき渡って、煙硝くさい白煙と、粉々になった紙片が二人の上にちりかかった。

「もう一度撃つ?」

Sはその顔をのぞきながら云った。

「もういいわ」

少年は、はにかんだようにSを見上げて、重そうに銃を返した。

そこへドヤドヤとNやAが押しかけてきた。Sは十箇あまりしかないケースを提供しなければならない破目に陥った。

「Sさん、もうみんないないよ」

順番にしたがって弾丸をつめていたSの頭に、突然、こんな警告がひびいた。

あたりを見まわすと、如何にも、部隊はもうとおくへ退却してしまって、ただ自分だけになっている。

「これゃ大へんだ！」

「そら、早く鉄砲を撃たないとあそこへ敵がくるよ！」

「敵がくる？　敵がきたって、弾丸はみんな君たちが使ってしまったじゃないか。みんな逃げてしまうし、おいてきぼりにされるし、これゃぐずぐずしていたら捕虜になる。どれ一つ逃げようかな」

と云って、Sはゼンマイ仕掛の人形のように銃をかついだ。

みんながどっと笑った。

Tも笑った。

――遠慮したように、ほんとうにおかしくてたまらぬように、そのあたりで白い蝶がヒラヒラしているようなあのえくぼを見せて。それはそばに誰かが、Eのおばさんでも居れば
「まあTの坊っちゃんが笑っていらっしゃるじゃありませんか？　Sさん、ずいぶんのんきな兵隊さんね。今につかまえられるのがわからないんですって。ほんとうにおかしいですね」

と云ったようなおとなしい笑い方であった。

Sも一しょに笑った。

Rちゃん故に、Sは面白い兵隊人形であった。無邪気なその級友たち故に、Sは愉快な上級生であった。そして、その日一日、Sの心はうたっていた。やがて休戦のラッパが鳴った時も、岡本の梅林で弁当をひろげた時も、帰り途でも、学校でも、

「まあTの坊っちゃんが笑っていらっしゃるじゃありませんか？」をくり返しながら。……

燃ゆる頬

堀辰雄

私は十七になった。そして中学校から高等学校へはいったばかりの時分であった。

私の両親は、私が彼等の許であんまり神経質に育つことを恐れて、私をそこの寄宿舎に入れた。そういう環境の変化は、私の性格にいちじるしい影響を与えずにはおかなかった。それによって、私の少年時からの脱皮は、気味悪いまでに促されつつあった。

寄宿舎は、あたかも蜂の巣のように、いくつもの小さい部屋に分れていた。そしてその一つ一つの部屋には、それぞれ十人余りの生徒等が一しょくたに生きていた。それに部屋とは云うものの、中にはただ、穴だらけの、大きな卓《つくえ》が二つ三つ置いてあるきりだった。そしてその卓の上には誰のものともつかず、白筋のはいった制帽とか、辞書とか、ノオトブックとか、インク壺とか、煙草の袋とか、それらのものがごっちゃになって積まれてあった。そんなものの中で、或る者は独逸語の勉強をしていたり、或る者は足のこわれかかった古椅子にあぶなっかしそうに馬乗りになって煙草ばかり吹かしていた。私は彼等の中で一番小さかった。私は彼等から仲間はずれにされないように、苦しげに煙草をふかし、まだ髭の生えていない頰にこわごわ剃刀をあてたりした。

二階の寝室はへんに臭かった。その汚れた下着類のにおいは私をむかつかせた。私が眠ると、そのにおいは私の夢の中にまで入ってきて、まだ現実では私の見知らない感覚を、その夢に与えた。私はしかし、そのにおいにもだんだん慣れて行った。

こうして私の脱皮はすでに用意されつつあった。そしてただ最後の一撃だけが残されていた。

……

或る日の昼休みに、私は一人でぶらぶらと、植物実験室の南側にある、ひっそりした花壇のなかを歩いていた。そのうちに、私はふと足を止めた。そこの一隅に簇《むら》がりながら咲いている、私の名前を知らない真白な花から、花粉まみれになって、一匹の蜜蜂の飛び立つのを見つけたのだ。そこで、その蜜蜂がその足にくっついている花粉の塊りを、今度はどの花へ持っていくか、見ていてやろうと思ったのである。しかし、そいつはどの花にもなかなか止まりそうもなかった。そして恰もそれらの花のどれを選んだらいいかと迷っているようにも見えた。……その瞬間だった。私はそれらの見知らない花が一せいに、その蜜蜂を自分のところへ誘おうとして、なんだかめいめいの雌蕋を妙な姿態にくねらせるのを認めたような気がした。

……そのうちに、とうとうその蜜蜂は或る花を選んで、それにぶらさがるようにして止まった。その花粉まみれの足でその小さな柱頭にしがみつきながら。やがてその蜜蜂はそれからも飛び立っていった。私はそれを見ると、なんだか急に子供のような残酷な気持になって、いま受精を終ったばかりの、その花をいきなり捲《むし》りとった。そしてじいっと、他の花の花粉を浴びている、その柱頭に見入っていたが、しまいには私はそれを私の掌で揉みくちゃにしてしまった。それから私はなおも、さまざまな燃えるような紅や紫の花の咲いている花壇のなかをぶらついていた。その時、その花壇にT字形をなして面している植物実験室の中から、硝子戸ごしに私の名前を呼ぶものがあった。見ると、それは魚住《うおずみ》と云う上級生であった。

「来て見たまえ。顕微鏡を見せてやろう……」

その魚住と云う上級生は、私の倍もあるような大男で、円盤投げの選手をしていた。グラウンドに出ているときの彼は、その頃私たちの間に流行していた希臘彫刻の独逸製の絵はがきの一つの、「円盤投手《ディスカスヴエルフエル》」と云うのに少し似ていた。そしてそれが下級生たちに彼を偶像化させていた。が、彼は誰に向っても、何時も人を馬鹿にしたような表情を浮べていた。私はそういう彼の気に入りたいと思った。私はその植物実験室のなかへ這入っていった。

そこには魚住ひとりしかいなかった。彼は毛ぶかい手で、不器用そうに何かのプレパラアトをつくっていた。そしてときどきツァイスの顕微鏡でそれを覗いていた。それからそれを私にも覗かせた。私はそれを見るためには、身体を海老のように折り曲げて居なければならなかった。

「見えるか?」

「ええ……」

私はそういうぎごちない姿勢を続けながら、しかしもう一方の、顕微鏡を見ていない眼でもって、そっと魚住の動作を窺っていた。すこし前から私は彼の顔が異様に変化しだしたのに気づいていた。そこの実験室の中の明るい光線のせいか、それとも彼が何時もの仮面をぬいでいるせいか、彼の頬の肉は妙にたるんでいて、その眼は真赤に充血していた。そして口許にはたえず少女のような弱々しい微笑をちらつかせていた。私は何とはなしに、今のさっき見たばかりの一匹の蜜蜂と見知らない真白な花のことを思い出した。彼の熱い呼吸が私の頬にかかって来た。……

私はついと顕微鏡から顔を上げた。

「もう、僕……」と腕時計を見ながら、私は口ごもるように云った。

「教室へ行かなくっちゃ……」

「そうか」

いつのまにか魚住は巧妙に新しい仮面をつけていた。そしていくぶん青くなっている私の顔を見下ろしながら、彼は平生の、人を馬鹿にしたような表情を浮べていた。

五月になってから、私たちの部屋に三枝《さいぐさ》と云う私の同級生が他から転室してきた。彼は私より一つだけ年上だった。彼が上級生たちから少年視されていたことはかなり有名だった。彼は瘠せた、静脈の透いて見えるような美しい皮膚の少年だった。まだ薔薇いろの頬の所有者、私は彼のそういう貧血性の美しさを羨んだ。私は教室で、屢、教科書の蔭から、彼のほっそりした頸を偸《ぬす》み見ているようなことさえあった。

夜、三枝は誰よりも先に、二階の寝室へ行った。

寝室は毎夜、規定の就眠時間の十時にならなければ電燈がつかなかった。それだのに彼は九時頃から寝室へ行ってしまうのだった。私はそんな闇のなかで眠っている彼の寝顔を、いろんな風に夢みた。

しかし私は習慣から十二時頃にならなければ寝室へは行かなかった。

或る夜、私は喉《のど》が痛かった。私はすこし熱があるように思った。私は三枝が寝室へ行ってから間もなく、西洋蠟燭を手にして階段を昇って行った。そして何の気なしに自分の寝室のドアを開けた。そのなかは真暗だったが、私の手にしていた蠟燭が、突然、大きな鳥のような恰好をした異様な影を、その天井に投げた。それは格闘か何んかしているように、無気味に、揺れ動いていた。私の心臓はどきどきした。……が、それは一瞬間に過ぎなかった。私がその天井に見出した幻影は、ただ蠟燭の光りの気まぐれな動揺のせいらしかった。何故なら、私の蠟燭の光りがそれほど揺れなくなった時分には、ただ、三枝が壁ぎわの寝床に寝ているほか、その枕もとに、もうひとりの大きな男が、マントをかぶったまま、むっつりと不機嫌そうに坐っているのを見たきりであったから。……

「誰だ？」とそのマントをかぶった男が私の方をふりむいた。

私は慌てて私の蠟燭を消した。それが魚住らしいのを認めたからだった。私はいつかの植物実験室の時から、彼が私を憎んでいるにちがいないと信じていた。私は黙ったまま、三枝の隣りの、自分のうす汚れた蒲団の中にもぐり込んだ。

三枝もさっきから黙っているらしかった。

私の悪い喉をしめつけるような数分間が過ぎた。その魚住らしい男はとうとう立上った。そ

して何も云わずに暗がりの中で荒あらしい音を立てながら、寝室を出て行った。その足音が遠のくと、私は三枝に、

「僕は喉が痛いんだ……」とすこし具合が悪そうに云った。

「熱はないの？」彼が訊いた。

「すこしあるらしいんだ」

「どれ、見せたまえ……」

そう云いながら三枝は自分の蒲団からすこし身体をのり出して、私のずきずきする顳顬《こめかみ》の上に彼の冷たい手をあてがった。私は息をつめていた。それから彼は私の手頸を握った。私の脈を見るのにしては、それは少しへんてこな握り方だった。それだのに私は、自分の脈搏の急に高くなったのを彼に気づかれはしまいかと、そればかり心配していた。……

翌日、私は一日中寝床の中にもぐりながら、これからも毎晩早く寝室へ来られるため、私の喉の痛みが何時までも癒らなければいいとさえ思っていた。

数日後、夕方から私の喉がまた痛みだした。私はわざと咳をしながら、三枝のすぐ後から寝室に行った。しかし、彼の床はからっぽだった。何処へ行ってしまったのか、彼はなかなか帰って来なかった。

一時間ばかり過ぎた。私はひとりで苦しがっていた。私は自分の喉がひどく悪いように思い、ひょっとしたら自分はこの病気で死んでしまうかも知れないなぞと考えたりしていた。

彼はやっと帰って来た。私はさっきから自分の枕許に蠟燭をつけぱなしにして置いた。その光りが、服をぬごうとして身もだえしている彼の姿を、天井に無気味に映した。私はいつかの晩の幻を思い浮べた。私は彼に今まで何処へ行っていたのかと訊いた。彼は眠れそうもなかったからグラウンドを一人で散歩して来たのだと答えた。それはいかにも嘘らしい云い方だったが、私はなんにも云わずにいた。

「蠟燭はつけて置くのかい?」彼が訊いた。

「どっちでもいいよ」

「じゃ、消すよ……」

そう云いながら、彼は私の枕許の蠟燭を消すために、彼の顔を私の顔に近づけてきた。私は、その長い睫毛のかげが蠟燭の光りでちらちらしている彼の頬を、じっと見あげていた。私の火のようにほてった頬には、それが神々しいくらい冷たそうに感ぜられた。

私と三枝との関係は、いつしか友情の限界を超え出したように見えた。しかしそのように三枝が私に近づいてくるにつれ、その一方では、魚住がますます寄宿生たちに対して乱暴になり、時々グラウンドに出ては、ひとりで狂人のように円盤投げをしているのが、見かけられるようになった。

そのうちに学期試験が近づいてきた。寄宿生たちはその準備をし出した。魚住がその試験を前にして、寄宿舎から姿を消してしまったことを私たちは知った。しかし私たちは、それについては口をつぐんでいた。

夏休みになった。

私は三枝と一週間ばかりの予定で、或る半島へ旅行しようとしていた。

或るどんよりと曇った午前、私たちはまるで両親をだまして悪戯かなんかしようとしている子供らのように、いくぶん陰気になりながら、出発した。

私たちはその半島の或る駅で下り、そこから一里ばかり海岸に沿うた道を歩いた後、鋸《のこぎり》のような形をした山にいだかれた、或る小さな漁村に到着した。宿屋はもの悲しかった。暗くなると、何処からともなく海草の香りがして来た。少婢がランプをもって入ってきた。私はそのうす暗いランプの光りで、寝床へ入ろうとしてシャツをぬいでいる、三枝の裸かになった背中に、一ところだけ背骨が妙な具合に突起しているのを見つけた。私は何だかそれがいじって見たくなった。そして私はそこのところへ指をつけながら、

「これは何だい?」と訊いて見た。

「それかい……」彼は少し顔を赧らめながら云った。「それは脊椎カリエスの痕なんだ」

「ちょっといじらせない?」

そう云って、私は彼を裸かにさせたまま、その背骨のへんな突起を、象牙でもいじるように、何度も撫でて見た。彼は目をつぶりながら、なんだか擽ったそうにしていた。

翌日もまたどんよりと曇っていた。それでも私たちは出発した。そして再び海岸に沿うた小石の多い道を歩き出した。いくつか小さな村を通り過ぎた。だが、正午頃、それらの村の一つに近づこうとした時分になると、今にも雨が降って来そうな暗い空合になった。それに私たちはもう歩きつかれ、互にすこし不機嫌になっていた。私たちはその村へ入ったら、いつ頃乗合馬車がその村を通るかを、尋ねて見ようと思っていた。

その村へ入ろうとするところに、一つの小さな板橋がかかっていた。そしてその板橋の上には、五六人の村の娘たちが、めいめいに魚籠《びく》をさげながら、立ったままで、何かしゃべっていた。私たちが近づくのを見ると、彼女たちはしゃべるのを止めた。そして私たちの方を珍らし

そうに見つめていた。私はそれらの少女たちの中から、一人の眼つきの美しい少女を選び出すと、その少女ばかりじっと見つめた。彼女は少女たちの中では一番年上らしかった。そして彼女は私がいくら無作法に見つめても、平気で私に見られるがままになっていた。そんな場合にあらゆる若者がするであろうように、私は短い時間のうちに出来るだけ自分を強くその少女に印象させようとして、さまざまな動作を工夫した。そして私は彼女と一ことでもいいから何か言葉を交わしたいと思いながら、しかしそれも出来ずに、彼女のそばを離れようとしていた。そのとき突然、三枝が歩みを弛めた。そして彼はその少女の方へずかずかと近づいて行った。私も思わず立ち止りながら、彼が私に先廻りしてその少女に馬車のことを尋ねようとしているらしいのを認めた。

私はそういう彼の機敏な行為によってその少女の心に彼の方が私よりも一そう強く印象されはすまいかと気づかった。そこで私もまた、その少女に近づいて行きながら、彼が質問している間、彼女の魚籠の中をのぞいていた。

少女はすこしも羞《は》にかまずに彼に答えていた。彼女の声は、彼女の美しい眼つきを裏切るような、妙に咳枯《しやが》れた声だった。が、その声がわりのしているらしい少女の声は、かえって私をふしぎに魅惑した。

今度は私が質問する番だった。私はさっきからのぞき込んでいた魚籠を指さしながら、おずおずと、その小さな魚は何という魚かと尋ねた。

「ふふふ……」

少女はさも可笑しくって溜らないように笑った。それにつれて、他の少女たちもどっと笑った。よほど私の問い方が可笑しかったものと見える。私は思わず顔を赧らめた。そのとき私は、三枝の顔にも、ちらりと意地悪そうな微笑の浮んだのを認めた。

私は突然、彼に一種の敵意のようなものを感じ出した。


私たちは黙りあって、その村はずれにあるという乗合馬車の発着所へ向った。そこへ着いてからも馬車はなかなか来なかった。そのうちに雨が降ってきた。

空《す》いていた馬車の中でも、私たちは殆ど無言だった。そして互に相手を不機嫌にさせ合っていた。夕方、やっと霧のような雨の中を、宿屋のあるという或る海岸町に着いた。そこの宿屋も前日のうす汚い宿屋に似ていた。同じような海草のかすかな香り、同じようなランプの仄あかりが、僅かに私たちの中に前夜の私たちを蘇らせた。私たちは漸く打解けだした。私たちは私たちの不機嫌を、旅先きで悪天候ばかりを気にしているせいにしようとした。そしてしまいに私は、明日汽車の出る町まで馬車で一直線に行って、ひと先ず東京に帰ろうではないかと云い出した。彼も仕方なさそうにそれに同意した。

その夜は疲れていたので、私たちはすぐに寝入った。……明け方近く、私はふと目をさました。三枝は私の方に背なかを向けて眠っていた。私は寝巻の上からその背骨の小さな突起を確めると、昨夜のようにそれをそっと撫でて見た。私はそんなことをしながら、ふときのう橋の上で見かけた、魚籠をさげた少女の美しい眼つきを思い浮べた。その異様な声はまだ私の耳についていた。三枝がかすかに歯ぎしりをした。私はそれを聞きながら、またうとうと眠り出した。……

翌日も雨が降っていた。それは昨日より一そう霧に似ていた。それが私たちに旅行を中止することを否応なく決心させた。

雨の中をさわがしい響をたてて走ってゆく乗合馬車の中で、それから私たちの乗り込んだ三等客車の混雑の中で、私たちは出来るだけ相手を苦しめまいと努力し合っていた。それはもはや愛の休止符だ。そして私は何故かしら三枝にはもうこれっきり会えぬように感じていた。彼は何度も私の手を握った。私は私の手を彼の自由にさせていた。しかし私の耳は、ときどき、何処からともなく、ちぎれちぎれになって飛んでくる、例の少女の異様な声ばかり聴いていた。

別れの時はもっとも悲しかった。私は、自分の家へ帰るにはその方が便利な郊外電車に乗り換えるために、或る途中の駅で汽車から下りた。私は混雑したプラットフォームの上を歩き出しながら、何度も振りかえって汽車の中にいる彼の方を見た。彼は雨でぐっしょり濡れた硝子窓に顔をくっつけて、私の方をよく見ようとしながら、かえって自分の呼吸でその硝子を白く曇らせ、そしてますます私の方を見えなくさせていた。

八月になると、私は私の父と一しょに信州の或る湖畔へ旅行した。そして私はその後、三枝には会わなかった。彼は屢、その湖畔に滞在中の私に、まるでラヴ・レタアのような手紙をよこした。しかし私はだんだんそれに返事を出さなくなった。すでに少女らの異様な声が私の愛を変えていた。私は彼の最近の手紙によって彼が病気になったことを知った。脊椎カリエスが再発したらしかった。が、それにも私は遂に手紙を出さずにしまった。

秋の新学期になった。湖畔から帰ってくると、私は再び寄宿舎に移った。しかし其処ではすべてが変っていた。三枝はどこかの海岸へ転地していた。魚住はもはや私を空気を見るようにしか見なかった。……冬になった。或る薄氷りの張っている朝、私は校内の掲示板に三枝の死が報じられてあるのを見出した。私はそれを未知の人でもあるかのように、ぼんやりと見つめていた。

それから数年が過ぎた。

その数年の間に私はときどきその寄宿舎のことを思い出した。そして私は其処に、私の少年時の美しい皮膚を、丁度灌木の枝にひっかかっている蛇の透明な皮のように、惜しげもなく脱いできたような気がしてならなかった。——そしてその数年の間に、私はまあ何んと多くの異様な声をした少女らに出会ったことか！　が、それらの少女らは一人として私を苦しめないものはなく、それに私は彼女らのために苦しむことを余りにも愛していたので、そのために私はとうとう取りかえしのつかない打撃を受けた。

私ははげしい喀血後、嘗て私の父と旅行したことのある大きな湖畔に近い、或る高原のサナトリウムに入れられた。医者は私を肺結核だと診断した。が、そんなことはどうでもいい。ただ薔薇がほろりとその花弁を落すように、私もまた、私の薔薇いろの頬を永久に失ったまでのことだ。

私の入れられたそのサナトリウムの「白樺」という病棟には、私の他には一人の十五六の少年しか収容されていなかった。

その少年は脊椎カリエス患者だったが、もうすっかり恢復期にあって、毎日数時間ずつヴェランダに出ては、せっせと日光浴をやっていた。私が私のベッドに寝たきりで起きられないことを知ると、その少年はときどき私の病室に見舞いにくるようになった。或る時、私はその少年の日に黒く焼けた、そして脣だけがほのかに紅い色をしている細面《ほそおもて》の顔の下から、死んだ三枝の顔が透かしのように現われているのに気がついた。その時から、私はなるべくその少年の顔を見ないようにした。

或る朝、私はふとベッドから起き上って、こわごわ一人で、窓際まで歩いて行って見たい気になった。それほどそれは気持のいい朝だった。私はそのとき自分の病室の窓から、向うのヴェランダに、その少年が猿股もはかずに素っ裸になって日光浴をしているのを見つけた。彼は少し前屈《まえこご》みになりながら、自分の体の或る部分をじっと見入っていた。彼は誰にも見られていないと信じているらしかった。私の心臓ははげしく打った。そしてそれをもっとよく見ようとして、近眼の私が目を細くして見ると、彼の真黒な背なかにも、三枝のと同じような特有な突起のあるらしいのが、私の眼に入った。

私は不意に目まいを感じながら、やっとのことでベッドまで帰り、そしてその上へ打つ伏せになった。

少年は数日後、彼が私に与えた大きな打撃については少しも気がつかずに、退院した。

沈黙の人

大手拓次

㈠

神田小川亭の左隣りの鳥渡した天麩羅屋には年は言わなくっても解るだろう美しい女児《むすめ》が居る。惣一は現今《いま》も寂しい心である。

それというのも、恋人の冷たい心柄からであるのだ。其の寂しい心を持った惣一は、何時も夕飯後の散歩には聊か四囲《あたり》の薄暗いのを心強く感じて、中央大学の側の路次からひょこり出て、小川町の停留場辺から左へ折れて、而も必ず右側を、そら、例の天麩羅屋の前を通って行くのだ。賑かな街の悉皆《すべて》の物象《もの》が暮色に包まれて、電燈や瓦斯の光で思い思いに輝いてるのを見ると、何だか之が自分の真実《ほんと》の友であるかのように想われて、悲哀な現実的の笑が心に表われる。

それが惣一に取っては、只一つの笑であるのだ。毎夕毎夕此の笑が繰返されるのであるが、最う此頃はその影《かげ》さえも止めなくなった。そう一月《ひとつき》位は充分続いて居た。言って置くが、続いて居た内《うち》は、悲哀な現実的の笑という袋の中に取り入れられて在った様なもので、他の物が見えなかった。どういうものか此の頃それが醒めた。同時に心の寂しさは一層痛切に感じて来た。それからは夕方にも外へ出ない。

　惣一の家は神田錦町三丁目の立派な料理屋である。町内でも事件《こと》のある時には屹度相談されるのだ。恁ういう風な家に似合わない、至極真面目で、主婦《おかみさん》を初め召使の女中まで爪の垢ほども艶《なま》めいた噂の立った事はない。それで東京中でも白粉気のない、意気の好いたらしい家と云えば誰でも此の勝見楼を除いては、彼《あ》れ此《こ》れと指を折っても見当らないだろう。それも其の筈、時があったら、近所の髪結でも魚屋でも八百屋でもいいから、『勝見楼の主婦《おかみさん》は、』と聴いて見給え、皆一様に、『優しくって強い、思い遣りのある粋《いき》な方です、』と答えるであろう。主婦というのが惣一の生みの母で、三日に一度ずつ瀟洒《あっさり》とした新しい丸髷姿になる、平素《ふだん》は、風通名《ママ》仙の、渋い羽織で素人《かたぎ》な紛装《つくり》……という風で数年を守って来ている。未だ四十の大年増には三年も間がある女盛り、少し遅いが、三十七位は分別の女の盛りである。がために甲乙の親切者が実直に、未だお若いにと話を持込めば、鸚鵡返しに『まあお断り致しましょう、』と奇麗な言葉を聞かされて、顔を落して素気《すげ》なく引き返すのである。

惣一の父《ちち》というは、義にかけては一歩も引《ひけ》を取らない生粋の江戸児であったが、惣一の十三の時、高等小学の二年になった春である、武蔵野の郊外で愛馬から落ちたのが病因《もと》で痩せこけた身体となって仕舞い、蒼《あお》白い頬や脣《くちびる》、その頬や脣は同じ様な寂しい冷たい色となって、その年の五月の十四日の雨のふる夜半《よなか》、子の惣一と千枝《ちえ》子、妻の睦代《むつよ》とを残して亡くなったのであった。終焉《いまわ》の言には、二人の児等《こども》を立派に養育《そだ》って呉れ、と二度三度苦しい息《いき》を次いだ、その時睦代《むつよ》は夫の腕を抱いて、熱い涙を誓言《ちかい》の証《しるし》と枯木のような腕に刻んだ。悲痛《かなし》い此の夜が明けてから睦代は勝見楼の主婦として、孤独《ひとり》世の中に立った。夫の遺業を継いだ此の新しい主婦は、断末魔《いまわ》の誓いの涙に云い識らぬ強味《つよみ》を感じ、それに依って敵対《あた》って来る障害を打破する事が出来た。恁麼事情であったから世間の評判も誠に善く、陰《かげ》ながら助力した者もあるとの事。睦代は何方《どっち》かと云えば否極めて神経質の方であるが、些細の事に見ていてもはらはらする様に悩々《くよくよ》するのとは一毛色違っている。一度きりっと心に沁みた事は五年が十年でも正然《ちゃん》と元の儘で、以前《もと》の強さで保っているという性質《たち》なので夫の生前にも恁麼事があった。或冬の風のひどい日であった、千枝《ちえ》子と惣一が平素《いつも》のように、学校へ行く間際《まぎわ》になって、両親《おや》の二人が口論を始めた。父親は珍らしく、朝から長火鉢の側に、弁慶縞の座蒲団を敷いて、煙草を吸って居たが、母《はは》親が惣一に襟巻をして遣るのを見付けて、

『馬鹿な、襟巻なんか為《し》て遣《や》る奴があるか』

『だって貴方《あなた》、恁麽に寒いんじゃありませんか』

『寒い。それだから不善《いけな》いんだ、弱くなって感冒《かぜ》ばかり引いてるじゃないか、取って遣《や》れ、取って遣れ。』

『そんな事被仰《おつしや》って、仕様《しよう》はありゃしませんよ、取って遣れば、又引くんですもの、おほほほ貴方覚えて被在《いらつしや》るでしょう、惣一が八歳《やっつ》に成った年、初めて尋常小学校に登校《あが》る時、ねえ貴方、『子という者は可愛いからなあ』と被仰って、御自分で、惣一の襟巻を買って被在《いらつしや》ったではありませんか、今になって那麼《あんな》事被仰るんですもの、可笑しいわ。』

『うーむ、左様《そう》だっけな、好《よ》し、敗《ま》けた敗けた。』

惣一は小児《こども》心に、不思議に思った。そして母《かあ》さんが早く襟巻をさせて呉れればいいと思っていた。所が、母親は見事《みごと》勝って、惣一に襟巻をさせて、静かに学校へ遣った。登校途《みち》すがら惣一は何だか嬉しくって、お父さんも、母さんも、一層懐《なつ》かしいような気がした。歿後《あと》になってから、母は此の時の事を思い出して、幾度も、惣一や千枝子に話して聴かした。で、惣一も千枝子も、母さんと共に、阿父《おとう》さんの在った昔を恋しがった。今でも母は、月月《つきづき》の十四日には、仏さまに、僅か計りでも供物をして、香の煙を薫《くゆ》らせて居る。心の中は、黒染《ママ》の衣《きぬ》に、髪を落したも同様である。

(二)

春の日光《ひ》は麗々《うらうら》と書斎の丸窓から差し込んで、六畳の室に、惣一孤《ひと》りの横面貌《かお》を照している。今年十八になった惣一は、色の白い、品の美《い》い面貌《かお》を、机に伏せて、深く思いに沈んで——今飛白《かすり》の筒袖の姿が、殊に頸筋の辺《あたり》が、弾機《ばね》の弾かれた様に激しく顫える。はたと止んだ。障子に鳥影がしたので、するともなく窓を開《あ》けて見廻したが解らなかった。窓の外面《そと》には、檜とそれから、奇麗な二三の常緑木《ときわぎ》とが在って、小葉は伸々《のびのび》と蠟塗《ろぬり》の艶《つや》に、如何にも豊《ゆた》かげに光っているので。恰度今惣一が顔を出して眺めた時、軟かい葉陰の庭石に、若い、襟足《えりあし》のきゅうっと白い女がいたが、惣一の眼には見えなかった。之も小さい幸である。

書き懸《か》けの手紙を展《ひろ》げて、墨を磨《す》って居る惣一の頭脳《あたま》には、昨年の五月六月、九月の秋の初めになって、確然《しっかり》と終生の恋人となって仕舞った吉川吉次さんの、恋しい顔や身体の有様が充溢《いっぱい》になって、火の環《わ》、熱の環《わ》が砕けん計《ばかり》に胸の中を回っている。吉次さんは、惣一と同じ京華中学の三年である。惣一より二つ年下の十六で何所《どこ》となく初々しい、一目見ても家《うち》で大事がられているのが推察《はか》られる程である。平素《いつも》、繻子《しゅす》綾《あや》の制服と姿体《かっこう》の好い帽子、カンガルー皮の靴を履いて、坂田という友と一緒に、毎朝登校する。坂田は惣一と同じ四年である。惣一が二年の頃は、吉次さんと惣一とは、胡蝶倶楽部の仲間で、面白く野球など遣《や》って遊んだのであるが、惣一は三年になった時分から、急に元気が無くなって、何時《いつ》も、何時《いつ》も、何か考えているようで、呆然《ぼんやり》と、道路《みち》を歩いて居る時でも、電車の中でも、気の脱けたように成《な》って居《い》た。であるから、同窓の友は皆《みん》な、惣一の心事を解し難《か》ねて、行常《ママ》の激変を不思議がらない者は無かった。

『太田近頃如何《どう》したんだ。馬鹿に陰気じゃないか』などという言を聞く事は度々あった。惣一が此の秘密なる心事を打ち明《あ》けた者は一人もない。惣一に取っては、兄とも思われている（同窓から）斎藤にさえ、洩さなかった。堅く堪えて、不幸なる初恋の真味に、つくづく泣いた。

併し茲に注意して置きたいのは、前年の夏休みの終りから、惣一は、口に出しては言えない、又自分にも解らない、薄《うす》らく而《しか》も影のようで深い深い異様な不安、——人生の恐れ、を感ずるようになって、何を見ても、何を為《し》ても、寂《さび》しくって耐らないので、強《し》いて自分の弱性を矯《た》めようと勉めたが、少しの甲斐《かい》も無かった。とはいえ、惣一も、十七の少年であったので、年齢相応に、勇ましい、華麗《はで》な海軍兵学校生徒の短剣やら服やらを頻りに夢みていた。だから内《うち》の湯殿へ行っても、鏡へ向って身体を映《うつ》して、細《ほっ》そりした身体を、之なら大丈夫合格だと、一人ほくほく頷《うなず》いていたが、其の癖《くせ》、誠心《こころ》から軍人に成ろうなどと思っていたのではなく、只其風姿《すがた》が如何にも雄々しく、男らしいのが気に入って、自分も一時《いちじ》は那麼風《あんな》が遣って見たかったのである。前にも云った通り、吉次さんを単に可愛い児、と思って一緒に遊んだのが、惣一の二年の頃、三年になった春の末から、恥かしい初恋の芽が生いて、一月《ひとつき》と過ぎ二月《ふたつき》と経《た》ったが、内気《うちき》な惣一は、自分一人で快々と懐い悩んで夏休みは終ったのだ。明日から学校に行かなければならないかと染染《しみじみ》嫌になったけれど、吉次さんに会われるかと思うと、又行って見たいような、行って見たい気がした。学校へ行ったが、恥しいので吉次さんの顔を真面《まとも》に視る事が不能《できな》かった、そう如何《どう》しても不能《できな》かった。教室で、校庭《にわ》で、控所で、往復《ゆきかえり》の途《みち》で、吉次さんの事が片時も頭脳《あたま》を去らなかった。斯くして一年過ぎた。惣一の眼はどんより曇った。

一年後の春の今日である。

墨を置いて惣一は、立って洋服のポッケットから小さい手帖を取り出した。之は惣一が学校へ行って居《お》る間でも近所に居る時でも吉次さんが烈しく恋しくなった瞬間《とき》に、心の底で叫ぶ恋の文字を書いたものである。それを見て吉次さん所へやる手紙を書き初めた。半切を、幾枚も幾枚も書き損って、漸く一枚書き上げた、最う其の時には、惣一の眼には涙が充溢《いっぱい》になって居た。恐懼《おそれ》と希望と、恥辱と煩悶と、交《かわ》る交る胸を衝《つ》いて来るが、又言えない暖かい軟かい情がひろがって来る。種々の想像を描きながら、手紙を読んで見る、自分の心の中の所有《あらゆる》情熱を注いで書いたものである、けれども、兄弟になって下さい、兄弟になって下さいが、余り沢山ある様で、少し変に思われた。と、また、必っと吉次さんは僕の心を察して呉れる、兄弟になって呉れるだろうと深く深く考えて行く間《うち》にふと、自分の身を「そう」として置いて、他《よそ》の人の身の上の様な事になって胸に浮んで来る、其の浮んで来る事が、胸を裂くかと奇しまれる程強烈《つよく》なったり、果敢ない運命の人が心の中で歌う小さい歌のようにも弱くなった、それが強い時は自分の身の上で、弱い時は他人《よそのひと》のように、一人で定《き》めて、一人で思って、自ら慰めた。然し又、別の路から考えに沈み沈んで行くと、果敢ない弱い人と自分も成って仕舞う。失神《がっかり》して死にたいよう？　に自分は思ってるのではなかろうか、手紙を遣っても、吉次さんは宮田の稚児《あれ》になっているという話だから、多分僕の願は駄目だかも知れない、と急に悲しくなって、最う手紙を遣るのも嫌になる、そこを勉めて交を求めて、恋の血潮の高潮に達した時、手紙を出した。ポストから、ゆたりゆたり帰って来る。

(三)

夜中に眼が覚めた。十月の中旬である。惣一の好きな秋の夜である。暗い空の中に、今日の様を思って見た、残念で堪らない。

珍らしく今日は、学校の帰途《かえり》に、吉次さんと惣一と、武井という吉次さんの同級の友と、此三人限《き》りで一緒になった。惣一は多羞《はずかしがり》である故、実に得難い好キ会であると信じ乍らも、吉次さんの肩に手をかけよう、かけようと思ったが、中中出来ない、だんだんと、つまらない話をして来ると最う二人と別れなければならない所、一間先は路が二つに分かれている。惣一は、はっと電気を覚えて、吉次さんの肩へ手を捲いた。

『武井、寄って行こうか』

吉次さんは思わず声を出した様に思われた、惣一は、足が振えるほど血が騒いだ。武井は大人《おとな》しい男子である故、『そうだね、如何しようか』ときまらぬらしい。

『寄って行きたまえ、ねえ武井君』

と惣一は云いながらも吉次さんの肩をしっかりと抱いていて、

『ね、寄って行きたまえ』と又続けた。

『寄って行こうか』、吉次さんの声は稍落ついて居た。

『ああ、寄って行こう』

武井は之では来るのだ、惣一は武井が来ないで、吉次さん一人が来るのなら好《い》いと思ったが仕方がない、

『来たまえ』

と惣一は三人して、自家《うち》の方へ行く、中央大学の側の路次を這入った時、又惣一は吉次さんの肩に手を捲いた、其の心はうれしかった。門を入って書さいに通った、惣一は、嬉しいばか

りに、大急ぎで服をぬいで、着換えて、座《すわ》った、其の時二人は何か、本を見て居た、惣一は又も吉次さんの肩に手を捲いて、本を覗き込んだ、頬ずりをした、武井には知れない様に。一体武井は極く温和である故に、少しも心が置かれないのである。耻しいから、立ち上って見たが、如何しようもない、

『武井君、碁を打たないか』と聞くと

『僕は知らない』と答えた。

実は吉次さんに言って見たいのだが、気まりが悪くって云えなかったのである。漸くして二人は帰った。惣一は帰る時に、門口まで行って、

『又、来たまえ』と吉次さんの肩にかろく触《ふれ》た。其の日の夕方は、無闇に、心がせかせかしてうれしく、全く生れて初めての嬉しかった日である。

あ、………今思うと、お茶も出さなかった、と心付いて、急にすまない様な心地がして、如何したら、いいだろう、実に気の毒だった。僕ばかりうれしがって居て少しも、そんな事は気が付かなかったのである。吉次さんは何と思ってるだろう。切角来て呉れたのに、残念な事をした。ああ、気のきかない奴だ、と自分を叱って見たが、果は悲しくなった。翌朝、吉次さんの所へ手紙を出した。別に返事は来ない、惣一は悶える。気が増々沈む。又手紙をやって、どうか又、僕の所へ来るようにと云ったが、返事もないし、来もしない、増々心が陰気になる。

其れ以来学校へも欠席勝になる、到々《とうとう》母に言って、学校を止めた。吉次さんの心が解らない解らないと何時でも思って居る。又惣一は心血を注いだ手紙を送った。所が、或朝《あるあさ》、朝飯してると、来た、飯を止めて書斎へ飛んで行って読むと、ああ、宮田のアレになってるから、すまないが、兄弟にはなれない、その代り、親友になろうと。口惜しくって、泣いた、泣いた、それでもその手紙がなつかしくって、大事に大事にしまってある。

＊　＊　＊　＊

惣一は其の翌春に、他の学校へ入学して、次の年の三月卒業した、その年に吉次さんも卒業したのである。卒業した年の秋に惣一は某私立大学の文科へ這入った。吉次さんは家に何もしないでいる。惣一は考えて見ると、恋してから最早五年になる。惣一は廿二で、吉次さんは二十である。惣一は未だ吉次さんを恋しく思っている、どんなに吉次さんが変ろうが僕の心は永劫に変らないと、惣一は心秘かに理解している。

（完）

ある美少年に贈る書

村山槐多

君よかくの如く
また君に書を贈る者を君はよく知つて居るだらう
彼は悪鬼だ。無力を装ふに豪悪のマスクを以てし肉を装ふに霊を以てし絶えず劣悪な絵画を描いて居る怪物だ。彼がもう二三年来君をつけ覗つて居ることは君がよく承認する処だらうと思ふ
君はそれに対して如何なる感じを持つて居るか恐らく君の心には或る一種不可思議なる恐喝を感じて居るに相違ない。事実恐喝が続いた
西の都にありし日の事の回想がこの怪物をして醜悪なる微笑に耽らせるに足る中学校の教室から君に手渡されたラブレター

あの時君は恐ろしく赤くなつた君の昂奮が「恐れ」に関連して居た事を察するに難くない。
それから夜毎に乞食の様ななりをした（いつでもさうだ）かの怪物が君の家のまはりをうろつき始めた彼は近衛坂と呼ぶ君の家の横の坂を上つたり下つたりした
君は確かにその姿を二三度見つけたに相違ない
それから二三度続いたラブレター、怪物が京都を去つて災害が漸やく去つたと思ふと再びラブレターの連続遂に君は返事を書いたね
怪物が泣いて嬉しがつたのを知つて居るか
ああ其後一年は過ぎた。無難にそして君は東京へやつて来た五月の或る美しい夜君は再び怪物の襲来を受けた始めて二人が打解けて話をしたのだ
君はこの怪物が柄になく美しいナイーブな思を有つて居ることを発見した事と思ふすくなくとも或安堵を得たことと思ふさうありたいと怪物は村山槐多は願つて居るのだ、彼の恋は未だ連続して居るから。彼は君の美に死ぬまで執着してゐる
彼はすつぽんだブルドッグだ君から彼を離すには君は彼に君の「美」を与へるの他はない
君はこの怪物に君を飽きるまで眺めさせなければならない彼が君を口説いたらう
「肖像画をかゝして呉れ」と
それがとりも直さず彼の恋の言葉なのだ

ああ世にも不運なる君よ
君は恐るべき怪物につかれた彼は君にとりついたが最後君から彼は美を吸ひとらずには居ぬ
彼は「美を啜ふ悪魔」だ
永遠に生命の限り彼は君につきまとひ君が空になるまで君の美を追求せずには居ぬのであらう
君がそれを憎みそれを厭ふ事はこの怪物にとつて何等の痛みでもない
この怪物は無神経だ
センチメンタルなき意志のみで出来た人間だから以上の不貞腐れを君に贈る

一九一五年五月

怪物より

〔大正四年作〕

少年（抄）

川端康成

五

大正五年の九月十八日から大正六年の一月二十二日までの日記には、同性愛の記事がある。

大正五年十二月十四日。木曜。くもり後あめ。

起床の鈴の少し前、小用に起きた。おののくように寒い。床に入って、清野の温い腕を取り、胸を抱き、うなじを擁する。清野も夢現のように私の頸を強く抱いて自分の顔の上にのせる。私の頬が彼の頬に重みをかけたり、私の渇いた脣が彼の額やまぶたに落ちている。私のからだが大変冷たいのが気の毒なようである。清野は時々無心に眼を開いては私の頭を抱きしめる。私はしげしげ彼の閉じたまぶたを見る。別になにも思っていようとは見えぬ。半時間もこんなありさまがつづく。私はそれだけしかもとめぬ。清野ももとめてもらおうとは思っていぬ。

起き上るとなんだかまぶしい。

英語の予習を昨夜努力し、今朝も一度確かめているので、平田君にも自信を持って教えた。真面目に聴講する。

英文法の時間、作文の添削が出来ているから取りに来るようにとおっしゃった。そしてこの級では、やはり多く作っているだけに関口と細川が英文は一番上手らしいねとおっしゃったのを、なにを質問されても手を挙げずに、ずんずん先きを作っていた私は、冷笑したく聞いていた。そして大変いやしいことだと思った。

午後に入って、じめじめ雨さえ加わり、意地悪く寒い。

京都の鈴村さんに「新潮」増刊「文壇新機運号」送る。

百瀬貸本部に「今戸心中」と「俳諧師」返す。これに十銭払ったのと切手一枚買ったのとで私は一文無しになった。

返した小説は主として授業と授業との間の十分の休みに読んだ。

夜、雨やむ。くもり。

大正六年一月二十一日。日曜。くもり。武術大会。

私のあき易い性はこの日記についても逃れ難かった。去年の秋の末に「受難者」から受けた感銘が直接の原因となって、貧しいながらも若い日の跡を忠実に写そうと、真面目な決心から出発した日記だったのに、このごろの怠慢はどうしたというのだろう。元日から七日までの記事はまだ手をつけていない。七日から今日までも、義務に強制されたかのようにいやいやながらと言う外はない。その間には特に書きたいことがなかったとも、高等学校入学試験の準備のために時間の余裕を持たなかったとも、こんないいわけは私の内心にとがめられる。再び心を新たにして書きつづけたい。

今日、武術大会があった。

私の室員では小泉が勝ち杉山が勝った。

舎の豚が屠られた。会の終ったころ食堂の裏の納屋へ行ってみると、もう肉から離れた醜い毛皮が土にべったりと横たわっていた。血は大きな樽に水とまざって気味悪い色に湛えられ、燐光を浮かしていた。内臓がある。脚がぶら下っている。小使は学校の教師達に売る肉を慌しそうに切っていた。こんな豚の死でもそう無造作に考えたくなかった。ほんとに何一つ解っているものはない。何一つ解っているものはない。つつましい心にかえれ。そして静かにもとめよ。

小泉は頭痛で「在褥」して眠りに落ち、杉山も室にいなかった時、清野は大口について訴えた。なるべく心静かに色々質してみて、大口が清野に思い切ったことをもとめた――或いはもとめようとしたことを知った。

大口も加わって室員と「間食」した晩、私の室の者は皆消燈後まで起きて事務室と閲覧室とで勉強した。大口にもそのことを告げておいた。しばらくして清野は独り先きに帰って床に入った。すると大口が「宮本か。」と言って室に来て、私ではなく二年生の清野だということが分ったにもかかわらず、清野の直ぐ傍の私の床――それは清野の腕を弄ぶためいつも敷蒲団は密接して敷かれていた床に、もぐりこんで清野に話しかけた。その後は私もたずねたくはなかったけれど、清野のちょいちょいした言葉の端で、どんなにでも想像が出来た。しかし結果は清野が相手にしなかったので帰って行ったとのことだった。

清野は大変口惜しそうに訴え、また大口を人でなしのように罵ったところから見ても、大口が故意に清野の床をねらって、いやしい行為――私にこう呼ぶ権利を与えよ。――いやしい行為を犯そうとしたことは確かのようである。聞きながら私の胸は強く動揺せざるを得なかった。

そして清野の訴えのうちにおのずと現われた、私への信頼と愛慕とには、抱きついて感謝したいと思わざるを得なかった。

静坐法の時も想像を逞しゅうし、色々と考え続けた。先立つのは大口への憎みと清野への愛とで、ずんずん両極端の方向へ走ってゆく。大口に対する憤りは、もう交りを断とうと思うところまでつのって行った。しかし果して大口を憤るだけの浄さが自分にあるのだろうか。私の妄想が一々なにかの形となって現われるのだったら、顔を赤らめないでいられるどれだけの時間を私は持てるのだろうか。美少年美少女を肉の思いなしに眺められたことが一度だってあるのか。折さえあれば高木、富永、西川……を見る私の眼は心になにを伝えていたのか。また清野に対しても暗い心がひそんでいなかったとどうして言えよう。紙一重のところまで行ったことがなかったと言えようか。しかしこれらの反省も私の憤怒をゆるめるなんの役にも立たなかった。ただ私は清野を大口よりよく愛しているし、殊に大口とちがうところは清野から深く慕われているということである。清野は私にすべてをゆるしてくれているのだもの、私にすがりついていてくれるのだもの、この弁解を唯一の身方とした。

と、小泉が一人で室に寝、大口も同じく隣室に在褥していると気がつくと、急に不安で静坐していられない。静坐法が終るが早いか室に走って戻り、電燈をつけて小泉の寝顔をのぞきこんだ。

清野と手を握り合うため今夜は早く消燈と同時に床に入った。
大口への優勝者の位置を感じながら、しっかりと腕を抱いて眠りに入った。

この日記はこの一月二十二日で切れている。「再び心新たに書きつづけたい。」と思い立った、その日で切れている。

大正六年に私は十九歳で中学五年であった。

この前の年、十八歳の中條百合子が処女作「貧しき人々の群」を坪内逍遥の推薦で「中央公論」に発表した。この年十九歳の島田清次郎が長篇小説「地上」を生田長江の推薦で新潮社から出版した。同年の二人の出現は田舎中学生の私におどろきであった。しかし自分の十八九歳の日記の露骨な書き方を、三十年あまり後の五十歳で読んでみた私も少しおどろいている。

しかも、この清野少年とのことは「湯ケ島での思い出」にも長々と六七十枚書かれている。「湯ケ島での思い出」を書いた時私は二十四歳で大学生であった。また私は高等学校の時に清野少年あての手紙を作文として提出した。教師の採点を受けてから実際の手紙として清野に送ったと記憶する。しかし彼にも見せたくない部分は手元に残した。それが今日まで保存されていて、原稿紙の二十枚目から二十六枚目までである。三十枚前後の長い手紙だったとみえる。書簡体に託した、これも思い出の記である。

してみると私は清野少年との愛を、そのことのあった中学生の時に書き、高等学生の時に書き、大学生の時に書いたわけである。

そうして今五十歳で全集を出す時に、その三つを読み返してみることは私一個には感慨が深い。三つとも断片であり未熟であるとしても、ただ焼き棄てるのは残り惜しいようである。

六

作文として提出した手紙文は高等学校の一年生のものだと思う。私が十九歳の九月から二十歳の七月までの間である。そのころ高等学校は九月に入学であった。

手紙文の二十枚目は後半だけで、前半は切り取られている。前半は清野に送ったのだろう。保存されている六枚半をここに写し取ってみる。


お前の指を、手を、腕を、胸を、頬を、瞼を、下を、歯を、脚を愛着した。

僕はお前を恋していた。お前も僕を恋していたと言ってよい。

これだけ言えば、お前にも今はもう解ることと思うが、寄宿舎での上級生と下級生、室長と室員としての僕達の間は、第三者には直ちに推測されてしまうだろう。

新学年の春、僕達の室が始まった時から、垣内と杉山とは僕の隣りに寝るのを避けた。杉山の理由は直ぐにその病気のためと知れた。垣内の理由は今も僕に解らない。垣内はませていて上級生と下級生とのことをよく知っていたからかもしれない。また垣内はお前と同じ二年生のくせに（一年落第はしていたが）お前をほしがっていたようだったから、そのためかもしれない。勿論後には垣内も杉山の病気に閉口して、お前と寝る位置を替りたがっていたけれど。

いつも素直に僕の傍で眠ってくれたのはお前だった。

垣内が退学して、小泉が垣内の代りに僕の室員となってからは、小泉と杉山とは横になると直ぐ眠りに落ちて、しみじみと話す僕達を残した。殊に人の様子をうかがうような杉山は、消燈後の勉強のために晩くまで室を出ている夜が多かった。

僕はいつともなくお前の腕や脣をゆるされていた。ゆるしたお前は純真で、親に抱かれるくらいに思っていたに相違ない。あるいは今ごろはそんなこともまるっきり忘れてしまっているのかもしれない。しかし受けた僕はお前ほど純真な心ではいなかった。

（僕はお前と一緒にいるのだったら、こんな言葉は匂わせもするものでない。しかしお前は僕が去ってからは、北見を室長に、菊川、浅田と同室だそうだ。菊川、浅田は僕のいる時分から、舎の美少年として上級生の注目の的になっていた。それに北見はしっかりした五年生ではなく、四年生のひょろひょろだ。室員を護る力があるか。僕は全く心配した。そしてお前も上級生の醜い――僕は醜いと書く勇気がないけれど――醜い要求にぶっつかるか、または菊川、浅田がぶっつかるのを見たと思うから書くのだ。島村からの手紙では、新入生に美しい少年もいるそうだし、ずいぶんみだれているそうだね。お前の手紙にもそんな口吻があったように思う。）

勿論、僕はお前に、腕、脣、愛などという言葉をひとことも言ったためしはなく、全くいつともなく与えられていた。それより先きの交りは空想はしたにしろ、実現しようなぞとは夢にも思わなかった。それはお前がよく知っていてくれる。

しかしまた、下級生を漁る上級生の世界の底まで入りたくなかった、あるいは入り得なかった僕は、僕達の世界での最大限度までお前の肉体をたのしみたく、無意識のうちにいろいろと新しい方法を発見した。ああ、この僕の新しい方法を、なんと自然に無邪気に受け入れてくれたお前だったろう。僕の最大限度がお前に毫末も嫌悪と疑惑とをひき起さなかった、そのお前に僕の救済の神を感じる。ああ、僕をあれほど愛していてくれたお前は、それより先きの交りを要求しても、その後までも僕を信じていてくれそうだった。お前は私の人生の新しい驚きであった。

でも、舌や脚と肉の底との差はどれだけだろう。ただ僕の臆病が辛うじて僕を抱き止めたのではないかと自ら責められる。

家に女気がなかったため性的に病的なところがあったかもしれない僕は、幼い時から淫放な妄想に遊んでいた。そして美しい少年からも人並以上に奇怪な慾望を感じたのかもしれない。受験生時分にはまだ少女よりも少年に誘惑を覚えるところもあったし、今もそうした情慾を作品に扱おうと考えている僕だ。お前が女だったらと、せつなく思ったのは幾度だったろう。

書くのは苦しいけれど、あんなにまでまつわりついていたお前のからだを、そのまま残して別れた僕は、道徳的の清潔を純真に喜べたろうか。さびしい物足りなさの方が、しばらくの間は強かったのではなかろうか。

垣内と別れた時には、露骨な物足りなさが先立ったではないか。

新学年に僕の室員がきまった時、お前も可憐と思ったけれど、女性的に艶冶な、常に浴場であこがれていた、垣内を僕の室へ迎え入れた喜びは淡いながらはっきりしたものだった。

垣内はお前とちがって上級生をよく知っていた。僕にもいつでもゆるすという素振りを見せていどみ、却って僕はどぎまぎしたものだ。

お前はあの七月の晩の垣内を覚えているか。垣内は四五年生達から袋叩きの鉄拳制裁を食った。死んだように倒れて、汗ぐっしょりのぐにゃぐにゃな体を、僕は抱き起し、背負って、冷水浴場へ行った。水をあびせる時も僕の膝にぐったりよりかかっていた。寝間着は汗で着せられず、裸のまま負ぶったが、疲れ切っているのやら挑むのやら分らぬようにまつわりついて来る垣内をどうとも出来なかったのは、僕の臆病以外のなにものでもない。垣内も僕の卑怯をひそかに嘲笑っていたのかもしれない。

夏休み前、あんなひどい目にあわされた垣内に、休みで別れていると僕の同情、そして官能的な愛着はなおつのり、長い手紙を幾度も書いた。九月にはまた僕の室員として帰るように言ってやったのだが、垣内はそれきり学校を止めた。僕はまた手紙を書いた。僕は校長に呼ばれて、垣内は家庭の事情からも本人の性向からも、この際退学した方がむしろよいと考えられるので、君の親切な手紙で垣内を迷わせないようにと言われた。僕は羞恥で冷汗が出た。復校をすすめたのは僕の感傷的な親切だけだったろうか。

垣内に対する僕の感情と比べると、お前に対する感情はずいぶん清浄であったと思う。お前は多くの苦痛を払っても僕の言うなりになってくれただろう。これだけ言った今でもまだ僕が望めば、どんなことでもみたしてくれるだろう。しかし、あれだけの最大限度をつくしながら、やはり限度にとどめたことを、今さらかれこれ言ってお前をいやがらせたかもしれないが、それは臆病以上の僕の愛だったと必ず僕自身にも解る時が来るだろうと思う。

上級生の要求に無智でありながらも、僕が帰省する夜は、隣室の大口がはいって来てこわいと、泣かんばかりに告げて、僕の帰省をやめさせて、そのくせ僕とは床を重ねるように取ることをゆるし、僕とくちづけながら大口のことを訴えて、僕達のそれは全く連関のないかのように僕を疑わなかったお前、二月に僕が入学試験の準備で少し夜更けまで図書室に起きていることが続いた、ある晩、僕が突然帰室したのにまごついて、遊びに来ていた上島がお前の床にもぐりこんで隠れようとした——勿論深い目的で来ていたのでなかろうけれど——その上島に対する怒りでふるえている僕から、上級生の慾望を明らかに話させて、単純に驚愕しながらも、僕だけは全く例外の人のように、やはり晴れ晴れと素直に抱擁し続けていてくれたお前、その純なお前の愛が私を涙で洗ってくれたのだった。

僕の臆病と言えばそれまでだが、見方によっては奇蹟的に、なんら無理な抑制も忍耐も必要なしに、お前をよごさずにすんだ、そのお前の嬰児の魂に僕もお前自身もどれほどの感謝をささげても足りぬだろう。

極めて素直に真直ぐに父母から僕に渡されて来たような、お前はなんと美しい人だったろう。この第五章はかなり乱脈に、かなり臆病に書いた。自己弁護のためでもあろうが、お前の神経を刺したくない心づかいもあった。

ここで二十六枚目が終っている。

この手紙文も五十歳の私を少しおどろかせた。

「かなり臆病に書いた。」とか、「お前の神経を刺したくない心づくしもあった。」とかいうのが、このような第五章だとすると、第四章まではどんな風になにを書いたのだったろうか。

しかしこの六枚半は手紙の相手の清野に送ることもさすがに控えたものとみえる。

またしかし、これを学校の作文として提出したことにも、私は自分ながら驚かずにはいられない。教師が何点をつけたかは忘れたが、別に内容について注意を受けた覚えはない。教師を苦笑させたろうと思う。いくら一高が自由でも非常識な作文である。

十二

嵯峨の奥の大きい岩に坐りながら、谷を下ってゆく私を遠く眺めていた、その時以来、私は清野に会っていない。私の二十二歳の夏であったから、大正九年で、ざっと三十年前である。

中学校の寄宿舎で清野と一室に暮したのは、大正五年の春から大正六年の春までで、私は五年生、室員の清野達は二年生であった。

そのころの日記から、大正五年十二月十四日と大正六年一月二十一日の日記とは、前に写し取っておいたが、ここにまた清野の名が出ている日の日記を抜き出してみることにする。

日記は大正五年の九月十八日にはじまっている。十一月二十三日の日記のなかに、

「昨夜は床に就いてから一言も交さず寝入った。

ふとほの暗いうちに目覚めて、温い清野の腕をにぎった。私の左の腕の片面すべてに温みが清野の皮膚から流れているのを感じた。清野はなにも知らぬ気に私の腕を抱いて眠った。

こんなことは眠りに入る前、眠りの覚めた時、十日も前からくりかえされていた。」

とあるから、清野とのこのようなことは十一月二十三日の十日ほど前からであったとみえる。

九月十八日の日記には清野の名が出ていないけれども、この日記の初めの日であるから、ここに写しておく。

九月十八日の日記から十一月二十三日に飛んでいる。そのあいだの日記はない。


大正五年九月十八日。はれ。

目覚しが鳴らなかったので寝過し、小使が起しに来てくれる。

小泉が寝間着のままで起床の鈴を振りに階下へおりるのと共に、冷水浴場に行く。

月が真上に白い。

七時四十分登校。

体操の時間は無断欠課して舎の畳に腹這い、「ふらんす物語」読む。

今日も朝から学校に出て何を得て来たのかと思うと、ほんとうに悲しくなる。学校の教えに異教徒のような日を送りながらも、ずるずると五年間もひきずられ、卒業間近までも来てしまった。この生活を棄てるのが自己に真実と知りながら、天分の少い自分に頼み難いのと、生活の平安を願い争闘を恐れる卑怯とでためらいながら、妥協に生きて来た。これまでに費した金と時と労力とをもって、独り私の道を進んだなら、きっときっと何かに達し、もう少ししっかりした自己をつかんでいたに相違なかろうに。

しかしこの生活からも近く放たれる。

尚この上続く学生生活が同じような幻滅に終りはしまいかと不安にとらわれてならぬ。

ああ、私にゆるされた生命のすべてを燃焼しつくしてみたい。

星の美しい夜だった。

乳色の帯が夜空の真中を通っている。

電燈の消えた寝室の窓に、今夜は殊に静かな十字架星をみつめていた。

花袋

時は過ぎつつある。

そして過ぎゆく時の音は明らかに
感じられる。
あの音だ。
あの音だ。

大正五年十一月二十三日。はれ。

私の周囲の少年達がいまわしく見えてならない。皆の瞳があなどりに光っているようでたまらない。今に見ろと敵対の心さえ起り、黙りこんで沈鬱な私になりそうである。みんな自分の虐げられた胸、ひねくれた心からと思うと恥かしい。単純な素直な人を見ると、みずからがほんとうにあわれまれる。疑い深く意地悪い私の心に、もう少年の心はかえらない。

あれほど信頼して愛した室員達さえおもしろくなくなったのはどうしたんだろう。

昨夜は床に就いてから一言も交さず寝入った。

ふとほの暗いうちに目覚めて、温い清野の腕をにぎった。私の左の腕の片面すべてに温みが清野の皮膚から流れているのを感じた。清野はなにも知らぬ気に私の腕を抱いて眠った。

こんなことは眠りに入る前、眠りの覚めた時、十日も前からくりかえされていた。

清野はただ冷たい手をぬくめてあげるのだと思っている。ただそれだけだった。

朝食しようとするところへ、清野に電話がかかって来た。祖母が死んだので帰省せねばなりませんと、清野は言った。

室に戻って、杉山と二人して、杉山のところへ来た小包のつつみに使ってあった古国旗を、竹竿につけて窓へ出した。

羽織を註文した。散歩した。

清野は帰って行った。

私はよい心で室員が見られた。

どうも落ちつかぬので、室員の小泉を連れて千里山に出かけた。このあいだ通学生のYから噂を聞いて、見たいと思う少女のいる医院は、まだ匂いの新しい戸がとざされていた。本日休診だ。帰ると午だった。

頭がぼんやりしている。芝草に横たわって暖い日光を浴びていた。

室に戻って、「死の勝利」を読みかけてみたり、「復活」を開いてみたりしたけれど気の進まぬところへ、Sさんが来たので外出した。T書店に行った。借金は片づいたが、まだこの店に親しみにくい。

一年生のNが店に来ていた。しみじみこの少年に見入る。私自身をかきむしりたいほど、泣きたいほど、Nは美しく見える。

もうNにも近く思春期が来て、今の美は消える。私もN等から去って行く。こんな美を眼前に見入りながら、それとなんの接触もなしに、やがてこの町とも別れる自分がさびしくてならない。Nはいつも私の頭のなかにいる。しかしNに私はなんであろう。かなり多くの美しい少女の目にNは可愛ゆく映っていよう。今私を死に誘うものがありとすれば、それは醜い悲しみである。

夜は講演会をききにゆかないで、床を取って眠った。

清野は帰らなかった。小泉が私のとなりにねた。私は清野と同じように小泉の手をもてあそんでいた。


大正五年十一月二十四日。金曜。くもり。

二三日休んでいた冷水浴をする。

あやふやな天気が続く。

白鳥さんの「死者生者」読む。

郵便局に行って七円出す。羽織を註文した万嘉に代価払っておく。

散歩の帰りHさんと足立駄菓子屋に寄っていると、室員の小泉と杉山とが入って来た。書物を整理した。心が落ちつかぬ。

昨日まで一年のNと呼ぶ少年に注がれたのと同じように、私の目はやはり一年のMという少年に注がれることになった。

昨日の午頃、寄宿舎の旧自修室に催されている展覧会場で、私は美しい頬を見出した。目深に帽子をかぶっている、その下から目や眉や額をのぞいた。今日は帽子をかぶっていない、その頬を見た。通学生でMという。こころよいのは薔薇色の頬である。私はあんなに生き生きしい頬を初めて見た。大きい目と濃い眉とを薔薇色がつつんでいる。子供らしいいたずらげのまだ少し残っているところが、殊に可愛い。

それから町でちょっと美しい少女を見た。あまりよくない身なりをして、子供を抱いていた。眼鏡をかけていた。（医者の娘のことを聞いてから、女の眼鏡が気にかかる。）

しかしいったいこんなことが何になるのだろう。少しでも美しいものを見た時に、私の心に起るのはなんだ。

なぜ私はこんなにいやしいのだろう。

「新潮」で「受難者」の批評を読んだ。赤木桁平さんのを読んだ時私の女に遭うまでは童貞でいたいと思った。

大正五年十一月二十五日。土曜。あめ。

昨夜清野は帰って来た。

私の室員に対する心はあやふやに揺れている。

もうほんとうの愛は過ぎ去ってしまったのかもしれない。弟のように可愛がり、ただ私一人のことを思っていてもらいたいような少年はいない。私の興ざめてゆくのと同じように、室員達も私に興ざめていっているのではないかと思うとさびしい。やはり私を思っていてもらいたい気がする。

田山花袋さんの「山荘にひとりいて」を読んだ。

どうしたものか、室に落ちついて読書も出来ないので、散歩をして帰ったが、まだそわそわして、片岡君を誘って散髪に行った。

午頃から降り出した雨は道に水溜りをつくっていた。

床屋でタオルと石鹼とを借りて、来合せた中澤君と共に最寄りの銭湯に飛び込む。さっぱりして三人連れで帰った。

校門まで来ると、一人で帰ってゆく白川が美しく笑って、帽子を取って、頭を下げた。私達はひとしく顔を見合せて、立ち止まった。誰が敬礼されたのかわからなかった。

白川は全校第一の美少年である。こんなウェル・フェイバアドな少年は他に見ない。私達より一級下で、たいへん真面目な人、もとは私の空想にも絶えず通ったけれど、白い顔に二つ三つ小さいにきびが見えるようになってから、美が荒んだと思い、忘れかかっていた。しかし今日のような恍惚とさせられる少年美に打たれたことははじめてだ。

夜、長江さん訳の「死の勝利」を少し読む。

今から欠田君の習作「再生」をもう一度読んでみよう。

尺八がふるえて聞える。

雨の音はやんだが、外は暗いらしく、本箱の形がはっきり窓ガラスにうつっている。

大正五年十一月二十六日。日曜。あめ。

どうしても室員の温い胸や腕や脣の感触なしにねむりにおちてしまうのはさびしい。

清野はまだほんとうに単純らしい。

「思っていて言わないことはなにもあらしません。」と、ふとしたときに言った。

「ほんとうか。ほんとうか。」と、しつっこくたずねる。

「ほんまでっせ。なんぞ思って黙ってたら、心配で心配でいられやしまへん。」

清野はこんな少年だった。大変負け惜しみが強いけれど、正直な子である。

「私のからだはあなたにあげたはるから、どうなとしなはれ。殺すなと生かすなと勝手だっせ。食いなはるか、飼うときなはるか、ほんまに勝手だっせ。」

昨夜もこんなことを平気で言っていた。

「こないに握ってても、目が覚めたら離れてしもてまんな。」と、強く私の二の腕を抱いた。

私はいとしくてならなかった。

夜なかに目覚めると清野のおろかしい顔が浮いている。どうしたって肉体の美のないところに私のあこがれはもとめられない。


生温い空気、昨夜からの雨が校舎をしめらせている。

冷水浴をして帰ると、室内はむっと悪臭に息づまるようだ。杉山の可哀想な悪習だが、杉山の隣りに床を取っている小泉に気の毒である。

なぜこんなに注意力が散漫になったのだろう。すこしもじっとしていられない。執筆はもとより、読書も十頁と一心になれない。――この日記の筆を執っていても、頭がずきずき痛む。狂的に頭を振り、がんがん拳でなぐりつける。

ふらふら町を歩いて来ては机に向うが、ただ悶えている。どうすればなおるのかわからないで、狂気にもなりかねまいと思われる。

いろいろの本を投げつけてから、宝塚少女歌劇の脚本を二つ三つ読んだ。

午後、H君と外出、昨日頼んだ帽子の修繕が出来ていたので冠って帰る。

日曜を降りこめた雨は、ドアまでしめらせて、あけしめが固い。

夜、小劍さんの「二代目」を読んでいると、春日が指を切るあたりがたまらない。ぎりぎり痛む頭をどうしようと思って、むやみに振った。

なぜか私は手術や怪我の描写を読む時、気が狂うほど脅かされる。頭に強くこびりつくのは、こうした描写である。小山内さんの「手紙風呂」の指を切るところ、鏡花さんのものなど、はっきり頭に残っている。

まして本物を見せられた時、私の心臓の恐怖はどんなであろう。

夜、二三日ぶりに星が光って、明日の天気をしらせた。

今宵は心から清野が好かれた。

朝がた目覚めていると、ちょっと珍らしい地震が揺れた。

大正五年十一月二十七日。月曜。くもり。

――こうして十幾枚か書きためた日記は、机の抽出しにしまっている。室員達はそれを知っている。私より真直ぐな心を持っている者達で、大丈夫だろうが、好奇心が起きないとも限らぬ。また友人共がいつなにかの用で、私の机をあけてみないとも保証されぬ。そう思うと恐ろしい。今の私はこれを最も近しい人に読ませるだけの勇気もない。これに続けて赤裸々な自分を書いてゆく時、これを見られるのは、私にとって大変なことであろう。あぶない。室員でも清野や小泉は信用しているけれど、杉山がこっそり読んで何食わぬ顔をしているんじゃないかと思うと薄気味悪い。なんとかしなければならぬ。

寝床から立って窓を開くと、乳色の朝霧の細かい粒が手に可愛ゆく宿って快い。

二時間目に倫理の試験があった。教科書は参考にしてもよいので、生徒は論文を書くつもりで問題に対さなければならない。「私は――。」と自分の考えばかりをかなり長く書いた。どうも連絡がうまくつかなかったり、適当な言葉が思い浮ばなかったり、前後矛盾しそうになったりで、徹底せぬように思えてならなかった。しかし愉快に答案が作れた。ただ古い道徳に媚びなければ、齋藤先生の求める結論に達しないのが心苦しかった。

三時半、私は澤田時計店で、こころよくつめたい銀を手に取り、興奮して見つめている私自身を見出した。急に燃えた欲望を抑えることが出来ず、華奢な模様が彫られた小型の銀時計に惹かれて、私は一筋に足を急がせて来たのだ。

しかしその小型に思うようなのがないので、私は大きいのを見せてもらった。銀に七宝をちりばめた華美なのが目についた。それが一番高価だ。私の虚栄心はどうすることも出来なかった。一番高価なものを選ばずにいられれぬのが私の悪習で、本能だ。

メダルのついた革の紐を加えた。

最初からたくらんで来た通りに、私は主人に通帳と判とを渡し、郵便局に行って貯金を下げて来てくれと、再三再四しつっこく頼んだが、聞き入れないので、しぶしぶ自分で出かけた。十一月の初旬から三円、七円、次いで今日の十四円二十銭。私は郵便局の人に気兼ねで、恥かしいのだ。気がとがめる。

電燈がついてから店を出た私は、わざわざ堤防を遠く廻って、時計をちょいちょいぬすみ見ては楽しんだ。坂を下りたところで大口君に出会ったので、あわててメダルをかくした。夜、羽織を呉服屋が仕立てて持って来てくれた。この羽織にも、いろいろの思いがふくまれている。

五十円の貯金、寝間着、羽織、銀時計、みんな孤児の象徴のようなもので、私の涙が宿っている。祖父の死後私の自由になった遺産は、隠されていた勧業債券の五十円、その貯金である。

大正五年十二月一日。金曜。はれ。

――学校に提出する「生徒日誌」がいそがしいので、この日記をこまごま書くいとまもない。

――

暦の上の冬が来た。

このあいだもとめた時計がどうも正確にならぬので、澤田に帰す決心で行った。主人が留守なのでとにかく預っておくと言った。これと同じのを取り寄せるようにするが、なければこれを修繕して辛抱していただきたいとのことだった。後の場合だったら、なんとかことわって大阪に行き、更に趣味のいい、更に高価なのを買おう。

清野がほんとうに好きになった。

「私のヘングインになってくれ。」と言うと、「なってあげまっせ。」と言った。

大正五年十二月二日。土曜。あめ。

英文法の試験は少しも復習しなかったけれど、割合に出来た。

寄宿舎に帰ってから、気にかかっている澤田時計店に行くと、大阪行きの飛脚の返事はまだない。

銭湯に入った。私ほどの風呂好きは少かろう。湯を上って近くのうどん屋に上り込み、肉うどん、肉なべを食った。薄汚い幼年がなれなれしげに部屋へ入って来た。いろいろ話しかけると直ぐ心やすくなって、うどんや肉を掌に、次は蓋に入れてやった。むさぼるさまがかなしかった。店の者に問うても、どこの子か分らぬと言う。

岸本書店で買った「新潮」と東京から着いていた「文藝雑誌」とを、雨傘のなかで開いて読みながら帰った。

杉山は帰省で、清野と小泉と私とである。なんとなく空気が柔らいでいる感じだ。杉山には例の悪癖の臭気がついて廻っているせいか、どうも好きになれない。清野、小泉……？　私はもっともっと愛に燃えた少年達とルウムをつくりたい。

生徒日誌は急がねばならないのだけれど、今夜は雑談に過そうと小泉も加えて火鉢を囲んだ。

大口君が来て、頼みたいことがあると言って、手紙を見せた。君と同じ町の河内という僧侶の息子からのものだった。私は大口君を通じてこの少年にかなり多くの小説を貸して来たりして、彼が文学に溺れて寺の相続に甘んじるのをこころよしとしていないのも知っていた。

大口君はこの手紙を受け取った昨日、K君、M君等とわいわい騒いでいたし、授業中にM君が返事の代作をやっていたので、多分女からの手紙だと私は思っていた。自分にもきっと見せてもらえるものだろうと待っていた。ところが男名前だったので一寸失望した。読んでみると――河内という少年は秋の夜ふけ、いわゆる「罪ない妹、まだ異性に目覚めていない妹」の寝顔に見入りながら、大口君の手紙に答えずにはいられないので書いていると言う。清い愛ならば、妹としての愛ならば、私は私の無二の友の君の妹に対する愛をよろこんで認める。僕は若い娘を愛する心に暗い慾望の伴わぬことはないのを知っている。しかし僕は心から君を信じる。真面目に愛してやってくれるなら、僕は君になにもかれこれ言うほど野暮ではない。

そして大口君が私に頼みたいことというのは、河内に「受難者」を貸してやると約束したので貸してくれとのことだった。私はしぶしぶ承知した。

大口君の愛には、好奇心が多いように思う。その妹はどんな子だろうか。見たい。私はとにかく大口君の勇気がうらやましい。ずいぶん思い切ったことをしたものだ。愛人の兄に打ち明けてしまったからには、どんな風に責任を負ってゆくつもりだろう。手紙を多くの友に見せられ、代筆の返事を読ませられる、河内とその妹とが真面目なのなら気の毒だ。河内にしたって、大口君をどこまで信じ、妹をどれだけ重んじ、恋をどんなに考えているのかしらぬが、少くとも無責任だ。

私が誰かに恋を打ち明ける勇気はいつ来よう。悲しいものよ。私は大口君の愛の成就を期待しない。嫉妬か。

夜、右に清野、左に小泉の腕を擁して眠る。

大正五年十二月三日。日曜。はれ。

時計に心を奪われて落ちつけぬ。

朝食を終えるなり「徒然草」の請求書と通帳とを持って虎谷書店へ行った。今起きたところらしく、店にないので取り寄せると言った。

町には朝霧が揺れ揺れ流れていて清々しい。時計店はまだ戸がとざされている。いらいらする。起きるまで散歩でもしようと、T村へ通う野道に出てみた。河内からさつまいもを積んで来る車に出会うくらいで、人通りはなかった。

胸を張ってぐんぐん歩いた。体の底からよろこびが湧いて、心が勇み立って来る。今朝規則書を請求の手紙を出した一高の入学のことなどを本気に考えた。あんなに早くから三田か早稲田かの文科ときめていた私に、突如として帝大が思い浮び、一高が思い浮んだ。昨夕から急に向陵へのあこがれが目覚め出した。

三十分ほど散歩して澤田時計店に寄った。しばらくして主人が起き出て来て、同じ型の時計は大阪にもないそうで辛抱してくれと言うので、また元の時計を持って帰る。

堀書店でトルストイ叢書の「イワン・イリイッチの死」を現金で買った。もう私は二十銭余りしかない。

生徒日誌を書く。

午後、時計の大針と小針とがうまく時を指さないので、合わそうといじっているとペチンと折れた。澤田へ行くのは恥かしく、石井時計店に行ってつけてもらう。

S君に誘われて出て、小田巻と鴨なんばんを食い、入浴する。

明日立体幾何の試験なので、消燈後図書閲覧室で少し勉強し、それから事務室でNさんと十一時頃まで話す。


大正五年十二月六日。水曜。はれ。

朝、京都のMさんあての手紙を投函する。

欠田君が"Guy de Maupassant's Short Stories"を持って来てくれる。

地理試験、教科書を参照するのをゆるされている代りに大変むずかしかった。

代数も熱心にやった。国語もおとなしく聴講した。歴史も真面目だった。一高受験を思い立ったので――。

昼食を終えてから、教室で十二指腸虫の予診があったが、ごまかす。私の室員は皆その疑いを受けて検便しなければならない。

勉強のための運動と思って、湯に行く用意をして外出する。

湯屋で知る人も、若い人も、女もあたりにいないのを見すました私は、初めてつくづくと私の肉体を鏡に写すことが出来た。

肉体の美、肉体の美、容貌の美、容貌の美、私はどれほど美にあこがれていることだろう。私のからだはやはり青白く力がない。私の顔は少しの若さも宿さず、黄色く曇った目が鋭く血走ると言ってもいいくらいに光る。

虎谷書店に行って、おそるおそる青木、佐野両氏の「徒然草新釈」を受け取って、店主に先日舎監に請求した旨を告げて、逃げ出した。先日借りた「新潮」といい「徒然草」といい、私の言葉を店ではどう思っているのだろう。

百瀬貸本店に行って、柳浪氏の「今戸心中」と虚子氏の「俳諧師」を借りる。

夜、ステップ第四読本の一課と二課とを調べ、代数もやってみる。

杉山は今夜も勉強に起きている。

大正五年十二月七日。木曜。はれ。

昨夜、ほんとうに室員達を愛さなければならない、もっと素直に室員の胸に生き、もっと純に私の胸に抱かねばならぬと、しみじみ思った。

今朝もほんとうに清野の胸や腕や脣や歯の私の手への感触が可愛くてならなかった。一番私を愛していてくれて、私のなにもかもゆるしてくれるにちがいないのは、この少年であろう。

生方敏郎氏からまた葉書が来て、万年筆の走り書きで、七日午後四時から大阪高津神社内の梅屋で「文藝雑誌」懇親会を開くから是非出席してほしいとあった。大層うれしい。大変行きたい。漢文の時間などきっと行くつもりで、袂のついた綿入と新調の羽織を着て行こう、郵便局で幾ら出して行こうかしらなどと、そわそわして教室を出ると、稲葉先生に家の用事と言って帰省を許してもらおうと教員室に入りかかったが、ちょっと考えた。懇親会に集まる人々と話をする私の年齢は？　殊に知識は？　もっと重大なことに私の風采と容貌は？　……私は祝電だけ打っておこうかと考えたが、金のないのを思ってこれも止め、生方さんが東京に帰られたら手紙でも出すことにする。三時頃にはもうそんなことは忘れていた。

一時間目の体操が終った時、甲組のU君が「君ちょっと。」と呼んで、今度東京の中学生や女学生が集まって文藝雑誌を発行するそうだが、君も会員になってくれぬかと言う。喜んで承知の旨答える。

一高熱益と高まる。

夜は水のような月光。

（大正五年十二月十四日の日記は前に出したのでここではぶく。）

大正五年十二月二十三日。土曜。はれ。帰省。

長い休みが近づくと、少しずつ家なき児のかなしみがにじみ出て来る。

年が改まって七日まで室員達とも会えないので、昨夜は持ち寄り間食をし、今朝は清野を抱き接吻した。

英語の時間、倉崎先生が二学期の英語の成績をしらせて下さった。訳読九十点、英作会話が九十一点、U君に一点か二点ゆずっただけで、乙組ではよい方だった。

体操は「素足で武装して集まれ。」と掲示が出て、杉本先生の号令で中隊教練をした。先生はお気の毒なほど軍隊のことは御存じない。

中食後、終業式に臨む。

終業式後にある、本稿卒業生海軍兵学校生なにがしの講話は聞かないで舎に帰り、参考書衣類などをまとめる。

小泉は二時の汽車で帰って行った。

私が室を出ていた間に清野も去った。

私も二時の汽車に乗れないことはないのだが、ぐずぐずしていた。

皆が立ってさびしくなったので、私も明日の石棺運搬には出直して来ることにして、袂のある羽織（津の江でもらったと手紙に書いておいた。）と七宝の懐中時計をつけて舎を出た。

途中、片岡君を待って停車場に来てみると、前に出た者が大勢いた。三つの風呂敷包を抱えて乗る。皆と共に遠く遠く国の果てまで旅してみたいような哀愁にそそられる。

次の駅でおりて、もう西空の黄色づいた広野に人力車を走らせ、徒歩の中学生を追い越して、伯父の家へ帰った。

家に入って火鉢の傍へ寄るなり時計と羽織とを見せた。そして車賃の不足金五銭をもらった。

一高へ行きたいと手紙を出して返事がまだもらえないので、どうしても黙し勝ちになった。殊に従兄とは話の糸口がつけにくく、私の一高志望もまだ不安定なのだと思うと頼りなかった。

手持無沙汰を取りつくろうために荷物を片づけて、いつも帰省の時の例にしている、奥の六畳に病むお祖母さんへ挨拶に立って行った。一家の人々の私に対する不服を、私はいつもお祖母さんから聞くことが出来た。私はそれを恐れながらも知らずにおけないのだった。今日は私の手紙の反響を知りたいのだけれど、お祖母さんはそのことには不案内らしかった。ただ種吉の死んだことや私の村の話が出ただけだった。

夜も一高の話は出なかった。

寝床に入ってから、従兄にH中尉のことをたずねてみたけれど、今年も陸軍大学に失敗し、もうあきらめて本年は大尉に昇進し中隊長となって、そんな風に一生を終るそうだということくらいしか聞けなかった。

大正五年十二月二十九日。はれ。雪解。

安眠の得られぬ夜が続く。

昨日に続いて朝早くから小作人達が庭に米俵を運んで来る。

伯母さんの頭痛は苦しそうで、げっそり痩せてふせっていらっしゃる。

お祖母さんに呼ばれて六畳に行くと、今日町で、霜焼薬、塵紙、田舎饅頭、罌粟饅頭を買って来てくれと言って一円渡された。今日学校の帰りにと約束した。

昨日の日記をつけてから、便所に行ったふりして伯母さんのふせっていらっしゃる部屋に入って、按摩をしてお上げした。ある限りの力を入れると、伯母さんも堪えられぬほど快さそうで、いろいろお礼を仰しゃった。

「徒然草」少しすすめる。

朝から町の銀行へ自転車で行き、そこから大阪に廻った従弟の帰りがおそいので、家では皆心配していられた。

お祖母さんの催促で、私だけ早く昼飯を食い、従兄に参考書代として一円五十銭借り、袴に羽織を着て出かけた。

雪解のぬかるみが気持悪い。野の雪はまだ解けていない。

停車場で欠田君に会った。学校の成績を見て、雑誌を買い、帰りに大阪へ行くのだそうだ。早速文学の話が出る。各雑誌の新年号の噂が出る。

欠田君は東京に出ると言って頑張ると、仰々しく親族会議が開かれ否決されてしまって、行くべき道に迷っていると言った。清水君の話も出た。清水君は朝日新聞の五百円懸賞の長篇小説を本気になって執筆しているそうだ。

「清水も君が来る時報せてくれたら行くと言っていたから、一度僕の家で三人で会おう。」など欠田君は言った。

学校は静かだった。

生徒控室に入って、先ず第一に私の成績を見た。七十五点の八番。四年から五年に進級した時の十番、一学期に下った十八番より見れば、席次も上っている。学校の成績など馬鹿にしているようなものの、間抜け顔のつまらぬ奴等が自分の後に坐っているのを思うと屈辱を感ずる。前より二列目の二学期は馬鹿らしかった。入学試験に首席で一年に入って以来どんどん席順の下って来たのは、おれには頭がある、何糞と思っていても悲しい。人にはもう認められない。この報復のために一高に入学しなければと今は意地を張っている。

汽車の中でも欠田君に、私が高等学校を志望するようになったのは、肉体的にも学力的にも劣者と私を蔑視した教師と生徒への報復の念が主な原因だと言った。

同じ乙組ではH君の七十六点の三番には驚いた。M君は同点の六番。大口君はどんと下っていた。さて成績表を細かく見ると、自分の不得手でない物理を一回目の試験は欠席し、二回目は二日も十二時頃まで勉強したにかかわらず思わぬ失敗を取ったのや、生徒日誌を怠り、国漢文を軽んじたことなどが、点の取れなかった主な原因と分り、平均点の二点や三点はどんなにしても上げられそうに思える。寄宿舎の同級生の成績をノオトする。

寄宿舎に入り、郵便局の通帳と印とを持ち出し、局で出す。局では常に見かけぬ若い娘が事務をとっていた。Kさんの細君かもしれない。可愛い少女だった。白い顔をしたKさんもいる。

虎谷書店に行って、藤森良三さんの「幾何学考え方と解き方」、「代数考え方と解き方」各上巻、清水さんの「ユウス・オブ・ライフ講義」、「中央公論」新年号を買い、従兄にもらった金に郵便局の金を加えて払う。

欠田君と別れて寄宿舎に行き、袷を風呂敷に包んで、停車場へ急いだが、二時の汽車には乗れなかった。切手と葉書買う。

私の家を売る時来てくれた町の道具屋に寄る。

空が夕づくころ家に帰った。

道を歩きながら谷崎さんの「人魚の嘆き」を読んだ。


この十二月二十九日の日記に、中学四五年の私の成績まで記録されているのは、五十歳の私には思いがけないことであった。

私の中学ではそのころ成績によって甲乙丙の三組に分けられていた。したがって乙組の八番と言っても、その上に成績のいい甲組がいるわけである。首席で入学した私は無論初め甲組であったが、何年生かの時乙組に転落したのであった。乙組の八番というと全級の中程より少し上の成績である。

高等学校も入学の成績は悪くない方だったが、その後どんどん下ってしまった。

十三

大正六年の日記は一月九日に始まっている。九日から十六日に飛んでいる。そして二十二日で切れている。


大正六年一月九日。火曜。はれ。

武術の寒稽古に舎生は皆出るはずで、Iさんが早く起しに来る。室員の小泉、杉山は出席し、清野は欠席する。窓の外はまだ夜である。

寝炉が冷たくなっていたので押し出すと、寒くて縮かむ。朝礼の鈴が鳴り終って朝礼に行く。洗面場が凍っていた。

片岡君に一高一覧表を貸した。

登校すると席順が改まっていた。

図画の時間S君にも話したように、私は高等学校を経て帝国大学に進むのなら、いっそ文学の学者になってしまおうかと思っている。創作の天分の疑いがだんだん増して来るにつれ、最近私の心はそんな方へ傾きかかっていることも事実である。しかしまだほんとうに筆は捨てたくない。いや捨てないだろう。遠いことだ。

帰舎。「徒然草」と代数を勉強。

今日体操の時間に杉本先生から「卒業後の為めに」という教程をもらった。昨日も今日も先生の口調には、しんみりしたところがある。私ももう悪意を持ちたくなく、感謝をささげていたい。学校に生徒でいる間はなるべく校則に添うような真面目な生活がやはり一番ほんとうの生活だと思えてならない。

床敷いて、寝炉で早くからあたたまる。

大正六年一月十六日。火曜。

阿部次郎さんの「藝術のための藝術と人生のための藝術」を苦しみながら読む。大変よい論文のように思えるけれど、はっきり頭に響いて来ない。

S君とうどんを食う約束に私も加われとT君に誘われて出る。虎谷書店に寄ると山崎さんの

「新英文解釈研究」が来ていたので受け取る。人通りの多い道の山新といううどん屋に入る。そこへ福山先生がひょっこり入って来られたので、かくれる間もなく頭を畳につける。困ったというよりは可笑しさに堪えられなかった。店の者に聞くと、直ぐそばに立っていられたけれど気づかれなかったそうである。N君、M君も来る。

T君にすすめられて煙草すう。清水、欠田その他の通学生も来る。

また虎谷書店に寄ってから高橋を散歩して、私等のために一円余り払ってくれた通学生のS君と別れ、ちょうど夕飯に帰った。

夜、杉山が間食しようと言ったけれど、私は金がないので生返事のままお流れにした。

大正六年一月十八日。木曜。はれ。

昨夜消燈後四十分ほどして暗い冷たい寝床に入ると、それまで起きていた清野が腕や胸や頬で、私の冷え切った手をあたためてくれたのが実にうれしかった。今朝、熱い長い抱擁。誰が見たって変に思うだろう。清野がなんと思ってしているのかさっぱりわからぬ。しかし私にはこれ以上のことは求め得られないのだ。

放課後外出して「文章軌範」をもとめる。

大正六年一月二十日。土曜。くもり。

四十七円の郵便貯金も一円余りしか残っていない。先日出した一円八十銭も、がま口のなかにはもう五十銭銀貨一つでさびしい。どうしても私の血にはぼんち気が流れている。見え坊のために、苦しい経験もさせられた。親がなくて親族に養われているという悲しみも、その主なものは金の不自由のように思える。そして時々金に対して意地汚くなってゆこうとする。友やその他にも打算的になってゆこうとする自分をふいと見出す時、堪えがたくさびしまれる。

この友人に対する虚栄心にかなり多くの書物が犠牲にされて来た。今朝もまた與謝野晶子さんの「夏より秋へ」、「女の一生」、白秋、晩翠の詩集などが大阪行きの風呂敷につめこまれた。

炊事室に稲葉先生がおられるので、裏門から抜け出せず、一時の汽車におくれた。

駅で校長さんに会った。もうしかたがないので何食わぬ顔で礼をした。手に風呂敷包があるから帰省だと思っていらっしゃるにちがいない。

福島のいつもの古本屋で、汚く争って、私の本で一円七十銭、清野の落丁の辞書で八十銭得た。

他の店で「増鏡新釈」、スマイルスの「品性論講義」、濱野さんの「新訳論語」をもとめた。

これで清野に渡す金のほかには三十銭も残らない。そこそこに駅へ急いだ。プラット・フオムに柔らかい美しい少年をみとめて、同じ箱に乗り、降りるまで見つめて、病的な妄想に耽った。

曇り空からしばらく降って止んだ。

（大正六年一月二十一日の日記は前に出したのでここではぶく。）

大正六年一月二十二日。月曜。はれ。

朝U君に、「東京のE子から手紙が来て、どうも女学生の身としては中学の寄宿舎には手紙も出せませんからよろしく仰しゃって下さい、と言って来た。」と伝えられた。私はなにげない様子で、ただ先日の手紙の返事を出したばかりだと答えた。

寄宿舎での自修三時間とも落ちついて勉強が出来なかった。一時間目の終りごろから焼餅が食いたいと言い出して、寒い運動場から生垣をくぐって忍び出たけれども、もう売り切れていたので、足立菓子店に寄って、夜の梅、かきもち、蜜柑など買って帰った。室員と食っていると大口が来た。昨夜のことがあるのに、相変らず無頓着で無遠慮だ。侮辱されているようでならない。英語についてふとした意見のちがいが出来ると、大口は多数決できめようと無邪気に寄宿舎中を廻ったりして、私の憤りはあらわれずにしまった。

消燈後、事務室で「徒然草」を勉強していたが、室に清野と小泉とが寝ているのだと思うと、大口が不安でじっとしていられなかった。早目に帰った。わざと足音を忍ばせて階段を上り、ずうっと廊下とドアとを見渡してから室に入った。なにごともなかった。

清野が目覚めたので毎夜の通り温い腕や胸の触感に親しんだ。

大正五年の九月から大正六年の一月まで五ケ月間の日記から、清野の名の出ている日の分をみな写し取ってみた。

この日記の終りから二月ばかり後に、私は中学を卒業して東京に出た。清野との愛は卒業までこの日記のような風で続いたのだったろう。

しかし、五ケ月間清野との愛には発展も変化も増減もあまり見えぬようである。私達は愛憎を言葉に出したこともなかった。愛の初めもその流れも自然で安穏であったのが、思い出をやわらかく温めている。

夕映少年

中井英夫

その病院では、毎日のように華やいだ夕焼が眺められた。窓いっぱいの西空に、まず泥絵具の紫といった背景が丹念に塗り込められ、ボッシュの地獄絵めく赤と黒が妖しく燃え立つかと思えば、次の日はオレンジの濃淡が壮大に拡がり、あるいは金と紅とが綯《な》い交《ま》ぜになって全天を輝かすというふうで、雲はそのとき軽やかな帆船となり、鳥となり魚となり、時には異国の岬のように横たわった。それもこの冬のあいだ、ずっと晴天が続いたせいに他ならないが、夕焼に吸われてゆく眸《め》を間近に眺めることは、反面、何ともつかぬ不安をもたらす。

というのも、この時刻になると病人は、窓のカーテンをすっかり開け放してくれといい、首をめぐらして見入ろうとするのだが、それさえ思うに任せぬせいもあった。淋巴腺を患った咽喉は八千バーレルの放射線で黒く焼かれ、のけぞらすときがもっとも痛々しい。光の移ろいは早く、輝きはたちまち昏んでしまうのだが、それすら見つめ続ける根気がもうないのかも知れない。眸は徒らに大きく思えた。

そのうち病人は、夕映どきに傍にいられるのを嫌がるようになった。といって、その時刻を外すわけにはいかないのだ。外来の診察を終った医師から話を聞けるのも、おおむねその時間帯に限られていたから。それでも初めは黙って立って廊下の端にある喫煙所へ行き、莨を二、三本吸ってから戻っていたが、ある日ふっと西空が独特な朱に染まる時に限ってだと気づいてから、とうとう訊いた。

「なぜ傍にいちゃいけないの。ひとりで眺めていたいんなら、いいけど」

「だって人がいると、恥ずかしがって入ってこないんだもの」

「誰がさ」

「あれ」

病人は左手を伸ばして、空の一点を指した。といってそこには、いつもの朱いろのほかに何もなかった。

「麦星からのお使いだって、ときどき来てくれるようになったの。そりゃあ可愛い子だから」

何をいい出すのか、不安になって眸を覗き込むようにしたが、その眸も無心に朱を宿しているだけだった。

「でもさ、麦星っていえば」

ことさらにゆっくりといった。

「たしか乙女座のスピカのことだろ。そんなもの、いまごろ見えるわけがないよ」

「だって来てくれるんだもの」

いうことがなくなって、訊いた。

「可愛いって、それじゃ、男の子。それとも女の子」

「男の子」

「じゃあ」

仕方なく立って喫煙所へ向ったが、あいにく塞がっていたので階段を降り、売店の方へ歩いた。

病気が這い登って脳を冒したとは思わないし、思いたくもない。いまのこの季節に目立つ星といえばシリウスかオリオン、それに双子座の金星・銀星のほかにないが、病室の西は遠く繁華街に当っているため、高層ビルの窓明りやデパートのネオンに遮られて、かりに精巧な望遠鏡で覗いたところで、そのどれもがおぼつかないだろう。もしここが高原の療養所で、一角獣座の薔薇星雲でも眺められたらすばらしいけれども。

——麦星か。

と心に呟く。

ことさらにそんな古めかしい名をいうのは、女神が手にする麦の穂先にたぐえ、真珠母いろの柔らかい光を思ってのことに違いない。せめてそれに託して、霽《は》れようのない心を訴えているのならば。

そう考えてから、いやこれが比喩などではなく、現実にあの夕映の光に乗って美しい少年が現われ、窓から入りこんで病人を慰めてくれるものなら、ぜひとも本当にそうあって欲しい、せめてそれぐらいの奇蹟が起ってくれと念ずる気持になった。その白い微笑だけが何もかも癒してくれるに違いないのだ。……

さらにいま、見えないながらもシリウスが青く輝いているとすれば、いつかは季節もめぐって春となり初夏となり、麦星の光も届く筈だと、それだけを希っての言葉だと気づくかたわら、この夕映の刻、してやれることといったら、こうして席を外すことしかないと思うと、ひどく滑稽な気がする。

それともそっと病室に戻って、いきなりドアを開けたら、眩ゆいばかりの少年の訪れを実際に見ることが出来そうにも思えた。春を待つといっても、まだそれはあまりにも長い、先のことだ。三月中旬の灰の水曜日から四十六日、苦難に充ちた四旬節を過ぎなければ、その日を迎えることは出来ないのだ。それまで堪えられるかどうか、すでに自信はない。いまならばまだ間に合う、いまならば。

怒られるだろうか。楽しい語らいを中断されて、夕映少年は残照の中へ戻ってしまい、二度と姿を見せないかも知れない。しかし、麦星の使者を覗き見たい誘惑は俄に強く、いまはもう病室へ馳せ戻ることしか考えられなくなった。

息をひそめてドアの前に佇む。ノックもせず、体あたりするようにまろび込む。部屋はただ朱いろの光に充ち、そこには誰もいなかった。誰も、そう病人さえも。

白く整えられたベッドは、一年前と同じにからっぽだった。

贖

塚本邦雄

冷蔵庫に一房とつておいた葡萄を食つてしまつたといふだけのことなら許したらう。母の遺愛の藍と黄の格子の毛布をわがもの顔に纏つたことも恕さう。夜明けに私を犯した罪も、その腋の鞣皮の香に免じて宥してやらう。だがただ一つ、十年前私の若い父を出奔させたあの男が、その後肝硬変で倒れた父を見殺しにして転転と伴侶を変へた揚句、私を狙つた経緯《いきさつ》を知つた以上どうして赦せよう。今、私は男の毒殺屍体を火山砂に葬り終つた。埋め残した黒い髪の一握りが、白昼の颪にそよいでゐる。

山の旱《ひで》りつづくゆふぐれ火山砂《さ》にアースを埋め男の子ゐたりし　妙子

未青年（抄）

春日井建

大空の斬首ののちの静もりか没《お》ちし日輪がのこすむらさき

空の美貌を怖れて泣きし幼児期より泡立つ声のしたたるわたし

学友のかたれる恋はみな淡し遠く春雷の鳴る空のした

啞蟬が砂にしびれて死ぬ夕べ告げ得ぬ愛にくちびる渇く

太陽が欲しくて父を怒らせし日よりむなしきものばかり恋ふ

太陽を恋ひ焦がれつつ開かれぬ硬き岩屋に少年は棲む

プラトンを読みて倫理の愛の章に泡立ちやまぬ若きししむら

童貞のするどき指に房もげば葡萄のみどりしたたるばかり

われよりも熱き血の子は許しがたく少年院を妬みて見をり

白球を追ふ少年がのめりこむつめたき空のはてに風鳴る

合宿の球友の吃音《どもり》なまぐさくためらひがちな愛語のごとし

若き手を大地につきて喘ぐとき弑逆の暗き眼は育ちたり

青嵐はげしく吹きて君を待つ木原に花の処刑はやまず

疾風に若木がしなひ青々とオカリナを吹けり少年槐多も

草笛を吹きゐる友の澄む息がわがため弾みて吐かれむ日あれ

少年の神経のごとく疾風が吹く日は何処へわが駆けゆかむ

風は光を渦にして吹く逞しき腕が肩抱くを求めゐる子に

淡緑の花穂あふるる果樹園に密会ののちのこころを放つ

だれか巨木に彫りし全裸の青年を巻きしめて蔦の蔓は伸びたり

粗布しろく君のねむりを包みゐむ向日葵が昼の熱吐く深夜

逢ひし日をゴムの葉裏に記しをり幼きことは好色に似て

聖夜劇のわれの脚本十七歳の火急な恋が汝がためひそむ

海鳴りのごとく愛すと書きしかばこころに描く怒濤は赤き

くちびるを聖書にあてて言ふごとき告白ばかりする少年よ

海草の花芽ふふみて恋ひやすき胸に沁みゐる舟唄を聴く

ミケランジェロに暗く惹かれし少年期肉にひそまる修羅まだ知らず

密猟番の銃をかすめて乳霧に濡れつつ読みたき泥棒日記

火の剣のごとき夕陽に跳躍の青年一瞬血ぬられて飛ぶ

揺さぶりて雪塊おちくる樹を仰ぐ無法の友の澄む眼を見たり

十代のわが身焙られゆくさまを灯せばつめたく鏡はうつす

抱きしめてそれより淋し冷やかに鼻孔を君の吐息がかよふ

少年の眼が青貝に似て恋へる夜の海鳴りとうら若き漁夫

唇びるに蛾の銀粉をまぶしつつ己れを恋ひし野の少年期

沈丁花の淡紫のしづむ午さがり未生の悪をなつかしむなり

わが手にて土葬をしたしむらさきの死斑を浮かす少年の首

青色夢硝子

高原英理

月光が闇にしみ渡るような夜だ。僕は家の者が寝入ったのを見計らって外へ出た。部屋の窓から降りると、たいした音ではないのに足音がひどく気になって、爪先立ちに庭を歩き、柵を越え。

アスファルトの街路へ出ると遠くにほのめく光が見えるような気がしてそっと顔を挙げたけれど、何もない。いつか見たことがある、テーブルの前でふたりの少年が向かい合い、背景の空が明るみかかっている。一方の少年は空を見ている。もう一方の少年は相手の方を見詰めている。……それは何だったのだろう。

月光が闇にしみ渡るような夜だ、僕は今夜に限って編み上げ靴を履いてきた。足許がしっかりしていると無頼の傭兵のように歩いてしまう。ひどく肩をいからせて。

少し風がある。僕は夜に紛れ込む。風に吹き散らされるように。歩道は街灯で薄明るい。僕は街灯をやり過ごす。肩を狭め、背を曲げて。

脇を自動車が通り過ぎると首をすくめ、辺りを窺う、黒い服に身を包んだ僕は黒猫、臆病で大胆な夜の散歩者だ。

皆、既にいた。Sはいつものように、僕が来ると特別の微笑みで迎えてくれた。

僕たちはイニシャルで呼び合う。S、T、M、そして僕はK。

屋敷町にただひとつ、空き家がある。その門の前だ。四階建て鉄筋の、広い館なのだが、住む人がいなくなってから随分経つという。庭には枯れ木の群が、語り継がれる物語のように枝分かれの多い腕をひろげて屋敷を包んでいた。

僕たちは閉ざされた門をよじ登り、扉をこじ開けた。音を立てることに僕はひどく神経質だ。

Sは小声で言う、

「すべては静寂の中で行なわれなければならない」

そこはとても広い部屋だった。窓から差し込む月明りで、中央に何か大きなものがあると分かる。Sは照明のスイッチを探した。

「電気なんか通ってるの？」

「さっきブレーカーを上げておいた」

Sが壁のどこかの突起を押すと、明りがともり、奇妙な機械を照らし出した。四階まで吹き抜けになった中央に据えられている。僕の知るかぎりでは顕微鏡の形が最も近い。それにしても大きい。

床近くに腰の高さくらいの丸い金属のテーブルがあり、すぐ上には四階から太い銀色の円筒が降りていて、何本もの鉄柱で斜めに支えられている。鉄柱には角度と方向を変えるための幾つかの調節装置がある。円テーブルは回転が可能であるらしい。

銀の筒は屋根まで達しており、そこから空に突き出ている模様だ。天体望遠鏡だったか？円筒部分に取り付けられたさまざまな計器類やレバー、球形のタンク、ラジエーター、筒に沿って走る何本ものパイプ、剝き出しの配線といったものが何やらものものしい。

僕たちはテーブルの前に立った。脇に操作用のキーボードとディスプレイ画面がある。テーブルの中央に、この巨大装置にしてはひどく小さい、ワイングラスのような脚に平らな金属の円盤がついた形の受け皿が置かれている。皿の上に大円筒最下部の逆円錐台形の先端が接するばかりになっている。その僅かな間には、大円筒に付属する箱形の装置から、スポイトの先のような、先細りの管がほぼ水平に差し出されている。管も銀色をして、室内の照明に輝いていた。

「これがそうか？」

Tが言うと、Sは頷《うなず》いた。

「何、これ?」

僕はまだ、今日の集まりの理由を聞いていなかった。

Sは答えた。

「夢物質投影装置。パルシファル教授はそう呼んでいた」

「夢物質って?」とM。

それには答えず、Sは続けた。

「教授は以前この家に住んでいた」

Sは手に携えていた大判の分厚い本を見せた。黒い布装のその本の題名は『夢物質及び夢想結界の研究法』とある。Mに示して言う。

「読む?」

「これを? いいやー」

「夢物質は、現実物質とは異なった系列の物質である」Sは言った。本の中からの引用らしい。

「じゃあ、どういうケイレツのものなの?」と僕。

「知らない。そう書いてあるだけ」

「貸して」とTがSの手から本を奪った。手に取ったとき、予想外の重さにTの腕は下がり、少し前かがみになった。Tはテーブルに置き、巻末の索引を調べた後、該当箇所を開いた。

「夢物質とは……」Tは声を出して読みあげた。

「……レム睡眠にある総《すべ》ての睡眠者の見る夢に現われた構成要素のこと……だってさ」

「夢は各要素ごとに微細な粒子状をなして生体より蒸発する。これを夢粒子と呼ぶ。一要素一粒子として放射され、一人の見夢者からはおよそ数千個の夢粒子が放たれる……」とSが中空を見上げるようにして続ける。

「なんだ、君、教授の弟子？」

「ときどきここに来て教えてもらってただけ。装置の使い方も教わってる」

「じゃ、なんか知らないけど、やってよ」と僕が言うと、Sは顔を向けた。

「無知は駄目。危険」

「Kはいつも焦るよね。ま、落ち着けさ」Tが笑う。

「でもこんな何かよくわかんないいんじゃさ、……」

Sを除く僕たちはこの聞いたこともない研究に半信半疑だった。というより、ほとんど信じていなかったという方が正しい。

「聞きなよ。

夢ってのはそれなりに法則性を持つ物質から構造化されるっていう学説。これが夢物質説ね。

人の見る夢は寝てる間に身体から蒸発する。質量と色もある。と言っても、現実物質を量るやり方では量れないけど」

「それじゃ存在が証明できない」とM。

「それを実体化させて見せるのがこの機械ってこと。測定だけなら『ガインダー式観測鏡』が二階にある。動かす前に確かめよう」

そう言うと、Sは、本をテーブルの上に展《ひろ》げたまま、僕たちを部屋の端の階段へ導いた。

二階へ上ると、床の中央が丸くくりぬかれ、大円筒の上部が斜めに突き出ているのが分かる。大きな穴の周りには手摺《てすり》が取り付けられている。

やはり大円筒は屋根に接していた。屋根には、装置全体の回転と大円筒の角度変更が可能なように、二階の床の穴と同じ径を持つ大きな円形の天窓があり、装置の先端はそこから空へ向かうようになっている。しかし天窓には覆いがかけられていた。

僕たちはSの促すまま、大円筒の周りからは離れて、階段脇の部屋の方へ進み、ドアを開けた。

そこは研究室らしい様子で、真ん中に大きな机があり、両側の壁に接した書棚には沢山のバインダーと専門書が並んでいる。ドアの向かい側に窓があり、双眼鏡を長く伸ばしたような黒い観測器が取り付けられていた。それは、よく観光地にある、コインを入れると何分間か遠くが見えるあれ、あの形そのままに見えた。

Sが装置に近づいた。

「これが『ガインダー式観測鏡』」

Sは窓を開け、装置の横についたスイッチを入れ、やや太くなった先端を外へ向けた。

「覗いてごらん」

まずM、そしてTの順番で観測鏡に眼をあてた。

MもTも順に嘆声を上げた。僕は待ちかねたようにしてレンズを覗き込む。

街の此所《ここ》かしこから極色彩の煙のようなものが立ち上っているのが見えた。赤、青、緑、黄色、灰色、白、……明るい色、沈んだ色、……透明な色、不透明な色、……僕は眼が離せない。黒い空に拡がるシロホンの音響のように多彩な有色蒸気。

「夢粒子は性質によって色が決まる。情緒的な象徴は赤みを帯びる。観念的イデア的象徴になるにしたがって青に近くなる。緑系が安定性の度合い、黄系が行動性の度合い、茶系は整合性の度合い。それから、透明度は意識の深さ。意識の表層から来たものほど透明度が低い。無意識からのものほど高い……」耳許でSが告げた。

装置の角度を変え、上空に向けたとき、巨大で複雑な半透明の幾何学立体を見た。特定の色はないのだが、例えばマジックミラーで光のさす方を見たときのようにやや銀色がかって、しかも立体を通して星と月が見えた。

各面正三角形。正四面体だ。それが幾つも重なりあっている。あるところでは塔のように高く細長く聳《そび》え、あるところでは地上と水平に、全体としては中心らしい処へ向かって徐々に高度を増している。しかし一様ではなく、至る所に三角形の山や、菱形を連ねた塔があり、その重なり方はいつか図鑑で見た魚眼石という岩石の塊にやや似ていた。最も高い、全体の頂点となるらしい処が彼方に見える。

城砦《じょうさい》のようでもあるし、超未来の都市を見るようでもある。

「夢想結界だ。夢粒子は成層圏上で結晶する。だいたい二千キロ四方で一単位だって。納得したか？」とS。

僕は顔を上げた。誰よりも長く見入っていたようだ。

Mが言う。

「これが何かのトリックでないという証拠はない」

Sはうなずいて観測鏡の黒い胴部の両脇にある留め金を外すと、覆いを持ち上げた。覆いは簡単に開いて、中央に各五枚の薄い硝子板《ガラス》が斜めに嵌め込まれているのが見えた。

Sはその硝子板を取って見せた。

「これは純粋な石英硝子。一枚の厚さは一・八ミリメートル。これを普通の望遠鏡や双眼鏡の中央に四十八・六五度の角度で斜めに、二・三五センチ間隔で嵌めて、内側から赤外線をあてて覗くとあの映像が見える。夢物質は石英硝子と親和性が高い。

見てごらん、それ以外の仕掛けはないだろう？」

僕たちは散々装置を調べたが、Sの指摘したもの以外はなかった。

そうしている間、Sは次のようなことを語った。

もともと『共時性』の研究をしていた物理学者のパルシファル教授は、ある時期、自分の見た夢が完全に現実になる経験をした。夢には後に事実となった事柄以外に、不思議な、空に浮かぶ鏡の城が出てきた。それが人類の運命を決めていることが分かる、という内容だった。教授は、こっちの方もきっと真実に違いない、という直感を得ていたが、あまりに突飛なので人に語ることはなかった。

ところが、ウィスコンシン大学での研究発表の折、宿泊所が同じだった大脳生理学者のアルスレー教授と話していると、彼もまたパルシファル教授と同じ夢の経験、同じ想像をしていることが分かった。

二人の対話は人間の運命を決める『夢想結界』という仮説になった。アルスレー教授は夢と脳波の研究中に霊感を得たという。

教授たちは科学雑誌の記事のために行なった、天文学者のガインダー教授との対談中、ここにも賛同者がいることを知った。ガインダー教授もほぼ同じような経験から二人と一致する考えを持っていた。三人は共同で研究を始めた。

こうしてパルシファル教授はガインダー教授の開発した観測鏡でついに夢物質の実在を確かめ、彼らは各界の有力な学者とともに『夢物質研究学会』を作った。……

Mはまだいぶかしげだ。

「でもそういう話、今まで全然聞いたことないな。テレビで一回くらい紹介されててもいいんじゃないの？　科学びっくり啓蒙番組みたいなさ、そういう所で」

「それが今、関係者は全員行方不明なんだ。何かあるよね」Sが言う。

「でも、こんな無防備な……大切な測定器具なんだろ、それほったらかして……」とT。

Sがゆっくりと答えた。

「それはどうしてだかわからない。

以前、ここに住んでいたパルシファル教授から夢物質のこと、夢想結界のことを僕はよく教えて貰った。何度も観測鏡を覗いた。だから嘘とは思えない。それだけだ。

教授は話してくれた。

……夢想結界の最上部、最中心部には、僕たちの運命を決定する青い『夢結晶』がある、これは各夢想結界の最上部に一つずつある。今、自分は、イギリスの資産家の支援を受けてこの『夢結晶』を実体化する研究をしている……。

でも、ある日から教授はぷっつりいなくなってしまった。それから後、この屋敷には誰も住まないままだ。

なぜかわからない。でも、失踪する数日前に僕は教授に会っている。そのとき、教授はこう言った。

『装置はほぼ完成した。あとは月齢に合わせて作動させるだけだ』

教授がいなくなる前日の夜は晴れた満月だった。あの装置は月の光の下で作動させるとうまくいく。夢物質は月光で固定されやすい。きっと教授はその夜、実験に成功したにちがいない。それでもうここにいる必要がなくなったんだ。でもこれだけの研究資材をそのままにしてあるのはなぜかわからない。

とにかく、成功したんだと思う。それで僕は、同じ実験をやってみることにした。

二年前、教授が装置を動かしたのも陰暦で数えて今夜と同じ夜なんだ」

Sは部屋から出ると、天窓から下がった梯子《はしご》を上り、覆いを外し、Tに手伝わせて大円筒の先端が空へ出るように窓を開けた。そして再び階下へと僕たちを促した。

僕たちは、階段を降り、「夢物質投影装置」の前に立った。

Sがメインスイッチを入れた。低く唸《うな》るような音がして、計器類のデジタル数字が灯る。

「手始めに、中心から三キロはなれたあたりを狙《ねら》ってみようか」

Sはコンピュータのキーで幾つもの命令を打ち込んだ。

しばらくすると、金属の擦れ合う音が響き始めた。テーブルとともに台座がゆっくり回転し、大円筒が北の方を向いた。次いでやや急角度となり、そして止まった。

Sはまたキーを押す。すると、装置全体の唸りが高まり、横のタンクらしい部分から水蒸気が洩れた。

一分ほど経つと、受け皿のすぐ上に伸びる金属管から、溶けた硝子《ガラス》が流し出されてきた。球形になって管の先に下がる。そのとき、大円筒の逆円錐台から強い光が放たれ、同時に硝子は受け皿の上に落ちた。

硝子は速やかに冷えた。僕たちは駆け寄って硝子の中を覗いた。

最初、ぼんやりした薄黄色の曇りのようなものが見えたが、眼を凝らしているうちに視界が揺らぐような、眠気に誘われるような微妙な違和感があって、その後突然、曇りの中から金色の龍がはっきりと姿を現わした。ホログラフィのように鮮やかな立体として見えた。しかも、ゆっくり動き続け、静止していない。

小さな硝子球の中に映る像とわかっているのに、龍はひどく大きいことが直感される。硝子の中心に集中するときの僕たちの視界は、外とは違う質のものになっているようだ。普段の世界を見るときの遠近法が役に立たない。そこは夢と等しい質を持つ空間だったのに違いない。僕たち四人は確かに同じものを見ているのがわかるが、しかしまた、それは意識を集中していなければ容易《たやす》く見えなくなるものであることもわかる。見ようとしなければ見えてこない、そんな映像なのだ。もはや僕たちは、それを見ているのか、自分で想像しているのか、わからない状態で、輝く鱗に覆われた素晴らしい巨龍が天を覆うほどの翼を広げ飛翔する様を見守った。

「夢物質は現実物質の構造を借りた情報そのものだ。だから手で触ることはできない。そのかわり硝子の中に立体映像として記録することができる。この機械を使うと、夢想結界に投影される集合的な夢の内容が石英硝子の塊の中に焼き付けられる。焼き付けるって言っても、写真とは違う。どう言ったらいいか……」

「見る人の心に働きかける合図みたい？　心を向けないと見えない」

Tが言い、Sは同意した。

Sはたて続けに幾つも幾つも夢物質の投影された硝子を凝固させた。

そこに見えるものは、緑色の空を飛び続けるペガサスであったり、月と星が話し込んでいるうちに花になってしまう場面であったり、海が割れて沢山の骸骨がそこを渡っていく光景であったり、石の花が咲き、岩が成長する世界の有様であったりした。見飽きなかった。

「僕は教授からガラス詰めになった小さなユニコーンや、グリフィンや、ドラゴンを貰った。心を集中して見詰めると硝子の中で生きているように動いた。でも、長くは持たない。一週間くらいで消えてしまう。残念だった……」と、S。

ふと、Tが言うのだった。

「ねえ、S。それはなくなったんじゃなくて、君の心に吸いこまれたんじゃないのか?」

「……そうか。その証拠に僕が特に好きで頻繁に眺めていたグリフィンは他より早く消えてしまった。

夢物質はいったん硝子に閉じ込められても、すぐに人間の心に吸収されて、夢物質に帰ってゆくんだ、そしてまた夜、空へ立ち上る……なるほど」

「じゃ、君の心にはしばらくユニコーンやグリフィンたちが棲みついていたことになるね」僕は少し羨《うらや》みを込めて言った。

Sが時計を見た。

「そろそろ月が一番高く昇る頃だ。その時、夢想結界の中心部が揺れるのを止める。中心に集まる夢は神話でできてるそうだ。深層的な夢になるほど神話的になる。ところが、もっと中心の夢結晶になると、もうそれはストーリーでさえない、『預言』に違いない、と教授は言ってた」

「占いみたいなの?」と問うてみる。やや幼稚な質問だったか? Sは続けた。

「教授の考えはこうだ、夢想結界は直《じか》に宇宙とつながって運命律を左右する。夢想結界の中心、最上点にある実体化したヴィジョンの性質が物質界の運命を決定する。人間の見る夢だけによらない。夢はあらゆる生物が見るから……それが宇宙全体の進化の方向を決めていく……

夢結晶がどんなものなのか、僕にはまだ分からない。でも、それがあれば、時間を超えて未来を見通せるんじゃないだろうか」

Sは新たにキーを打った。

「夢想結界の中心は絶えず移動していて、装置が照準を合わせる暇に別の場所へ移動してしまう。

ところが、満月が、——それも秋の月が一番いいらしい——、一番高くから照らす時だけ数分間、中心の『夢結晶』が固定される。その間に狙えばいい。位置の測定はコンピュータがやってくれる。今、指令を与えた。

あと二分……」

Sはもう一度ディスプレイ画面に映される指令を確認し、画面に示されたカウントダウン表示を見ながら待った。

僕たちの注意もまたディスプレイ上の数字に集中している。

時が来た。ピ、という音とともに画面に「始動」と表示が出る。

響きとともに装置は動き始める。鈍い唸り、水蒸気、そして銀の管からこぼれる硝子のしずく……

ついに光が発せられた。これまでで最高の光度。あまりの眩しさに僕たちはしばらく何も見えない。それだけでない、ジェット機が離陸するときのような激しい音がした。周囲の空気が一瞬、爆発的に振動したようだ。いきなり頭を殴られたような強い衝撃があった。

…………………………………………

やっと周囲の様子がわかり始めた。Tは頭を抱えて床に座り、SもMもまだ眼を押えている。僕は既に視覚を回復していた。四人の中では装置から一番遠い位置にいたためだ。僕ひとり、受け皿に近寄った。心は逸《はや》っていた。

ある。これが「夢結晶」？

真っ青だ。鮮やかな青。なんという深い青色。……僕はいつか理科の実験のとき見た硫酸銅の結晶を思い出した。あの美しい深い青。

駆け寄った僕は、皿からそれを手に取り、覗き込んだ。

そして僕は世界を知った。僕は見た。あらゆる過去、あらゆる未来。何億何兆の人々の群、同時に起きる宇宙の発生と終末、生命達の連続の輪、同位置に重なりあって存在する世界中の都市、同時に生まれ死ぬ人々、地球上のあらゆる鏡、それに映る全ての像、木々の葉の一枚一枚、星を見上げる人の一人一人の瞳、言語の発生以来発せられたあらゆる会話、あらゆる記憶、あらゆる忘れられたもの、あらゆる忘れられる予定のもの……

僕は見た。見たことのある獣たち、見たことのない獣たち、そして様々の幻の生き物の群、バジリスクス、キマイラ、ハルピュイア、ジン、ナーガ、リバイアサン、鵺《ぬえ》、玄武《げんぶ》、青龍《せいりゅう》、獏《ばく》、ウロボロス、サラマンドラ、スフィンクス、ラミアー、マンドラゴラ、オドラデク、ルフ、トロール、熾天使《してんし》、悪魔……、

僕は見た。打ち寄せる波に削られながら増殖する岩。拡がり続ける不定形の黒い森、どこまでも頂上に到達せずそそり立つ異様な塔、ただ崩れ落ちるだけの無限の崩壊、真夜中の太陽、指示対象なしに自立する名称の群、メビウスの帯のようにねじれながら進む光、幾何学図形を描きつつ遅れてゆく時間の線、幾億もの翼だけが羽ばたく塊、七つの柱の支える宇宙大の巨石、厚さのない平面だけの無限の広がり、自らの尾を嚙む銀色の蛇、どこまでも伸び続けながらどこまでも幅を縮小してゆく螺旋、鮮やかな色を持つ音……、

僕は見た。人類の過去のすべて、人類の未来のすべて。

僕は見た。宇宙の始まり、宇宙の終末。

僕は見た。僕の忘れ去った思い出、僕がまだ経験していない思い出、……

……僕は時間のない空間だけの世界にいた。そこにはあらゆる時間が並列していた。月の夜、こっそり家を抜け出していく僕の隣に、青い結晶を覗く僕の姿を見た。僕はまた、結晶を手にしながら倒れ、周りの三人の友人に抱き起こされている僕を見た。

友人たちが僕に声をかけている様子を見た。友人たちの言葉を僕は見た。僕は音を見ることが出来た。

友人達の声が色彩を持っていた。声はこう告げている。

「硝子の色が消えている」

「夢結晶は不安定なんだ、すぐ吸収されてしまうんだ」

「Kは夢結晶の内容を全部吸い込んでしまった」

僕には原因と結果が等価だった。僕には時間そのものがない。なくなってしまった。全てはまだ始まっておらず、しかももう終わっていた。

それでも僕は見続けた。ひとりでは歩けず、友人たちに付き添われて家へ帰って行く僕。何があるのだろうと心ときめかして空き家にやってくる僕。S。T。M。

成長して物理学者となり、将来を嘱望《しょくぼう》されながら夭折《ようせつ》するS。

平凡だが満ち足りた生涯を送るT。

経済的にも、社会的にも最も成功し、死の直前まで明日のことを考え続けるM。

僕は、心の中に入り込んだ夢結晶が僕の生涯を終わらせてしまったのを知った。僕は世界の終わりさえ知ってしまっているのだ。でも、それが何だろう？　僕は何を嘆くことがあるだろう？　……いや、いや、僕はまだ忘れていない、Tを、Mを、そしてとりわけSを。

僕は、今、此所で、見詰めている。ただ見ることだけで生涯を終えてしまう僕を。そしてその僕に最後まで外界との接触を取り戻させようと努力してくれるSを。

遠くの空を見詰める少年と、その少年を見詰めるもうひとりの少年を。

そして、そして、月の美しい秘密めいた夜、ひとり歩けば黒猫のように臆病で大胆になる夜、月光が闇にしみ渡るようなその夜を。

僕は見詰めている。

編者解説

高原英理

前衛的なモダニズム小説『メーゾン・ベルビウ地帯』（一九四七）等で知られる椿實《つばきみのる》が、一九四八年、第十四次『新思潮』の記事として三島由紀夫に短い原稿を依頼し、口述筆記ならよいと言われて筆記したさいの回想を以下、『椿實全作品』栞から引用する。ここでの「私」は椿氏自身である。

　表題は私にまかされたので、『クナアベン　リーベ』（少年愛）としたが、少年愛ではわからないので、木村相良の辞書を引いたら、『男色』とあったので、文中『男色《クナアベンリーベ》』とルビをふったところ、「きたない」といってしかられたのが印象に残っている。

ドイツ語の「Knabenliebe」を「男色《なんしょく》」と訳すのを三島は「きたない」として嫌い、飽くまでも「少年愛」で通させたのである。

これでわかるのは、その年齢が昭和の年数と同じであった（四十五年まで。ただし生まれは大正十四年）作家にとって、前近代の性制度である「男色」は性欲の名称であって汚れた語と印象されており、それに対し近代に発生した（プラトニック・ラブを含む）恋愛の形としての「少年愛」は清らかさを感じさせるという認識があったことである。

「少年愛」という語がそうした特別な意味を持って用いられるのは明治以後である。江戸時代の男性同性愛は「男色」あるいは「衆道《しゅどう》」と呼ばれ、それは男性の性欲が男性（多くは年下・目下の相手）に向いた場合で、女性にそれが向かう「女色《にょしょく》」と対をなす「性欲の方向」を意味していた。またそれは「女を買う」か「男を買う」かの違いとして用いられた。そこには近代以後、西洋の影響によって成立した同性愛への禁忌の意識はない。また、たとえそこに恋愛的感情があったとしても、まずそれは支配と被支配の関係を意味した。それゆえ、愛の有無ではなく性行為そのものの形態によって問われる「男色・女色」は、近代以後、西洋由来のロマン主義を信奉する人からすれば「汚い」とも受け取られるのである。

ただし、寺院で教育され、多く性愛の対象となった稚児《ちご》の内、身分の高い子息は手厚く扱われたので、その場合は崇拝的視線のもとに仰ぎ見られることがあり、近代以後の少年愛はこの憧憬《しょうけい》の一部を受け継いでいる（一方、身分の低い稚児は専ら使用人かつ性的奉仕者であったようだ）。

また、ある程度対等な武士同士の男色では両人とも「念友《ねんゆう》」と呼び、精神的つながりを第一義とする、現在から見ても恋愛と言える関係が存在したもようである（文学的には上田秋成の『雨月物語』巻之二「菊花の約《ちぎり》」が典型的な例）。ただしそこにも年齢の差により兄と弟という区分があり、基本的には弟が受け身となった。

なお男色の場では年長男性を念者《ねんじゃ》と呼び、年少者を稚児（あるいは若衆《わかしゅ》）と呼ぶ。それはおよそ愛する者と愛される者、犯す者と犯される者の対として考えられていた。

維新以後、明治政府が「国家」を構築しようとするさい、特権階級以外に対して「平等」の理念が採用され、女性の権利は未だなかったが、少なくとも男性の場合は建前上すべて「国民」とされることになった。ここから日本男児であれば皆「いずれ国家を背負う者」としての期待を獲得する。すなわちそれぞれが個としての主体となりうる可能性（飽くまでも可能性で、出自による格差は大きくあったが）を得たのである。その場合、「他国を侵略し略奪する兵となること」と「女性を犯し国民を再生産させる家長となること」とが望まれた。

さらに、明治政府には一時期、薩摩藩が加わっており、薩摩武士たちの男色好みが全国に広まった（と、稲垣足穂ほか、当時を知る著述家は伝える）ことで、当時の男女別の学校制度と相俟って、明治から昭和前半（戦前）までは少年間の同性愛行為が現在よりもはるかに甚だしかったという報告が多くの文人の回想に見られる。またそれは薩摩武士らの「女性蔑視、男色好み、武断性、攻撃性」を武士の本来とする思想を反映して、明治の書生・学生たちに「硬派」という行動様式を作らせた。彼ら「硬派」は、「女好き・遊蕩好きな文弱の徒」である「軟派」の書生たちと自身とを区別し、それへの軽蔑の姿勢を見せた。なお当時の「硬派」には、暴力的であるだけでなく、「男性同性愛を好む者」「少年を襲う者」の意味もあった。その硬派書生たちに男色の理想を示す聖典となっていたのが当時写本として読まれた薩摩地方由来の『賤《しず》のおだまき』（成立時期不明）である。

『賤のおだまき』については平凡社ライブラリーに既に収録されているので、そちらをご覧いただきたい。森鷗外が『キタ・セクスアリス』（一九〇九）で、硬派書生らとその『賤のおだまき』愛好の様を記していることもよく知られているだろうし、またそれがどうも女性の手になる、「元祖BL」ではなかったかという説も未確定ながらきわめて興味深い。

なお、その末尾の場面は山田美妙が著名な美少年の伝説を「新体詞華」として語り直した『少年姿《わかしゆすがた》』（一八八六）の冒頭作品『平田《ひらた》三五郎《さんごろう》宗次《むねつぐ》』としても読まれる。

この『賤のおだまき』は、歴史物語の形をとり、江戸時代、あるいはそれ以前の「男色」のうち、精神性の高い同格武士同士の男色を主題としている。明治の硬派書生たちが、露骨な性欲的叙述を排して語られる二人の武士の（やや時間差はあるが）心中同様の死に方に大変理想的なものを見たであろうことが想像される。

ここに重要な要素は二つある。

まず男性同士、ただし年長と年少の二人がどちらも武士としての模範的存在であること、すなわち、長幼の差はあるにしても、敬い合う主体者同士の恋愛であること。

次にこの二人がともに戦で死ぬことである。それは、硬派の最高の境地が念友とともに戦士として戦い、ともに死ぬことであるという武士的精神（おそらくは『平家物語』以来）の教本にもなっている。

文学上での少年愛という発想は、江戸の武士的男色の在り方をいくらか継承しながら、そのいくつかの要素に対する批判として展開した。

それは『賤のおだまき』にある対等者の精神性ある恋愛という意味と死への傾斜とを継承した。だが、その武士的な攻撃性は強く否定し、文弱の美少年であることを理想とした。

年齢の差はあっても対等であるなら念者・稚児という言われ方はあまりされなくなり、男色による支配被支配の関係はほぼ主題を外れる。さらに、年長・年少でなく、年少者同士、ほぼ同年に近い少年同士の恋愛が描かれることも増える。江戸時代には記されることのきわめて少なかった形態である。そこではまた、精神と人格を重要とする西欧思想へのまねびから、性行為そのものよりも愛し合う意識に価値を置く、ときにプラトニックな、近代的恋愛の語り方が用いられる。

次いでそれは、軟弱な少年である自身をその魅力と美しさゆえに肯定し、硬派的な「犯しに来る男」を否定するに至る（この否定は『賤のおだまき』から既にあった）。しかもその男こそ出世をめざし国家の名のもとに他国を侵略し、また家長の地位を得て女性を犯し子孫をもうけようとする、近代日本国家の欲望を内面化した明治的「日本人男性」なのである。

明治以後、いずれ成人となって個の権利を得ることの見込まれた年少男子の中には、同性愛の経験を経て、世に当然とされる「社会的上昇を望み女性を欲望する男性」の自分だけでない、「愛される少年の自分」の自覚を持つ者が発生した。彼らはまた対等に愛し合う同性を知り、その特別な経験もしくは想像をいかに望ましい形で描き語るかを探求していった。そのさいの「愛される自己」は、権力と女性の獲得しか意識にない異性愛男性には持ちえない形の「自己愛」を形成した。ここに言う自己愛は、客体としての自己の美しさ、すなわち無垢の自己を想像的に望み求めることを意味する。

少年が、愛される客体としての性を知ることで、国家的暴力・家長的暴力を批判しうる「美しい弱さ」という価値を発見する。この過程が明治末から昭和半ばまでの期間に少年愛の文学を生んだ。

ただし、そうした自己の新たな価値に目覚めた少年も、成人すれば国家の要求に従う「男性」とならざるをえない。もともと少年の個の自由は、将来、有為な国民となることを前提に付与されていた。少年の意識による成人的価値への批判があってもそれは期間限定であり、後に社会人男性となる限り、継続的な進展はない。だが、文学はその一時期だけの意識の形態を書きとめることで無力な美少年への憧憬、すなわち無垢への憧憬を作品化することができた。

今回、ここに提示する「少年愛文学」は以上の経緯から発見された作品群である。

山崎俊夫『夕化粧』(一九一三)は前近代的な発想を多く持ちながらも「弱さによる男色批判」と読むことができる。女装すれば皆が振り向くような、そしてそうした在り方を楽しむ二人の美少年は、自分たちにもはや未来がないことを思い心中する。そこに死への強い接近があるが、男らしさや武士的攻撃性は一切排され、「美的な死」「可哀想な美」だけが語られる。またその美しさは女性のそれとも違う特別なものという認識が示されている。

折口信夫の自伝的小説『口ぶえ』(一九一四)も同様に「雅《みやび》」を知る文弱の二人が心通わせる様相を描く。主人公は硬派的年長者に愛されるものの、どうしてもその武骨な態度を愛せないという、現在ならば少女的な感受性に近い好悪をもとに否定する。そしてどちらも愛される側である少年同士の愛の道行までを、メランコリックな俯《うつむ》きの視点から語ることにより、「少年の無垢」の様態として読ませる仕掛けとなっている。この、雅で攻撃性を持たない少年の無垢の称揚こそ、少年愛文学の最も尊んだ核である。末尾に「前篇終」と記されて後篇が書き継がれることはなかったが、それゆえ物語的にはやはり心中を予期させる。

江戸川乱歩『乱歩打明け話』（一九二六）は折口の『口ぶえ』とほぼ同様の体験があったことを語る随筆で、そこにはやはり硬派的念者から愛されるが応えられず、自身と近似した美少年（乱歩は美少年であったといわれる）との、ある意味選ばれた、ある意味きわめて淋しい、そして果敢《はか》ない一時期だけの、しかし一生忘れられない愛の記憶が語られている。これらから、乱歩や折口の少年の頃、こうした愛される者同士の心中という物語の定型がある程度学生たちに共有されていたのではないかとも考えられる。

倉田啓明『稚児殺し』（一九一五）は敢えて少年愛の暗黒面を語る作品として収録した。その理想性を礼賛されることの多かった少年愛にも、こうした犯罪的想像が伴っていたのである。とはいえ、ここにも肉と霊の相克や精神の救い、虚無思想による殺人といったヨーロッパ由来の近代人的発想が見られ、やはり前近代の男色とは大きく異なる。また、とりわけ当作品には時代的な制約による数々の差別や誤謬を示す発言が見られるが、こうした記録的描写も含め、少年愛の文学が犯罪実話風に語られた好例となっている。なお、倉田啓明はかつてその才とともに盗作・贋作・詐欺等のダーティな経歴でも知られたが、最近までその存在が忘れられていた作家である。

木下杢太郎『少年の死』（一九一六）。これは当時、自分の死を知った周囲の人々がそれを悲しみ憐れむことを予期する少年の、いわば自身を無に帰そうとする願望を描いたもので、そこでは死が無垢をもたらす鍵と見られている。なぜなら死者は完全な客体であり、厚かましい自己主張を一切しない「可哀想なだけの存在」だからである。少年愛を文学的主題とする時代にはこうした自己浄化のための死というヴィジョンが多く発生した。だがそのとき、「死んだ美少年は一層可憐」という共通認識がよほど強くなければこの自己憐憫も成り立たなかっただろうし、他者からの「惜しむ視線」なしに死を「美しい幻想」とは語れなかっただろう。ここにはそうした情感の環境が反映してもいる。大正時代、美少年は二〇二一年現在の美少女と同様の位相で特別視され愛され憧れられていたのである。

武者小路実篤『彼』（一九〇八）は、白樺派の代表とされたこの作家にもこうした少年愛・同性愛の視線が明確に、また当然のものとしてあったことを示す意味で収録した。ただそこはさすがに武者小路らしく、前向き・人倫肯定に沿った展開を見せている。なお、当時の上流階級男性集団の一つとしての白樺派には、ホモフォビアがまだあまり意識されていなかったためか、後の時代なら型通りのホモソーシャルな集まりとなるところ、むしろためらいなくホモセクシュアルな関係がいくつも見られ、志賀直哉への同性愛的思慕の告白として書かれた里見弴《とん》の『君と私』（初出題名は『君と私と』。一九一三年『白樺』誌に掲載されたが途中、不自然な形で原稿が紛失し、中絶した）はとりわけスキャンダラスな形で知られる。あるいは『白樺』同人であった日下諗《くさかしん》の『給仕の室《へや》』（一九一〇）は、後に「白樺派的作風」として考えられるようなものとは全く異なり、少年同士の加虐と被虐のいわばSM的関係を描く短篇で、谷崎潤一郎が激賞し評判となったという（これは当アンソロジーの主旨とはやや異なるので収録はしなかった）。

稲垣足穂『RちゃんとSの話』（一九二四）は、明治末から大正時代の少年愛の淡く懐かしいうるわしさを描く作品として収録した。稲垣足穂については『少年愛の美学』等により「少年愛」のオーソリティーあるいはスポークスマンとして知られることは説明の要もないだろう。少年愛の理念を極めんとするエッセイとともに、少年の人工性や選良性を語る短篇を数多く発表した。当作のほか、『鼻眼鏡』（一九二四）、『星は北に拱《たんだ》く夜の記』（一九二六）、『つけ髭』（一九二七）、『フェヴァリット』（一九三九）といった小説はその憧憬の造形に優れている。足穂の突出した点は、既に大正頃、西洋の異性愛優位主義により「不自然な愛」として否定されることも増えていた少年愛を、恥じることなく、あらゆる理想の源泉としてためらわず賞賛したところである。なお、当解説冒頭の引用中に語られる、三島が口述筆記した小文というのは足穂に関するコメントであった。

堀辰雄『燃ゆる頬』（一九三二）。比較的よく知られた作品だが、ここには、当時の少年たちが、異性愛に向かう前に一度は同性愛の呼びかけを受けていたという様相、ただしかし、それは一時期のことで、多くはじき女性に性愛の方向をシフトするだろうという道筋までが語られており、大正期前後の少年の不安定な性が、ある点では生々しくなまめかしく、ある点ではどこか抽象的に眺められているところを読んでみたいと思う。

大手拓次『沈黙の人』（一九〇八、ただし生前未発表）。生前に詩集を出すことがかなわず、死後刊行の『藍色の蟇《ひき》』（一九三六）でその早い死を惜しまれたこの詩人もまた少年に向ける視線を密かに記録していた。一方それが自己愛の形で語られた時、詩『十六歳の少年の顔』（『藍色の蟇』に収録）のような成果ももたらした。実のところ、明治・大正時代の文学において少年愛というテーマに触れずにいることは大きな欠落をそのままにすることなのである。

村山槐多『ある美少年に贈る書』（一九一五）。これはいわば念者側からの言葉ということになるが、その美少年という存在への憧れと願望は大変直截《ちよくせつ》なもので、こうした意識のもとで、美少年は望まれたものであると知れる。

川端康成『少年（抄）』（一九四八）。今回の収録作中、この作品から後は発表時期が戦後となる。川端康成はその少年期の記録を『伊豆の踊子』（一九二六）の原型を含む『湯ヶ島での思い出』として記しており（後に破棄）、そこには少年・清野との少年愛関係が記されていた。その記録および当時の日記・雑文・書簡をもとに、体験時より三十年以上経過した一九四八年、小説として発表したのがこの『少年』である。内容的には戦前の、折口、乱歩や足穂らの少年愛経験と同様のそれが存在した時期の回想ということになる。ここで注目したいのは、語り手にとって美しい少年と美しい少女とは同列のもので、戦後日本が主にアメリカから学んだ異性愛中心主義による男女弁別の視線がないということ、また、身体的な性欲を自己の「汚れ」として憎みつつ、自らにない（その名のとおりの）清さを相手に見ているということである。この清さ、すなわち無垢への憧れが、明治末・大正・昭和前期の男性たちの重要な価値として記憶されていたことがここからもわかる。

中井英夫『夕映少年』（一九八五）。中井英夫は晩年に公開した日記で知られるように、長らく心許す男性とともに暮らしていたが、その男性が癌で亡くなるとともに創作力を減退させていった。ここに登場する「病人」がその人である。彼があたかも彼方の星から来た何かに遇ったかのような口調で当作品は書かれる。しかもその相手は「夕映とともに現れる少年」である。中井にはまた、『金と泥の日々』（一九八五）という、自虐的・自己暴露的ながら三島の『仮面の告白』（一九四九）と対照的に読まれる告白風小説がある。だが中井は、三島のような男性性への渇仰の叙述に向かうよりは、当作品に見られるような理想の権化としての少年の幻を描くことに主眼を置いた。その憧憬の幻想性が中井には重要なものであったのだ。

その三島由紀夫についてだが、少年愛という語に特別な価値を認めていた人であり、また『午後の曳航』に読まれるように少年の世界を描くに巧みな作家でもあったけれども、右に記したとおり、少年であることの弱さによる青年的価値への批判という意味からはむしろ逆の方向性を持つところが大きかったと思われる。いくつかの作品に見られる少年性への高度な洞察は当然に認めるとしても、今回、三島由紀夫的少年像は当アンソロジー収録作品のそれらと敢えて区別することとした。

塚本邦雄『贖《あがない》』（一九七一）。大変短い作品だが、少年側の視点によって、傍若無人な念者への復讐を語り切り、その少年的な鋭さ、賢しさを美的に見せることに成功している。中井の描く幻影とは異なり、行動と企みを見せる少年だが、その意志は屈辱的な隷属を拒絶して屹立する。この熾烈な否定の意志もやはり川端や中井と同様、戦前の少年的自己愛の記憶が導いたものではないだろうか。

春日井建『未青年（抄）』（一九六〇）。戦後十五年を経た時期に登場した春日井建だが、この歌人にも、戦前以来の自己愛としての少年愛の言葉があるように思う。彼以後、少年愛を特化する意識は薄れ、それは男性同性愛の一例という視線から語られてゆくことだろう。そうした意味で春日井の歌にも青年としてゲイカルチャー的テーマを歌うものはあるが、ここでは飽くまでも少年の視線からの憧れを拾い集めてみた。

ところで今回は戦前の文学的少年愛の記憶から発した作品を紹介することが主旨なので、自作を収録する気はなかったのだが、編集部の勧めにより、最後に参考作品として、私・高原の『青色夢硝子』（一九八七）を加えた。かつての少年愛文学が現代の作品にどのような影響をもたらしたかという一例としてご覧いただければ幸いである。少年愛だけを直にテーマとしているわけではないのだが、過去の少年愛文学に見られたモティーフを変奏することで成り立っている。ただし後述する森茉莉的「耽美」の手法とは異なる形の展開である。どこを継承し、どこが異なるかはお読みの上、ご判断願いたい。なおこれは二〇〇二年、山口小夜子氏がステージで朗読するさいのテキストとして、ご本人からお選びいただいた作品であり、その意味で全くの駄作というものではないと自負している。

当アンソロジーでは短篇しか収録できなかったが、長篇であれば福永武彦の『草の花』(一九五四)、加賀乙彦の『帰らざる夏』(一九七三)をあげることになるだろう。

戦前に少年期を経験した作家たちが亡くなるとともに、ここに考える原典としての少年愛文学は終焉を迎えた。一方、彼ら男性作家たちの遺産を引き継ぎ、森茉莉が『枯葉の寝床』(一九六二)を始めとする耽美的男性同性愛小説を発表する。これに心酔した栗本薫(中島梓)が『真夜中の天使』(一九七九)等のさらに現代的な耽美小説を発表、ともに志を同じくする若い女性作家たちの指導者となって、当時「やおい」と呼ばれもした小説を洗練させ、「耽美小説」というジャンルとして立ち上げる。そしてさらに後、それは必ずしも「耽美」であることを必要としない、主に女性が書く男性同性愛フィクション、「ボーイズラブ」＝BLとして完成する。この段階では「少年の自己愛」をテーマとする少年愛文学それ自体とは別の分野となっているが、とはいえ、無関係なのではない。

思えば『賤のおだまき』が仮に女性の手になるBLの始祖であるとするなら、それの批判的継承が少年愛文学群を発生させ、長い期間の末、その発展形がもう一度（主として）女性たちの手によって書き継がれるテーマとなったわけで、その奇妙な（クィアな）経過を今新たに一望することはさらなる未知の可能性を拓く手がかりとなるだろう。

当アンソロジーには編集の竹内涼子さんによる多大のご協力をいただいた。ここに御礼申し上げる次第である。

底本一覧

市彌信夫 夕化粧　『山崎俊夫作品集　上　美童』奢灞都館、一九八六年
口ぶえ　『死者の書・口ぶえ』岩波文庫、二〇一〇年
乱歩打明け話　『わが夢と真実』東京創元社、一九五七年
稚児殺し　『稚兒殺し』龜鳴屋、二〇〇三年
少年の死　『木下杢太郎全集　第五巻』岩波書店、一九四八年
彼　『武者小路実篤全集　第一巻』小学館、一九八七年
RちゃんとSの話　『稲垣足穂全集　第一巻』筑摩書房、二〇〇〇年
燃ゆる頰　『堀辰雄全集　第一巻』筑摩書房、一九七七年
沈黙の人『大手拓次全集　第五巻』白凰社、一九七一年
ある美少年に贈る書　『槐多の歌へる　村山槐多詩文集』講談社文芸文庫、二〇〇八年
少年（抄）『川端康成全集　第一〇巻』新潮社、一九八〇年
夕映少年　『中井英夫全集　第五巻』創元ライブラリ、二〇〇二年
賣　『塚本邦雄全集　第一二巻』ゆまに書房、二〇〇〇年
未青年（抄）『歌集　未青年』短歌新聞社文庫、二〇〇〇年
青色夢硝子　『エイリア綺譚集』国書刊行会、二〇一八年

大手拓次《おおてたくじ》（1887-1934）

詩人。フランス象徴詩、とりわけボードレールの影響のもと、北原白秋主宰の詩誌「朱欒（ザンボア）」「アルス」に詩を発表。白秋や萩原朔太郎に高く評価されたが生前に詩集を持つことはできず、没後、『藍色（あいいろ）の蟇（ひき）』が刊行された。

村山槐多《むらやまかいた》（1896-1919）

画家・詩人。「六本の手ある女」「尿（いばり）する裸僧」等、奇抜な油彩・水彩画で注目された。江戸川乱歩が愛蔵した「二少年図」の作者でもある。没後、詩と散文を収録した『槐多の歌へる』刊行。小説もあり「悪魔の舌」「殺人行者」「魔猿伝」が知られる。

川端康成《かわばたやすなり》（1899-1972）

小説家・批評家。初期の代表作は「伊豆の踊子」。横光利一とともに新感覚派作家として知られたが、「雪国」発表以後は「日本の美」探求の方向を見せた。1968年ノーベル文学賞受賞。作品はほかに「千羽鶴」「古都」「片腕」「眠れる美女」等。

中井英夫《なかいひでお》（1922-93）

小説家。敗戦後、歌誌「日本短歌」「短歌研究」「短歌」の編集長を務め、塚本邦雄、寺山修司、春日井建らを世に出した。塔晶夫の名で発表されアンチ・ミステリーとして知られる『虚無への供物』と54篇の幻想小説集『とらんぷ譚』が代表作。

塚本邦雄《つかもとくにお》（1920-2005）

歌人・評論家・小説家。前川佐美雄に師事。第一歌集『水葬物語』刊行後、中井英夫に見出され、寺山修司らとともに前衛短歌運動の代表歌人と目された。歌集はほかに『日本人霊歌』『緑色研究』『感幻楽』『魔王』等。小説は『荊冠伝説』『夏至遺文』等。

春日井建《かすがいけん》（1938-2004）

歌人。1960年、三島由紀夫の序文を付した第一歌集『未青年』を刊行。1970年の『行け帰ることなく』刊行後、三島の死を機としてしばらく作品発表を休止していたが1979年以後復帰、『青葦』『白雨』『井泉』等の歌集を刊行。

高原英理《たかはらえいり》（1959-）

小説家・評論家。1985年第1回幻想文学新人賞、1996年第39回群像新人文学賞評論部門優秀作受賞。評論『少女領域』『ゴシックハート』等、小説『不機嫌な姫とブルックナー団』『歌人紫宮透の短くはるかな生涯』『エイリア綺譚集』『観念結晶大系』等がある。

[収録作家紹介]

山崎俊夫《やまざきとしお》(1891-1979)

小説家。「三田文学」に発表した作品の耽美的作風を永井荷風に称賛された。美少年の悲劇を描く作品が多い。生前の著作は「夕化粧」「鬱金桜」などを含む小説集『童貞』(1916)のみだが、没後、奢灞都館から『山崎俊夫作品集』全5巻が刊行された。

折口信夫《おりくちしのぶ》(1887-1953)

歌人・民俗学者・国文学者。柳田國男の高弟。歌人としての名は釈迢空(しゃくちょうくう)。國學院大學・慶應義塾大学教授。歌集は『海やまのあひだ』『倭をぐな』等。国文学・民俗学の著作多数。小説として「口ぶえ」のほか、古代人の霊的感応を描く「死者の書」がある。

江戸川乱歩《えどがわらんぽ》(1894-1965)

小説家。日本探偵小説の父と呼ばれる。本格探偵小説「二銭銅貨」「心理試験」等のほか、「孤島の鬼」「蜘蛛男」「黒蜥蜴」等の通俗怪奇探偵小説、「パノラマ島奇談」「押絵と旅する男」等の幻想小説を発表し、また「少年探偵団」シリーズでも人気を得た。

倉田啓明《くらたけいめい》(1892?-?)

小説家・戯曲家。生没年とも正確には不明。明治末「春雨の寮」で登場したが有名作家の贋作売却により服役。戦後は大衆雑誌に作品を発表したがまたも盗作事件を起こし、活動停止後はほぼ忘却された。作品は小説「人魚の肉」戯曲「オイロタス」等。

木下杢太郎《きのしたもくたろう》(1885-1945)

詩人・戯曲家・小説家・美術家・キリシタン史研究家・医学者。詩誌「明星」で出発、耽美主義的詩人として知られた。北原白秋らとともに「パンの会」に所属した。詩集『食後の唄』、戯曲「和泉屋染物店」、小説集『唐草表紙』等がある。

武者小路実篤《むしゃのこうじさねあつ》(1885-1976)

小説家・戯曲家・随筆家・詩人・画家。子爵武者小路実世の末子。学習院時代から志賀直哉らとの親交が始まり同人誌「白樺」に参加、後には白樺派の代表的作家と見なされた。小説「お目出たき人」「友情」「愛と死」、戯曲「人間万歳」等がある。

稲垣足穂《いながきたるほ》(1900-77)

小説家・随筆家。佐藤春夫の序文を付した小篇集『一千一秒物語』を刊行後、飛行機、宇宙、少年、機械等をテーマとした短篇、また「弥勒」などの哲学的自伝を発表。戦後、長篇随筆『少年愛の美学』により第1回日本文学大賞を受賞した。

堀辰雄《ほりたつお》(1904-53)

小説家。私小説に対抗した意識的作為的なフィクションの制作を目指し、著名作家の集う避暑地の記憶や自身の結核によるサナトリウムでの経験等々から着想された心理小説を多く発表した。代表作は「聖家族」「風立ちぬ」「美しい村」「菜穂子」等。

平凡社ライブラリー 917

少年愛文学選《しようねんあいぶんがくせん》

発行日…………2021年4月23日　初版第1刷

著者……………折口信夫、稲垣足穂ほか
編者……………高原英理
発行者…………下中美都
発行所…………株式会社平凡社
〒101-0051　東京都千代田区神田神保町3-29
電話　東京(03)3230-6579[編集]
東京(03)3230-6573[営業]
振替　00180-0-29639

印刷・製本……藤原印刷株式会社
装幀……………中垣信夫

ISBN978-4-582-76917-3
NDC分類番号910　B6変型判(16.0cm)　総ページ430

平凡社ホームページ　https://www.heibonsha.co.jp/

落丁・乱丁本のお取り替えは小社読者サービス係まで
直接お送りください（送料、小社負担）。

平凡社ライブラリー　既刊より

鈴木彰訳
現代語訳 賤《しず》のおだまき
薩摩の若衆平田三五郎の物語

明治期硬派男子の座右の書とされ、森鷗外らの著作にも登場する伝説の若衆物語。著者とされる「薩摩の婦女」を鍵に当時の女性の教育や職業、執筆の可能性に迫る解説を付す。

解説＝笠間千浪

ラシルド＋森茉莉ほか著／笠間千浪編
古典BL小説集

兄弟、友人、年の差カップル――「やおい」文化勃興前の19世紀末から20世紀半ば、フランス、ドイツ、イギリスなどの女性作家たちによりすでに綴られていた男同士の物語。

【HLオリジナル版】

オスカー・ワイルドほか著／大橋洋一監訳
ゲイ短編小説集

ワイルド、ロレンス、フォースターら、近代英米文学の巨匠たちの「ゲイ小説」が一堂に会して登場。大作家の「読み直し」として、またゲイ文学の「古典」としても必読の書。

【HLオリジナル版】

A・C・ドイル＋H・メルヴィルほか著
大橋洋一監訳／利根川真紀＋磯部哲也＋山田久美子訳
クィア短編小説集
名づけえぬ欲望の物語

LGBTの枠をも相対化する「クィア」な視点から巨匠たちの作品を集約。本邦初訳G・ムア「アルバート・ノッブスの人生」を含む不思議で奇妙で切ない珠玉の8編。

【HLオリジナル版】

ヴァージニア・ウルフほか著／利根川真紀編訳
新装版 レズビアン短編小説集
女たちの時間

幼なじみ、旅先での出会い、姉と妹。言えなかった思い、ためらいと勇気……見えにくいけど確実に紡がれてきた「ありのままの」彼女たちの物語。多くのツイートに応え新装版での再刊！

【HLオリジナル版】

氏家幹人著
江戸の少年

八歳の童女が児を産み、子供の腹を裂いて肝を取る男が出現し、少年たちは徒党を組み放埒の限りを尽くす。豊富な史料を駆使し、華麗な江戸の少年世界を活写。

解説＝森下みさ子

佐伯順子著
美少年尽くし
江戸男色談義

主従の契り、死と破滅――『色物語』『男色大鑑』などのエピソードを軽やかに紹介し、江戸期に称揚された美少年愛に、はかない日本的〝男色的美学を見出す。

解説＝高橋睦郎

三島由紀夫著／東雅夫編
幻想小説とは何か
三島由紀夫怪異小品集

小説や戯曲で「幻想と怪奇」ジャンルの名作怪作を手がけ、批評家・エッセイストとしても「幻想文学」を称揚し、その啓蒙に努めた三島由紀夫の関連小品を精選したアンソロジー。

江戸川乱歩著／東雅夫編
怪談入門
乱歩怪異小品集

「うつし世はゆめ　よるの夢こそまこと」。憧れの異世界、禁断の夢、闇はどこまでも続く――。ミステリーの巨人が浸る怪奇幻想の世界。佐藤春夫『たそがれの人間』に続く怪異小品集第5弾。

ヴァージニア・ウルフ著／片山亜紀訳
自分ひとりの部屋

「女性が小説を書こうと思うなら、お金と自分ひとりの部屋を持たねばならない」――ものを書きたかった／書こうとした女性たちの歴史を紡ぐ名随想、新訳で登場。

【HLオリジナル版】

ヴァージニア・ウルフ著／片山亜紀訳

三ギニー

戦争を阻止するために

教育や職業の場での女性に対する直接的・制度的差別が、戦争と通底する暴力行為であることを明らかにし、戦争なき未来のための姿勢を三ギニーの寄付行為になぞらえ提示する。【HLオリジナル版】

E・ヘミングウェイ＋W・S・モームほか著
石塚久郎監訳

病《やまい》短編小説集

結核、ハンセン病、梅毒、神経衰弱、不眠、鬱、癌、心臓病、皮膚病——9つの病を主題とする傑作14編。最も個人的な出来事の向こうに、時代が社会が、文化が立ち現れる。【HLオリジナル版】

W・C・ウイリアムズ＋F・S・フィッツジェラルドほか著
石塚久郎監訳

医療短編小説集

損なわれた医師、医療と暴力、看護、患者、女性医師、最期、災害——7つの主題別に、生と死、理想と現実の狭間を描く14編を収録。医療と文学を繋ぐ医療人文学の視点から編まれたアンソロジー。【HLオリジナル版】

R・キプリング＋K・A・ポーターほか著／石塚久郎監訳

疫病短編小説集

天然痘、コレラ、インフルエンザ、そして「疫病の後」——繰り返し襲いくる見えない恐怖を描いた作品7編。コロナ・パンデミックとその後の時代を生きるための指針となる一冊。【HLオリジナル版】

ヤロスラフ・オルシャ・jr.編／平野清美編訳

チェコSF短編小説集

激動のチェコで育まれてきたSF。ハクスリー、オーウェル以前に私家版で出版されたディストピア小説から、バラードやブラッドベリにインスパイアされた作品まで、本邦初訳の傑作11編。【HLオリジナル版】解題＝イヴァン・アダモヴィッチ